YIREN YIGE GUIGUSHI

一人一个诡故事

盛行于校园与写字楼的热门恐怖故事

藤萍 等 /著

CTS PUBLISHING & MEDIA 中南出版传媒 湖南文艺出版社 HUNAN LITERATURE AND ART PUBLISHING HOUSE 博集天卷 CS-BOOKY

图书在版编目（CIP）数据

一人一个诡故事 / 藤萍等著. —长沙：湖南文艺出版社，2013.4
（惊魂六计）
ISBN 978-7-5404-5069-4

Ⅰ. ①一… Ⅱ. ①藤… Ⅲ. ①推理小说－小说集－中国－当代
Ⅳ. ①I247.7

中国版本图书馆CIP数据核字（2013）第048940号

上架建议：文学·悬疑推理

惊魂六计·一人一个诡故事

著　　者：藤　萍　等
责任编辑：薛　健　刘诗哲
监　　制：蔡明菲　潘　良
策划编辑：戚小双
特约编辑：张建霞
封面设计：荆棘设计
版式设计：崔振江
出版发行：湖南文艺出版社
　　　　　（长沙市雨花区东二环一段508号　邮编：410014）
网　　址：www.hnwy.net
印　　刷：北京嘉业印刷厂
经　　销：新华书店
开　　本：787mm×1092mm　1/32
字　　数：232千字
印　　张：10
版　　次：2013年4月第1版
印　　次：2013年4月第1次印刷
书　　号：ISBN 978-7-5404-5069-4
定　　价：20.00元

（若有质量问题，请致电质量监督电话：010-84409925）

目录
CONTENTS

惊魂六计 一人一个诡故事
JINGHUNLIUJI
ZHI YIRENYIGEGUIGUSHI

第一个故事　噬魂

文/花布

　　我看着眼前的这栋欧式别墅，心中犹豫着是进还是不进。夜已经有些深了，四周一片荒芜，这栋偌大的别墅在这空旷的原野里显得有些突兀。尽管还是八月，但是站在这里，我依然感到一阵寒意。

　　我的名字叫方达文，是《城市都市报》的记者，此次前来是为了调查近年来最神秘、最诡谲的"怪谈协会"内幕。这个奇怪的协会是三年前横空出世的。据说创始人是个爱好灵异事件的亿万富翁，他每年农历七月十五这一天会举行一次新会员入会仪式，每个新加入会者将会获得五十万人民币的会员费。然而他们吸收会员的方式很奇怪：先是向他们协会邮件里投稿灵异故事，经过他们的层层筛选，评出十名入围者，然后将入围者邀请到一个秘密的地方，参加他们一年一度的灵异故事大赛，前三名获奖者就有资格入会。

　　这个协会虽然吸收会员很高调，每年都会在全国各地主流媒体打广告，但是其操作方式很神秘，入围者从来不公布，而凡是去过他们那儿的人也不知道为什么从来不对外说，是个高度神秘的协会。

前几天，我们报社社长的朋友入围了这个协会，由于临时有事，不便过去，社长把那人的邀请函给了我，要我假扮他的朋友去调查这个神秘协会的内幕。我本来不大愿意的，但是我负责的"家长里短"栏目已经有好几期被砍掉了，社长有意要开个"神秘事件"栏目。我要么承接下来这个栏目，要么滚蛋，虽然对这种题材有些排斥，但是在饭碗面前，我只好低头。

我看了看时间，已经是快十二点钟了，既然已经来了，不妨进去看看。我整理一下衣服，敲开了别墅的大门。一个中年男子查看了我的邀请函后，将我领进一个偌大的大厅。厅里已经坐满人了，有男有女，有胖有瘦，有高有矮，粗粗看过去有十多个人。

负责接待的一个小伙子，拉开了最后一个空座位请我坐下，而原来领我进来的那个中年男子则走到一个稍微有点儿发胖男子旁边耳语了几句。那胖男子站了起来，走到临时搭建的讲台上，对着麦克风说："大家晚上好，我是主持人张震东，欢迎大家来到这里，我代表'怪谈协会'全体会员向各位致敬。在座的十位嘉宾，是我们从几百万名申请者中筛选出来的，都是讲灵异故事的高手，希望你们在这里能够发挥潜力，勇夺前三名。我想你们都知道，前三名不仅意味着有进入我们协会的资格，还意味着有五十万元的会员费！好了，闲话我就不多说了，时间也差不多了，我们一年一度的'怪谈协会'新会员入会仪式现在正式开始！"

闻言，众人鼓起掌来。

张震东继续说："首先让我向大家介绍这次大奖赛的评委，就是我左手边的这三位，他们依次是贾先生、赵先生、李先生！"

张震东左手边三个穿西服打领带中年男子站了起来，向四周的人鞠了躬，便又坐了下去。

张震东说："入围者现场讲一个诡故事，三位评选员会根据故事的精彩度给出评分，评分最高的前三名就是我们这批新会员。现在我按照顺序叫名，叫到的人，麻烦走到讲台这里开始讲灵异故事。第一个是马志豪先生，有请马先生！"

在大家热烈的掌声中，一个个子有点儿矮的小年轻走上了讲台。他对着话筒说："大家晚上好，很荣幸站在这里跟大家分享我的故事，今晚我给大家带来的故事是……"

一

七月十四，农历鬼节。

天一早就阴沉着脸，四周起了浓雾。

"这糟糕的天气！"晓可裹紧了衣服疾步向实验楼走去。今天他们班有生物实验课，内容是解剖兔子，了解五脏结构。晓可来得早，实验楼内空无一人，她无趣地靠在墙上用鞋跟磕着墙沿，楼道响起清脆而诡异的回声……突然，实验室里传来器皿破碎的声音。

晓可扭头看向实验室，里面空无一人。"谁？"她冲里面喊了一声，随即走了进去。

一进门，扑鼻而来一股淡淡的腥臭味。实验课用的兔子被捆在实验台上，有几只不安分的似乎知道自己即将面临的命运，不停地挣扎着。她瞥了一眼那些兔子，大概是哪只不小心碰掉了桌上的东西。转身的刹那，晓可瞥见一点儿异样，是鲜红的颜色，在这素白的实验室里格外显眼。她顿了一下，小心翼翼地朝那个方向走去。

在那几个实验台上竟摆放着七八只均已解剖的兔子，裸露着内脏，更不可思议的是，其中几只兔子的内脏已被掏空……晓可忍不住一阵恶心。这时身后传来轻微的关门声，有人！晓可急忙奔出实验室，她看到一条腿在楼梯口一闪而过，那条腿上似乎有一些黑迹。会是谁呢？是这个人解剖的兔子吗？

上课时，老师因为那几只被人恶意解剖的兔子很生气。他斥问是谁做的，却无人回答。晓可也趁机悄悄看过同学，每个人脸上都那么平静，似乎都是无辜的。老师见问不出什么，只得作罢。晓可望着桌上的兔子，却是无论如何都下不去手了，满脑子都是刚才恶心的画面。

二

浓雾直到下午放学时才散去，天气清冷。

晓可蜷在床上看小说，窗外不时卷进几股冷风，令人直打寒战。晓可起身去关窗户，却被街上的几点星火吸引了视线："菲菲，你看那是什么？"

菲菲向外望去："我还以为是什么呢，那是有人在拜鬼。"

"拜鬼？"

"今天是农历七月十四，鬼节！"

"鬼节？"晓可缩了缩脖子。

"听说这一天地狱大门会打开，那些终年囚禁在地府的魂魄可以随意出入。人们也会在十字路口燃起香烛，摆上祭品，纪念死去的亲人或祈求死去的仇人不要来报复……"菲菲正讲得起劲，却被楼下传来的吵嚷声打断了。

　　一个老妇和学校的几个保安在路灯下吵闹不休。大概是老妇要在这里焚香纪念死去的亲人，而学校保安不允许。老妇无奈，最后卷起东西离开了。

　　"怎么拜鬼拜到学校宿舍来了？"菲菲噘着嘴，"咱们学校又没死人，莫名其妙。"

三

　　第二天是星期六，天气大晴。晓可和菲菲在街上逛了一上午，满载而归。

　　学校门口围着一群人，两人透过缝隙，看见几个保安和一个老妇纠缠在一起，晓可一眼就认出了是昨晚那个老妇。

　　"求求你们让我进去吧……"老妇恳求着。

　　"不行！"保安一把推开老妇，"你再扰乱学校秩序，我们就报警了！"

　　"我只想祭拜一下我的孙女……"

　　"老太太，你走吧。昨晚我就跟你说过，学校里不允许你做这种事。况且，学校也没死人……"

　　老妇的眼神蓦地犀利起来："不！我孙女已经死了！她死了！

真的死了！"

保安们见状堵住了学校大门，纷纷摇头："真是个疯子！"

老妇又向校园张望了一会儿，失神地从晓可和菲菲面前经过。晓可突然可怜起老妇，她若是精神失常之人，这样独自回家岂不是不安全。想到这儿，晓可将手中的袋子塞给菲菲，追了上去。

"老太太，老太太……"晓可叫住老妇。

老妇转过头直直地望着她，晓可呆住了——老妇竟有一双重瞳！

"姑娘，我能回家，我也不是精神病。"老妇的声音苍老无力，一双眼睛却格外有神，似乎看透了她的心思。

"我没有说您是精神病呀。"晓可局促地笑笑。

老妇苦笑："可你不是这样想的吗？"

晓可无言以对。

"孩子，不怪你。"老妇叹口气，"做奶奶的吵闹着自己孙女死了……"

"您孙女叫什么？"晓可小心翼翼地问，"我可以帮您去找。"

"她叫林蔓。"老妇声音有些颤抖，"都死了，找到又有什么用？"

"您怎么知道她死了？"

老妇双目圆睁："我看到了。"晓可被老妇诡异的眼神吓得不由得后退了一步。

这时菲菲等得不耐烦，提着大包小包凑了过来："喂！晓可，你有完没完？我们走了。"

老妇看向菲菲，突然面目扭曲，表情惊恐至极："不！不！不要！不要！……"她尖叫着踉跄跑开。

"走啦。"菲菲一把将袋子塞回晓可手中，"和一个疯子有什么可说的。"

晓可望着老妇的背影，她真的是疯子吗？

四

草草吃了午餐，两人倒在床上沉沉睡去。不知过了多久，一阵敲门声吵醒她们。

菲菲打着哈欠去开门："是你呀，姐。"

"你干什么呢？"一个女孩走了进来。

晓可听声音，知道是菲菲的姐姐李丽，她不想起来，佯装熟睡。

李丽瞥了一眼桌上的口袋，便唠叨起来："菲菲，你又乱花钱。我说你多少回了，该买的买，衣服够穿就行，虚荣心何必那么强呢！"

"不要你管。"

"我是你姐，我不管谁管？"李丽对菲菲的反抗根本不在意。

"你要是再这样……"菲菲一下提高了音量。

"李丽姐来了。"晓可知道菲菲脾气暴躁，怕她们吵架，忙起身。

"对不起，晓可，把你吵醒了。"

"没关系。"晓可坐到李丽身边，想岔开她们之间不愉快的话题，猛然想起中午遇见的老妇，于是说，"李丽姐，你认识一个叫林蔓的女生吗？"

"嗯，她是我同学。你找她有事？"

"没有。"晓可笑道，"那麻烦你转告她，让她回家看看，她奶奶好像挺惦记她的，今天中午还来过学校。"

"林蔓不在家吗？"李丽面露不解，"我也好几天没见到她了，还以为她请假回家了呢。"

"是吗？"晓可蹙眉，"她不在学校也不在家……"晓可忽然想起老妇嘶哑的尖叫"我孙女已经死了！她死了！真的死了"，难道老妇说的是真的？

李丽又训斥了菲菲几句，便离开了。

事情有时候真是令人意想不到，老妇那句听似疯癫的话就成真了——林蔓死了。

五

林蔓的死讯在学校迅速传播，人心惶惶。警察盘问了林蔓生前的同学，李丽也在其中。但她只知道林蔓在失踪的前一天说要离开学校几天而已，其他的就不知道了。林蔓的奶奶也来了，但她的反应异常平静，没有惊悸和悲痛，好像死的不是她的孙女，又好像她早已洞察一切。

晓可是在办公楼的门口处遇见林蔓的奶奶的。老妇的神情好像更加呆滞，她在警察、老师的簇拥下走下楼梯，佝偻的身影愈加凄凉。

老妇抬头望见了晓可，她快步走到晓可身边："死了！真的死了！还会继续！还会继续的！是魔鬼！"老妇疯狂地喊叫着，用力摇晃着晓可。

警察和老师围上来，松开老妇的手，把她带走了。晓可站在一边努力平复着心中的恐惧。这时李丽从楼里出来，她忙跑了过去："真是林蔓？"

李丽点点头："警察说，已经死了四五天了。"

"这……这怎么可能？！"晓可惊道。

"是呀。"李丽悲痛地摇了摇头，"林蔓是个不善言谈的女孩子，朋友很少，更不可能得罪谁，谁会这么狠心……"

"我说的不是这个。"晓可望了一眼四周，"几天前，林蔓的奶奶突然到咱们学校，喊叫着自己的孙女死了。当时我还以为她是疯了呢。"

"真的假的？"李丽瞪大了眼睛。

"当然。不信你可以问菲菲。"

"是吗？"李丽的脸突然阴沉下来，转身走了。

晓可望着李丽远去的背影，心头突然升起一种异样的感觉。

"还会继续！还会继续的！"老妇的话在她耳边萦绕，还会继续什么呢？

几个星期之后，学校又出事了。

清洁工在操场周围的林地里，发现一个浑身沾满血污泥垢的男尸。令人惊悚的是，这具死尸竟被割开了肚腹。经法医检查，死者的心脏被凶手拿走了。

离奇的死亡事件再度令学校的师生惶惶不安。晓可又想起老妇的话：还会继续！还会继续的！是魔鬼！

真的是魔鬼吗？

六

接连死了两个学生，学校开始谣言纷起。人们传言学校里有恶灵，被盯上的人必死无疑。晓可突然有种强烈的预感，也许，下一个就是她！

夜里，晓可睡得正熟。突然，她感到脸颊一阵冰凉，她颤了一下睁开眼睛，什么也没有。她缓缓坐了起来，借着微弱的光线，朦胧中看见两个身影，他们手中好像还抱着东西。两个身影杵在原地一动不动，许久之后，他们突然将手中的东西扔到了晓可的床上。

晓可低头望去，那竟是一颗人头和一个血淋淋的心脏！

晓可尖叫着在床上直挺挺地坐起来，原来是个梦。她擦去额角的冷汗，气喘吁吁。菲菲听到她的叫声，慌忙打开灯，跑到她床边。

"怎么了？"

"没什么。"晓可尴尬地笑笑，"刚才做了个噩梦。"

菲菲长舒一口气："我以为怎么了，你可真吓死人。"

晓可不好意思地笑了，眼神落在菲菲脸上，突然不动了。

"怎么了？"菲菲不由得摸了摸脸。

"啊？"晓可收回眼神，"没什么，没什么。"

"快睡吧，离天亮还早呢。"菲菲关了灯，寝室又陷入黑暗。晓可蓦地睁开双眼，望了一眼菲菲的床铺，恐怕今晚她要度过一个不眠之夜了。她突然冒出一个想法，去找林蔓的奶奶，那个有着重瞳的老妇。

七

终于迎来了双休日，晓可迫不及待地打听到林蔓家的地址，匆匆出了校门。

这是一座低矮的小屋，孤独地坐落在村子的北角。

林蔓一进院子就看见了林蔓的奶奶。老妇正坐在院角缝补衣服，"你来了。"老妇平静的声音好像早就知道一般，"坐吧。"

"您好。"晓可礼貌地鞠了一躬，"不好意思来打搅您，我……"

"行了。"老妇站起身，"我知道你为什么来的，进屋说吧。"

林蔓家的房子很旧，光线也不好，但还算整洁。晓可一进屋便看见墙上的一张黑白照片，那上面是一个女孩，这应该就是林蔓了。晓可是第一次看到林蔓的样子，不由得仔细看了一下，她惊讶地发现，林蔓也有一双重瞳。

"你是想知道小蔓的事吧？"

"是！"

"你想知道，为什么我会知道我孙女已死了？"老妇抬脸望着晓可。

晓可一愣，随即点点头："对，林蔓生前发生了什么事情？她一定写信通知了您，对吗？她信中究竟写了什么？"

老妇，答非所问道："学校是不是又死人了？"

"您怎么知道？"晓可惊讶。

"是个男孩子。"老妇接着道。

晓可更惊。

"被人劐开了肚子，拿去了心脏。"

"您……"晓可简直不敢相信自己的耳朵，"您怎么知道的？！"

"小姑娘，你相信第六感吗？"老妇缓缓站起身，踱到屋门处。

"第六感？"

"相信你也看到了我的眼睛。"老妇叹了口气，"我娘家姓李，从祖辈上，就有人天生异眼，瞳中套瞳，叫作重瞳。这本是一种眼睛的畸变，可是，凡是家族中生有重瞳的人，都有一种功能，能够窥知别人的心事，知人所想。我想这可能也是重瞳带来的一种脑部变化，可以感知一般人难以知道的事情。我和小蔓的父亲以及小蔓三代都遗传有这种罕见的重瞳，并且都能够窥知他人内心的秘密。"

"能够窥知别人的心事？"

"对。"老妇点点头，"你还记得第一次见到我，我们的对话吗？"

"我记得。"晓可相信老妇所言非虚。

"你知道，当你知道别人心里所想的时候，是一件多么恐怖的事情吗？尤其是知道你不想知道的事。"老妇痛苦地道。

"您是说，林蔓知道了什么事情？"

"对。"老妇点头，"那天，小蔓突然回家。她说她不想再去上学了，我问她为什么，她不说。我被她心中隐藏的事情吓坏了……"说到这儿，老妇激动得身子有些微微颤抖，可是突然止住不说了，突然过来拉起晓可就往屋外拽，"你走吧！快走吧！"

"您怎么了？！"晓可惊讶于老妇的变化。

"你不要再来了！永远不要再来了！"老妇将晓可推到院外，激动地吼着。

"这究竟是怎么了？"

老妇默然不语，返身回屋。突然，老妇又停下来，颤声说："小姑娘，你要小心。我只能说，尽快离开那所学校吧，不然……你也许会和小蔓一样。"话毕，老妇重重地将门关上了。

晓可的心被老妇的话搅得乱如团麻，她不明白老妇是什么意思，但她确信老妇没有骗她。一定是有什么人或什么事情让老妇惧怕，让她不敢开口。

你也许会和小蔓一样。一样什么？变成学校湖中的无头女尸吗？晓可打了个寒战。

八

晓可回到学校已是下午了，空中又卷起了乌云，黑压压地遮在头顶。她站在学校大门口，抬眼望去，整个学校笼罩在黑云之下，显得格外诡异，她第一次感到学校竟也可以这样令人惧怕。空中的雨毫无预兆地砸下来，晓可快步向宿舍跑去。

宿舍没人。"下这么大雨，菲菲去哪儿了呢？"晓可有些担心。

忽然，她想到了什么，急忙打开了电脑。她打开网页，在搜索引擎中输入了"重瞳"两个字。她点开了其中一个页面，上面这样写道：重瞳，眼睛畸变或病变所致，顾名思义，就是瞳中套瞳的意思。历史记载，上古的舜、楚霸王项羽以及大词人李煜都是重瞳。医学上解释，重瞳其实上是一种眼疾，称为眼蝇蛆病，致病的是一种叫狂蝇属的蝇类，但此种蝇蛆对身体无大害，一般重瞳的人都可以健康终老。另外，重瞳也是可以遗传的，而且，也是可以传染的。但是由于蝇蛆生长在眼睛之内，传染的概率几乎为零……

她看到这里，停了下来："传染？怎样才能传染呢？"

夜渐渐深了，雨依然狂下着，菲菲还未回来。晓可关闭电脑，倒在床上沉沉睡去。房门突然响了一声，晓可睁开眼睛看到一个人影正蹑手蹑脚地往床边走。她抬手打开台灯，是菲菲。

"这么晚了，你上哪儿去了？"她揉着惺忪的睡眼问道。

菲菲不好意思地笑了笑，一边脱着湿漉漉的衣服，一边说："本来不想把你吵醒的，真对不起，我和朋友们出去玩了，一时忘了时间。"

"快擦干吧，不然要生病的。"晓可关切地叮嘱着。

"没关系。"菲菲笑道。忽然像是想起了什么，停下动作，望着晓可，"晓可，你今天一大早就出去了，干什么去了？"

晓可一愣，本想说出实情，可是话到嘴边，不知为何却改了口："啊？我……我去一个亲戚家了，好长时间没去了想去看看。"

"是吗？"菲菲淡淡地笑了笑，"我想一定是一个年龄不小的亲戚。"

"噢。"晓可垂下眼帘，含糊应付道。突然，她看到菲菲小腿上有一处异样，黑乎乎的，由于光线太弱，她看不清，"菲菲，你腿怎么了？是不是受伤了？"

"啊？"菲菲猫腰，慌忙将小腿遮住，"没什么，快睡吧。"话毕，躺到床上不再言语。

翌日，晓可一大早就起来了。她伸了个懒腰，一眼瞥见睡得正香的菲菲。她轻声走过去，想替菲菲盖盖蹬乱的被子。手刚伸出去却顿住了。她看到了菲菲腿上掩盖住的黑迹，虽然只露出一小半，但可以辨认出是一幅图画。她缓缓地撩开被子，那是一只骷髅头形状的刺青。她惊得不小心碰到身后的椅子，菲菲听到声音，睁开了眼睛。

"晓可。"菲菲打了个哈欠，"怎么了？"

"啊？"晓可慌张地捋了捋额前的发丝，"没什么，我正准备去洗脸。你接着睡吧。"话毕，她抱起脸盆向门口走去。

"晓可。"菲菲猛然叫住她。

"什么事？"晓可停住步子，僵硬地笑了笑。

菲菲一动不动地盯着晓可，像是看穿她的身体一般，许久，才轻轻道："小心一点儿。"

晓可咽了口唾沫，点点头走出寝室。

星期天的早上，走廊里寂静异常，几乎是没有人起床的。晓可捧着脸盆向水房走去，离着老远，就听到一阵哗哗的流水声。她想，一定是昨晚有人忘记关水龙头了。快到水房的时候，地面突然出现积水。她踮着脚，小心翼翼地躲避着脚下的积水。突然，她发现这水竟掺杂着赤红，而且水的颜色越来越深。走进水房，脚下的积水已无法躲避。她趟着水向水槽走去，沿着槽沿不断向外流着鲜红的水。等她靠近了，手中的脸盆应声落地——水槽中躺着一个女生，双目暴突，四肢竟然全无，露着参差不齐的白骨……

　　警察又来了，接二连三的死亡事件让警方头疼，调查进展缓慢。警方最终告诫学校，入夜之后不要让任何人出门……学校更是紧张地在每个寝室都配了一根电棍。

　　整个校园笼罩在阴郁之中。

九

　　晓可由于受到惊吓住进了医院。学校里接二连三发生杀人割尸事件，简直令人恐慌到极点，她真的再也不想回那所学校了。

　　星期天，菲菲和李丽姐妹跑来看晓可。讲了一些学校的事情后，菲菲因为肚子痛，便跑去上厕所了。李丽坐在床边，认真地帮晓可削着苹果。

　　见菲菲走出门口，晓可稍稍直了直身子："李丽，我想问你个事情？"

　　"什么事？"李丽望着手中的苹果笑道。

　　"你们家以前有没有人长有重瞳？"

　　听到这话，李丽突然停了几秒，很局促地笑了笑："你怎么想起问这个？"

　　晓可向李丽靠了靠，压低声音道："你没发现吗？菲菲的一只眼睛最近好像变成了重瞳。"

　　"是你看花眼了吧？"李丽将削好的苹果递到晓可手中，"怎么可能呢？"

"是真的！"晓可正欲说下去，房门突然毫无声响地打开了，菲菲站在门口。

　　菲菲进屋望了一眼李丽："姐，我们该走了，让晓可好好休息吧。"

　　"对。"李丽忙站起身来，"晓可，你休息吧，我们先回学校了。"

　　两人走到门口，李丽不小心绊了一下，晓可忙关切地问："没事吧？"

　　"没事，没事。"李丽慌忙抚了抚裤腿，站起身来，"我们走了，你休息吧。"

　　虽然只是一闪，晓可还是看见了，在李丽腿侧也有一个黑色的骷髅头刺青。她觉得那个骷髅头刺青一定不是普通的刺青，一定有什么特别的意义。

　　一个星期之后，晓可出院了。回到学校，大家依然如故，好像全校师生并未因为恐怖的杀人分尸事件而变得像她一样恐慌，生活学习依旧。

　　几天后，医院突然打来了电话，说是有一名因车祸临危的老妇要见晓可。晓可的第一个反应就是林蔓的奶奶。

　　病房中，老妇躺在床上微睁着眼睛，见晓可来了，手扬了扬。晓可立刻跑到床前，抓住了老妇的手。

　　"我……就要去了。临死前，我想……想告诉你，我是一个……懦弱的人。本来那天……你来找我，我……我就应该告诉你的，可是……她来了，她……她站在院口……盯着我。"

　　"她是谁？"晓可焦急地问道。

　　老妇大口喘着粗气，手突然变得很有力量，死死地扣住晓可的手掌，双眼惊恐地睁着，张着嘴巴，"骷髅……身边……"她说完这四个字，身子一沉再也不动了。

十

回校的路上，晓可一直想着老妇临终前说的话，骷髅？身边？究竟是什么意思呢？突然，她想到菲菲和李丽小腿上的骷髅头刺青，难道这些死亡事件与菲菲和李丽有关吗？她用力晃了晃脑袋，自言自语道："不！不可能。我简直是胡思乱想。"

夜深人静，晓可躺在床上辗转反侧。她觉得自己快被心底的巨大恐惧吞没了。她起身轻轻地踱到窗边，向外望去。

操场上空无一人。突然，晓可看到对面楼里有火光。那是一幢三层的楼房，原本是学生宿舍，几年前就已经废弃不用了。是的，那是一座空楼。

晓可的心一下子提到了嗓子眼儿，她又盯了一会儿，可是火光再未出现。就在她准备回床的时候，一个人影突然在大楼的门口闪过。鬼！她在心底惊呼，那人影如同那火光一样，只是一闪便再未出现。

晓可想叫起菲菲，一扭头，却"啊"的一声叫出来，菲菲不知何时已无声无息地站在了她身后。

晓可定了定神，急道："菲菲，有鬼！"

"鬼？"菲菲狐疑地靠到窗前，向外望去，"哪里有鬼？"

"就那幢废弃的楼房中，刚才我看见了鬼火，还有一个鬼影。"晓可惊魂未定地说道。

"是你看花眼了吧。"菲菲摇头笑道，"赶快睡吧，离天亮还早呢。"

"是真的！"

菲菲又笑了笑，和衣躺到床上，不再理会晓可。

晓可无奈。

翌日，晓可惊醒，睁开眼睛，菲菲坐在身边。

"你醒了？"菲菲摸了摸晓可的额头，"你呀，昨天可把我吓坏了。睡着觉突然就喊叫起来，说什么大楼、鬼火、人影的，满嘴胡言。怎么叫也不醒，真是急人，又做噩梦了吧？"

"梦？"晓可不解地蹙眉，她想到昨晚见到的那些恐怖的景象，"我昨晚一直未醒吗？"

"叫都叫不醒呢。"菲菲叹了口气，起身拿起脸盆，"快起来吧，已经不早了。"

晓可呆呆地望着菲菲走出门去，她揉着昏痛的脑袋站起身来，走到窗边，望着操场尽头的那幢大楼。真的只是一个噩梦吗？她犹犹豫豫，她听到自己的心在喊叫：不！那不是梦！绝对不是！

十一

放学后，晓可心事重重地回到宿舍，刚进楼，就嗅到一股诱人的香气。打开寝室门，那股浓重的香气立刻扑面而来。屋内一片喧嚣，一大帮女生在屋里有说有笑，边吃边喝。她傻了眼，愣在门口。

菲菲一眼看见晓可，忙跑了过来："别傻愣着，进来呀。"

"这是干什么？"晓可不解地问道。

菲菲一笑："我们闲着无聊，办了个聚会。"

"聚会？"晓可现在可没心情参加什么聚会。

菲菲挤进人群，一会儿，端着一只装满食物的碟子又挤了出来："来，尝尝，我做的。"

晓可望着香气扑鼻的煎肉，挑了一块放到嘴里，香醇的肉味袭满口腔："真是不错！菲菲，没想到你还有这么好的手艺。"

菲菲开心地笑了笑："你先吃，我去看一下食物够不够。"话毕，又挤进了人群。

晓可确实饿坏了，端着菲菲送来的丰盛食物，狼吞虎咽。晓可吃饱喝足了，觉得很是困乏，便跟菲菲打了声招呼，上床睡觉去了。

晓可一觉醒来，窗外一片漆黑。她看到菲菲捧着一根蜡烛走出房门。想起警方的告诫——晚上不要单独外出，晓可轻声唤了一声菲菲，可是，菲菲已然消失在门口。她忙穿了衣服，抄起桌下的电棍追了出去。她出门的时候，正巧看到菲菲消失在楼梯口。菲菲不是去上厕所吗？晓可迟疑片刻，又追了上去。

菲菲走得很快，出了宿舍楼，径直向操场走去……晓可一直跟在后面，一种强烈的好奇感促使她要看看菲菲究竟要去干什么。

菲菲最终走进了宿舍楼对面的那幢空楼。晓可犹豫着也蹑手蹑脚地跟了进去。楼内黑暗无比，她只能借着菲菲手中的微弱烛光前行，脚下不时磕磕碰碰，菲菲却依旧走得轻快。

菲菲闪进一扇木门后不见了，晓可扒在门板上，缓缓向内望去。

屋子里灯火通明，聚集了许多人。他们围拢在一起，盘膝坐在地上，嘴里念念有词，像是进行着某种仪式。还有几个人，在旁边对坐着，正在向对方腿上刺青。在人群中央，燃着一堆篝火，篝火上方架着铁架，铁架上穿着一样东西，正在滴着油。屋内萦绕着阵阵香气，这气味似曾相识。接着，晓可感到浑身发软，一种前所未有的恐惧和恶心笼罩了她——那铁架上竟然穿着一条人的胳膊。接下来发生的事，让她更加惊骇——一群人在默念了一阵之后，竟然将那条胳膊分食了。

晓可被眼前的景象吓呆了，她想起老妇临终的话，恍然明白了其中的意思。她呆呆地向后退却着，手中的电棍不小心掉到地上，沉闷的声响回荡在整座楼内……屋内刺眼的光线顷刻笼罩了晓可，她跌坐在地上，惊恐地望着眼前越聚越多的人，最后，她看到一个熟悉的人影向她走近，是菲菲。

菲菲似笑非笑地走到晓可面前："晓可，你都看见了？其实，我早就知道你跟着我，我是故意让你跟来的。既然你都看到了，我就告诉你，我们正在进行一个神圣的仪式，这是我们食人教最崇高的仪式，我们接纳了新成员，以最丰盛的人肉盛宴款待他们，欢迎他们。"菲菲蹲下身凑近晓可，"晓可，你是我最好的朋友，其实，我一直都希望你能加入我们，成为我们的一员。你会体会到巨大的乐趣的……"

"住嘴！"晓可不知哪儿来的勇气，暴怒道，"你们这群魔鬼！菲菲，林蔓是不是你杀死的？！"

菲菲冷哼了一声："是的！因为她知道了我们的秘密，她要去公安局告我们。我们当然不能让她去，是她自己找死。只是，我没想到，吃了她的脑子，也会长出这讨厌的重瞳。不过，有失必有得，未承想，我也具备了林蔓的特异功能——我能看穿所有人的心事，包括那天你准备去那老太婆家。"

"你那天一直跟踪我？"晓可愤怒地问。

"是。"菲菲冷笑道，"现在，你知道那老太婆为什么不敢对你讲出实情了吧？因为她看到了我。"

"你们简直不是人！"晓可怒吼着。

"你自己还不是一样。"菲菲轻蔑地望着晓可，"你忘了今天你狼吞虎咽的样子了？那可是人体最细嫩的肉呀。"

想起白天吃的食物，晓可胃里立刻一阵翻江倒海。

"对，我们不是人，我们是神。晓可，加入我们吧，在这里，只要你吃过人脑，你就会变得超乎常人的聪明，只要你吃了人的四肢，你就会变得超乎常人的勇猛，只要你……"

菲菲异常激动，全然未注意到晓可的手指正在一点点地移向电棍。终于，晓可够到了电棍，她打开电源开关，猛地戳向菲菲。菲菲闷哼了一声，倒了下去。晓可一阵狂奔，冲出了地下室。她疯狂地跑出大楼，瞥见了办公楼上的灯光，那是教师值班室。她跟跟跄跄地跑了过去。

"快！快！他们……他们在吃人肉。"晓可气喘吁吁地说着。

今天值班的是校长，见晓可一副惊慌失措的样子，连忙走过来，蹲在地上："同学，你怎么了！？"

"他们在吃人肉！"晓可重复道。

"吃人肉！"校长也许是不敢相信自己所闻，露出一脸惊讶的表情，"慢慢说，到底出了什么事？"

晓可重复了一遍，校长完全呆住了，他沉默了片刻："你不要着急，我立刻报警。"话毕，他起身向屋内走去。

晓可还在喘息着，突然，她一动不动地愣在原地，好像空气突然全部凝固在一起似的。她大张着嘴，眼睛一眨不眨地望着校长。在校长的小腿内侧，清晰地刺着一个图案，那是一个青色的、骇人的骷髅头……

恶者，伤人皮肉，邪者，害人身心，噬人灵魂，当属大害！

第二个故事　无名尸镇

文/羊羽

　　马志豪的故事讲完后，得到了大家热烈的掌声。主持人张震东看了一眼三位评选员竖着的纸牌的评分说："马志豪先生得分75分，下面有请我们的方志通先生上台……"

　　话音刚落，一个精瘦的男人上了讲台。他清了清嗓子说："今天我要跟大家分享的是一个跟奇特丧葬有关的故事，事情发生在一个奇怪的小镇，这个小镇有个很好听的名字，叫'若桐镇'……"

一

　　"世界之大无奇不有，丧葬的风俗也是千奇百怪、五花八门的，下面带大家去去看各地怪异的丧葬风俗。在印尼巴厘岛，葬礼成为多彩的庆祝活动，死者的遗体在华丽的公牛雕像造型石棺内进行火化。在加纳，人们死后可以葬在任何造型的棺木内——从巨型可口可乐瓶、缩小版奔驰车到庞大的鱼或者鸡……"广播节目清脆的声音从收音机内传出，还没听完，简若桐便不耐烦的换了个频道，转到新闻台，正在播放消费新知。

"怎么都是这种新闻啊……"她喃喃抱怨着。简若桐此时的心情稍微放松了些。她哼着歌，手指按着节奏敲打着方向盘，加快速度在公路上奔驰。车子的后座、行李箱内塞满了她的家当。这趟旅程没有目的地，想到哪儿落脚就在哪儿落脚，抛弃过去所有的一切，包括那些伤心往事。她昨天才答应了男友，不，是前男友分手的要求。今天就整理了所有行李打算放逐自己，顺便放逐痛苦的回忆。算了，反正那种会打女人的坏男人，不要也罢。她打算就这样开下去，直到车子没油，就在那个地方找个房子住下。反正银行卡里的钱也够，暂时不用为生计烦恼。

"警方接获报案，民众在大寮乡的废弃工厂内发现一具无名尸……"听到这则实时新闻，简若桐皱起眉头："怎么又是这种新闻……"却没有换频道的打算，她就这样听下去。没办法，这社会太乱了，不时有无名尸出现，有些是自杀，有些是谋杀，有些有人认领，有些连有没有家属都不知道，她早已见怪不怪。套一句前男友的话，不只对这社会麻木，对这段感情，他也麻木了，所以抛下还有感情的她。

"唉！"若桐重重地叹了口气。失意人的心情就是如此吗？如此痛苦，如此无所适从。泪水不知不觉涌上眼眶，她想抽张面纸拭去泪水，却发现前方的路标上写着大大的两个字——若桐。奇怪？这不是我的名字吗？她好奇地想。这个地名从没听过，竟有这样的巧合，和她的名字一样！也许是天意吧！

若桐将车子开往路标指向的方向，开出了公路，出现的是一条没有尽头的道路，路两旁是广阔的稻田，十足的乡下地方。带着兴奋的冒险心情，若桐没有丝毫犹豫往路的尽头开去。开了大概20分钟，出现了一座桥，仿佛是连接两块不同的土地。这座桥既长且大，桥下的河水湍急地流着，桥旁立着块大石碑，上面写着：欢迎光临若桐镇。

她看了石碑一眼，饶有兴趣地念着："若桐镇……真是有趣。"

炎热的下午，这座桥上一辆车都没有，于是若桐将油门踩到底，迫不及待地想越过这座桥，看看和她同名的镇是什么样子。当车子飞快地开过桥的中间时，她瞥见分隔线旁好像有个肉色的东西。她好奇地从后照镜探视，拉远的距离只让她看到一团肉色。以那小小的形体来说，应该是狗的尸体吧。也许是哪个好心人把它的尸体移开，免得被后面的来车碾得粘在路上。

若桐继续往下开，前方又有个肉色的东西。这次她放慢速度，想要看清到底是什么东西，待她开近一看，不禁惊叫一声，"天哪！那是什么？"出乎她的意料，那肉色的东西不是狗也不是猫，而是一个人！一个裸体的人趴伏在分隔线旁边。若桐连忙将车子停在桥边，趋前观看。那是一个男人，尚有一丝气息，但他对若桐的叫唤一点儿反应都没有。

"先生！先生！你醒醒啊！怎么倒在这里呢？"她摇着他，惊讶地发现他身上通红，看来他倒在这里一段时间了，炙热的太阳晒得他皮肤如火般灼热。

"怎么会这样？"这男人好像病得不轻。甚至……就快要毙命的样子。那瘦弱的躯体、斑驳脱落的皮肤，怎耐得住这样的太阳？

若桐跑回车上，拿了手机和一床薄被，薄被披覆在男人身上遮挡太阳，手机则拨了119。电话才一接通，若桐就着急地求救："喂，我在若桐镇的桥上！有个男人倒在路旁，他……他就快死了！你们快点儿派救护车过来！"

"若桐镇？"电话那端依然是沉稳的声音，一听到若桐镇，反应竟出奇地冷静，甚至带着点儿笑意说，"小姐，看来你是刚到若桐镇吧！你难道没有听说过若桐镇的事吗？"

"什么？"若桐不明所以地问。

"若桐镇是不埋尸体，也不火化尸体的！你看到的那个男人应该是裸体躺在路上吧！我劝你别管他，让他好好地走吧！"

她还是不解地问："什么意思？但是他还没死啊！求求你们快来救他。"

"小姐啊，你是真不懂还是假不懂？算了算了，每次为了解释若桐镇的习俗都要半天。总之，你不要管路边的尸体，因为不会只有这一具！"啪的一声，对方无情地收线了。

"怎么回事……"若桐望着男人，他胸前连微弱的起伏都没有。她趋前探探他的鼻息，已经没呼吸了。她连忙往后退了一步，颤抖的声音喊着："天哪！他死了！"连救护车都不愿救的男人？若桐镇的习俗？她一头雾水。

身后的喇叭声拉回若桐的思绪。一个戴着金框眼镜、长相斯文的男人从车窗探出头问："小姐！你站在路边做什么？"她急忙上前求救："先生，这里有具尸体啊！我刚刚打电话给119，他们竟然不肯来救！"带着点儿气愤和不平，她激动地说。

男人看着她的反应，竟轻笑起来。

"我看你是第一次来若桐镇吧！虽然是外地人，应该也听过我们这里的习俗啊！"

"习俗？"

"没错！你听说过西藏的天葬仪式吧！我们这里的尸体不火化也不掩埋，就这样放在路边让鸟啄食尸体，直到尸体化为白骨才会集体火化。"

"天葬？"若桐想起方才在车里听到的广播，莫非广播里说的就是这若桐镇？

"对啊！你看，鸟来了。"男人手指向远方。

<h1 style="text-align:center">二</h1>

一片黑压压的鸟群飞来，停在尸体上方，争夺啄食尸体。这种鸟是她没看见过的，有着红色的长喙、红色的翅膀，身体则是乌黑色。它们用爪子撕开尸体，锐利的喙啄咬着尸肉，一股腥臭伴随着尖锐嘈杂的鸟叫声，让她的头开始眩晕。

"小姐！你没事吧？"男人下车扶着她。

"没事没事。只是有点儿不太习惯这里的习俗。"她无力地倚在男人怀中。

"我看你应该也无法开车了，这样好了，你先坐我的车，我带你去镇上休息休息，再带你回来开车，可以吗？"若桐想了一下，他说得没错，此时的她，双脚早因惊吓而发软，但如果要她一个人和尸体一起待在这座桥上，恐怕她会精神崩溃。她去车上拿了随身行李和钱包，上了男人的车。

像是刻意让她放松紧绷的神经，男人随口闲聊着："你真的是第一次来这里？"

　　"哦，是啊。"

　　"你来这里之前，都没有听说过若桐镇吗？"

　　"没有，只有刚刚开车时听到广播提到北京也有天葬的习俗，没想到就是若桐镇。"

　　"吓到了吧？"男人体贴地问，"通常第一次来这镇上的人，即使听过这里的习俗，也是会被吓到的。毕竟很少人看过尸体就那么大剌剌地放在路边让鸟啄食。"的确，她被吓得都有点儿恍惚了。尤其是那一大群鸟争先恐后地推挤争食，更让她感到无比恐惧。没想到在北京也有这样的习俗。

　　"天葬"，这个常听到的名词，她竟然可以亲眼见到。只是为何要将一个尚未断气的人放在马路边呢？

　　天葬不都是针对尸体的吗？这样对待一个还没死的人似乎太过残忍，她将疑问提出。

　　男人笑了笑，详细解释着："将还未断气的人直接脱下衣服放在马路边，让鸟方便啄食，是流传下来的习俗。若是载着尸体，不管是骑车或开车，尸鸟都会俯冲下来争食尸体，到时活人恐怕也会受伤。"

　　"尸鸟？"她不解地问。对这个镇有太多疑惑了。

　　"就是刚才看到的那群鸟啊！抢夺尸体的鸟，我们直接称它们尸鸟。"

　　"但是我从没见过那种鸟呢！"

　　"你没见过也是应该的。尸鸟非常聪明，自古以来，它们从未落在人类的手上过，就连这里的居民都没就近看过它们。唯一看过的也只有死人。"他戏谑地说着。或许是因为习惯了这么诡异的风俗，他才能轻松地讲述这些恐怖的事。若桐却边听边感到不舒服。

"因此，尸鸟没有学名，自然也没被列入鸟类图鉴。有多少学者想抓尸鸟研究，但都徒劳无功，连尸鸟的尸体都遍寻不着。"

"尸鸟……只吃死人吗？活人它们也吃吗？"无法想象被这么一大群凶猛的鸟争相夺食是什么滋味。

"哈哈！这你放心，我在这里从小住到大，也有三十年了，从未听过尸鸟吃活人！"

"但是，为什么不火葬或土葬呢？一定要这样天葬吗？我总觉得太残忍了！况且……那都是还没断气的人哪！"

"你终于问到问题所在了。"他看她一眼，温柔地对她笑笑，"若桐镇是一个很奇妙的地方。刚开始我们的祖先也试过土葬，但是奇妙的是，土葬的尸体，不论经过多久都不会腐坏。尸体不腐坏，后面的尸体就无法掩埋。这里只是一个小地方，久而久之，掩埋的尸体渐渐多了、埋不下了，便有一些尸体暴露在土壤外。尸鸟也是在这时候出现的。被尸鸟啄食过的尸体，虽然还有一些残余的肉，不过经过太阳曝晒后，这些残肉也快速腐化。这样就可以把枯骨拿去火化了。"

"这里有火葬场？"

"有啊！就在我们镇的最里面，靠山的地方。"

"那为什么不用火葬呢？"

"也有试过啊！但是火化过的尸体，非但不会化成灰，甚至还保持原形！只是因为肌肉收缩的关系，整具尸体呈现弓状，双手握拳，就好像拳击手的样子，但是血肉什么的根本都没少，连头发、汗毛都烧不掉。没办法了，只有选择天葬让尸鸟处理这些尸体。"

"怎么会这样？"脑中塞了太多不可思议的信息，若桐有点儿消化不了。

"这又是一个无解的谜。有多少学者来镇上研究过，却还是没有一个答案出来，或许是土壤，或许是磁场的关系，有谁知道呢？总之，若桐镇吸引了无数学者和记者来访问，也算是小有名气。所以，我很惊讶你竟没听过若桐镇。"

"可能我很少吸收这类信息的关系吧！"她看看车窗外，惊叫了一声。又是一群尸鸟在争食尸体。

"过不久你就习惯了。这里的无名尸蛮多的！不只桥上，镇上也会有，唯一没有的就是环绕若桐镇的山吧！"

"无名尸？怎么会是无名尸呢？这样一个镇，谁死了你们应该都会知道吧？"

"这也是这个镇的奇妙之处。尸体不脱下衣服尸鸟不会来吃，尸鸟一来吃尸体，第一先吃的地方就是脸，我们想要认也无法认。况且不只这个镇上的尸体，连镇外的尸体都会运来这里。因为怕尸鸟攻击，所以他们不会进镇里，都是把无名尸丢在桥上。当然啦，不循正常渠道处理尸体的人，一定是犯罪者，所以才会把尸体丢来若桐镇，不管是谋杀还是误杀，这里倒是一个处理尸体的好地方。所以这里不只有镇上居民的尸体，无名尸也很多。"

那男人轻咳了一声，接着又说："尸鸟自然不用担心食物来源，因为不仅有我们供给。你看外面那么多失踪人口，我敢说有三分之二都成为若桐镇上的无名尸！因为这里是一个人死了连警察都不管的地带。所以，我们很少知道路边的尸体到底是谁，也没必要知道。因为住在这里久了，就不会去在意随处都可能有的尸体，连看都不会看一眼，就当垃圾一样。"

当垃圾？若桐感到背脊一片寒冷。这里的居民一定都是麻木了，才会这么看待生命。

开了漫长的一段路，终于到了有人烟的地方。

"欢迎光临若桐镇！"男人提高声调，表情夸张地说，"顺便告诉你一件事，若桐镇唯一和外界联系的通路就是刚刚那座桥，要是桥垮了，就要攀过无向山或是穿过湍急的河流，才能到外面求救哦！"

"无向山？好怪的名字。"她有点儿啼笑皆非地说。这真是一个怪异的镇！但很适合现在心情低落的她，对这个镇的好奇稍微振奋了她的精神。

"无向山环绕着整个镇。可能是磁场的关系，进入无向山，不只人会失去方向感，就连指南针也失去作用，因此取名为无向山，没有方向嘛！所以根本没办法把尸体丢到山上。"

车子开进了若桐镇。这个镇和其他镇没什么不同，简朴的砖造平房，穿着朴素的人们好奇地观望着车内陌生的她。唯一不同的就是路边、房舍边偶尔可见到的即将断气的人，或是成群的尸鸟啃噬着残缺的尸体。他视若无睹，她却不得不去注意。尽管叫自己别去看，但好奇心迫使她每经过一具尸体时便不由自主地回头观望。看将死之人的形态，也看众鸟啄食尸肉的残忍景象。这些都对她产生了极大的刺激。

"喂！别看了吧！"他突然叫她，"到了哦！这家咖啡店是镇上唯一一家，下来喝杯饮料放松一下心情吧！"车子停在一家雅致的咖啡店前，店面虽然不大，但装潢是美式乡村风格，给人一种温馨的感觉。若桐打开车门跨出一只脚，却踩在一团硬物上。

"咔嚓！"因为重量的关系，硬物应声而断。她低头一看，发现竟是一团尚有腐肉的骨骸！

"天哪！"她往后一缩，靠到驾驶座旁的车门上，瑟缩着身体，吓得眼泪都流出来了，但眼睛仍不可控制地盯着地上的尸骨。她感觉已经濒临崩溃了。先是亲眼看到一个骨瘦如柴的人断气，接着目击了无数的尸体被尸鸟啄食，现在又踩在一具尸骨上，全都带给她无限的刺激。

"怎么了？"男人上前，看到那具骨骸，莞尔一笑，"糟糕！没注意到这里也有具尸体！来，你从这边下来吧！"他打开驾驶座旁的车门，牵起她发冷颤抖的手，扶着她下车。"吓到了吧？这种情形很常见。有些尸体没有放在路边，甚至还会被车碾过！"他的手依旧紧牵着她，没有放开，将她带入咖啡店内。"欢迎光临！"清脆的招呼声从吧台传来。

若桐往内一看，是一个留着一头微鬈长发的女人，年龄30岁上下。"你第一次来这个镇吧？没见过你。"女人说。

这家店只有她一人，应该就是店长了。她点点头。"刚来这个镇一定会被吓到，但是住久了就习惯了。而且住久了，就离不开这个镇了。"店长对她神秘地笑笑。

"离不开？"若桐狐疑地问着。

男人拉着若桐坐到靠窗的位子，对着店长说："别吓她了吧！她已经被门口的骨骸吓得失了魂。"

"我没吓她啊！"店长依然一本正经地说，"住久了呢，自然会了解这个镇的魔力。若桐镇啊，会让大家迷得离不开这块地方。"店长的最后一句话竟在她脑中一直盘旋。若桐镇到底是一个什么样的地方？到底有什么样的魔力？除了让尸体无法腐化外，还让她有那么大的好奇心。

"对了，聊了那么久，还没问你的名字呢！"

"我……我叫李锦妍。"她随便扯了一个名字。到了这个镇，她就决定要完全摆脱过去，连名字都不要了！让一切重来，包括她的生命、她的身份。在若桐镇，她要以新的名字重新出发，而和这个镇名相同的名字，只能舍弃了。

"李锦妍……不错的名字哦！你好，我叫刘桐杰。"男人伸出右手礼貌地要和她握手……他这举动惹得她发笑，仿佛是刻意要缓解她的紧张心情，他的动作十分滑稽。

"顺便告诉你，在若桐镇出生的人，名字里一定有个'若'或'桐'字。"刘桐杰手指向正在吧台里忙碌的店长，"像她，她叫李桐欣。"照他这样讲，莫非她也是在若桐镇出生？因为她的真名里有"若"也有"桐"啊！但是从未听爸妈说过若桐镇的事，也许真是巧合吧！

"你是要住在这里吗？还是待几天就走？"桐杰非常关心她。

"嗯……我想住在这里一阵子，最短也要半年吧！因为我对这个镇很好奇。"除了好奇外，当然也有摆脱过去的想法存在。

"那你就要租房子啰！你有证件吗？"他突然的问题让她有点儿措手不及。怎么没想到身份证的事呢？她身份证上的名字可是"简若桐"啊！她只好随口扯了个借口："我……出门时太急了，忘了带出来。"

"没关系，你可以住我家。"

"咦？"她惊讶地抬头看他。

"啊！你别误会我的意思。"他困窘地抓抓头发，"我家还有间空房间，放着也是生灰尘。可以租给你，我多一笔收入，你也不用烦恼没有证件租不到房子。何乐而不为？"他双手一摊，反问她。女人的直觉告诉她，眼前这男人对她有意思。她淡淡一笑，没有拒绝，同意了他的提议。

三

此后，简若桐在这个小镇住了下来。刚开始，她对随处可见的尸体仍感到十分不习惯。尤其是目击到一个尚未断气的老人，被疾驶而过的车子辗成两半，尸肉横飞，甚至有几滴血喷射到她的脸上。还来不及尖叫，一群尸鸟从她身边疾速飞过，卷起的狂风带着股血腥腐臭味。尸鸟将尸块围住，争相抢食，不出几分钟，尸肉被啄食殆尽，连脑壳中的脑浆都不剩，只剩骨头和残余的碎肉。

她带着眼泪，低头呕吐。刘桐杰边拍着她的背，边说："啧啧！看吧！没有把尸体摆好的下场就是这样！还好有尸鸟的存在，可以帮忙把尸肉吃干净，不会让下一部车子再碾过。你应该看过小动物的尸体在马路上会是什么下场吧！被一碾再碾，最后尸体像张薄纸粘在路上，还要铲起来，多麻烦！"

她都恶心得想吐了，他还在讲风凉话！若桐抬起头，白他一眼。

"哈哈！对不起！"接收到她愤怒的视线，刘桐杰打趣地向她道歉，"放轻松点儿，OK？"

"怎么放轻松啊？"她从口袋里掏出面纸擦擦嘴巴。"好残忍！这样处理尸体实在太残忍了！"

"这也是没办法的事啊！放心啦！过几天你就习惯了。"

"我想我一辈子都不会习惯的！"她斩钉截铁地说着。但她错了。在这个镇住了不到三天，她已经习惯这个镇上的异象。不管是在街角的骸骨，在巷口的垂死之人，还是呼啸而过带着尸臭味的尸鸟，她都习以为常了。甚至不小心踩到骨骸，她也不再惊讶恐慌，还会跟桐杰一起开尸体的玩笑。其实比起外面社会的黑暗混乱，这个若桐镇要单纯许多。不管是单纯朴素的居民，还是纯朴的环境，都让若桐极为喜爱。但最爱的还是桐杰。

在桐杰家住了一段时间，他们自然而然从房东房客的关系变为男女朋友。她不再睡在那个狭小的房间里，而是搬入桐杰的宽大主卧室。两人出双入对，在这个镇上已不是秘密。有些镇民还以"刘太太"称呼她。她在桐杰身上找寻曾经失去的爱情，也因为桐杰，她不再寂寞、不再伤心、不再无所适从。

交往没有多久，桐杰便成为她的依靠、她的所有。她像其他女人一样，一谈恋爱便倾注全部心力，把所有筹码押在眼前这男人身上，所以只要一输，便什么都没有了。尽管前一段恋爱就是这样，但若桐仍没吸取教训，偏执地去爱桐杰。

初来这个镇时，桐欣说的话她似乎有点儿懂了。若桐镇的确有个魔力，让她深深着迷，着迷于各个形态不同的无名尸，着迷于尸鸟抢食尸体的凶狠姿态。她常倚在窗边，居高临下地看着马路上的垂死之人，全都是裸体，但年龄、长相大不相同，唯一的共同点就是面无表情，仿佛看透世间的一切，就连死亡都毫不惧怕。若桐镇内的无名尸与日俱增，镇外也不例外。

终日都有在哪里发现无名尸的新闻播出。她对这样的新闻已无兴趣，但不得不去听，因为新闻像疲劳轰炸一样反复播放。等待桐杰下班的时间，她就是这样百无聊赖地倚在窗口听着新闻。在这个镇住久了，人心真的会渐渐麻木。

她记得刚到这里那几天，看到一个瘦弱的小孩倒在路边，地上还有好大一摊猩红的血迹。不同于其他快死的人，他还穿着衣服，呼吸十分微弱。小小的身躯，约莫七岁吧！若不是他还会眨眼，若桐真以为他死了。是谁那么狠心将这样小的孩子丢在路边呢？桐杰的反应出乎她意料。他走向孩童，蹲下身子将他上衣的扣子解下。

　　"你做什么？为什么要脱掉他的衣服？快点儿送他到医院啊！"

　　"送医院？为什么要送医院？他被丢在路边就是快死了啊！"他边说边动手将孩童身上的衣服一件件脱掉，"现在不把他的衣服脱掉，等会儿他死了，尸鸟无法快速地吃掉他的尸肉，对他反而是种折磨！妇人之仁在这个镇是没用的！你快来帮我一起脱！"是啊！他说得没错，这是一个奇异的镇，所有的常理在这里都被否定了！简若桐犹疑着，但还是蹲下帮他脱掉小孩的裤子。

　　"救……我……"一声细细的呻吟从孩子干裂的双唇中传出来。若桐怔住了。这样一个小孩，还是有求生意识的啊！她流下泪，抓着桐杰的手哀求着："求求你！我们要救他，要赶快送他到医院啊！那么小的孩子，还不到死亡的时候啊！你听！他还要我们救他！"

　　"是啊，以他的年纪还不到死亡的时候，但是你看这个。"桐杰指着孩童的头颅。他的头颅破了好大一个洞，鲜血汩汩流出，原来地上那一大摊鲜血就是从这个洞里流出的。桐杰脱下他最后一件内衣，内衣下的苍白身躯布满了大大小小的淤青，还有几处溃烂的伤口。

　　"这是……"若桐不忍地看着遍体鳞伤的男孩。"看来是被虐待的小孩，因为快要死了丢来若桐镇。这种事太常见了，其实我看过不止一具这样的小小尸体，都是施虐的父母为了规避刑责把他们丢这里的。"

"怎么会……好残忍……这么小的孩子，竟然可以被虐待成这样！他们怎么忍心下这样的毒手？"若桐掩面哭泣，没想到这社会连亲情都变得如此薄弱。"他真的没救了吗？但是他还能说话啊！"若桐好想帮这个可怜的孩子。

"没办法了。"桐杰摇摇头，指着天空说，"你看，尸鸟都飞来了。"若桐抬头一看，天哪！空中全都是振翅飞翔的尸鸟，它们在空中盘旋，就像秃鹰等着猎物断气马上飞下来啄食。

"我们走吧！离远点儿，不要妨碍尸鸟解决尸体。"桐杰拉着她远离孩童。她的眼睛仍然离不开他，她感觉他仍在求救。那一声"救我"在她耳边回响，始终不能消失。太残忍了！这样对待一个小孩，不管是他的父母还是这个镇，都太残忍了！若桐心想。

当他们走远，身后突然传来一股带着腥臭味的气流，伴随着震耳欲聋的振翅声。她知道，男孩已经走了。除了那声呼救声外，她依稀听到尸鸟撕扯皮肉的声音。随着那声音，她的恻隐之心慢慢地消去……就是从这件事开始，若桐的心也渐渐麻木。没办法，要是不学着一起麻木，面对时不时就出现的骸骨、尸体，哪个正常人能忍受？

和桐杰刚开始交往时，一切非常顺利，桐杰也待她很好。但，就像所有的爱情，总是要在一段时间以后才能清楚的看到对方是否真心。若桐同样发现了桐杰不对劲的地方。

那是在一个寂静的夜晚。若桐在睡梦中被尸鸟卷起的风声吵醒。她睁开眼睛，发现应该在床上的桐杰不见人影。是去厕所了吗？她起身走向客厅找桐杰。客厅空无一人。奇怪……若桐纳闷着。去哪里了呢？都那么晚了。有阵翻动东西的声音传来。若桐仔细听，发现是从原本她睡的小房间里发出的。她走到小房间的门前，轻声转动把手。她将门开了一条小缝，从门缝中观察里面的情形。

她看到桐杰的背影。他蹲着，在她的行李箱前。她其他的行李、纸箱也被打开，里面的物品全被翻了出来，杂乱地堆在地上。桐杰就在这堆物品前翻找着东西。他在干吗？若桐突然感到一阵害怕。为什么他要这样翻她的东西？他在找什么？难道……他对她的身份起疑了吗？除了不被尊重的感觉外，还有种恐惧的感觉。

桐杰和她交往为的是什么？他真的爱她吗？如果真的爱她，又为何要随意乱翻她的东西呢？有什么事不能直接问她吗？他存的是什么心理？好多疑问在她心中浮现，包括对这段爱情的疑问。她没有进去阻止他，反而悄声关好门，回到床上。

四

她躺在床上，想着刚才见到的那幕。他在找什么呢？她的行李里除了存折和身份证外，就没有贵重的东西了。如果被他翻到身份证，她该如何解释？她身份证上登记的是简若桐，而不是李锦妍啊！若桐心中开始编织着完善的没有缺陷的说辞。

桐杰知道她上一段受创的感情，或者她就直接跟他说是想忘记过去，想开始另一段新的人生，才会用另外一个名字在这个镇上重新开始，并不是有意骗他的。他应该会体谅她。没错！就直接跟他说吧！

房门开启，桐杰回来了。她背对着房门，无法看到桐杰的表情。紧张感令她身体紧缩，连呼吸都变得不顺畅。桐杰躺了下来，没有任何对她的疑问。他的手臂揽上她的腰，就像以往一样。他没有翻到身份证吗？还是要等到天亮起床才问她呢？或者他要找的根本不是身份证？好多问题在她心里，扰得她一夜未眠。

　　第二天早上，桐杰一如往常，没有丝毫不对劲的地方，这让简若桐开始怀疑昨晚是否只是一场梦。但当她趁着桐杰上班，跑到小房间查看自己的行李时，那被翻动过的痕迹又明显地告诉她：这不是一场梦。她打开放身份证的小皮包，存折、印章都还在里面，但是身份证不见了。

　　不会吧！她连忙把行李全都重翻了一遍，还是没找到身份证。难道真的是桐杰拿走了？他拿走她的身份证要做什么？如果只是要查她的身份，直接问她就好，为何要拿走身份证呢？她实在不懂他心里在想什么。晚上桐杰下班，他们一起吃饭，桐杰没有任何不对劲的表情，和平常一样跟她聊天。她也佯装镇定，和他有说有笑，但心中开始对桐杰提防起来。

　　她觉得桐杰很恐怖。明明藏起了她的身份证，明明就已经知道她的本名，却还装作若无其事的样子。她不懂他究竟想干吗？现在的她觉得桐杰城府好深、心机好重，他打什么主意，她一点儿都不知道。

　　他真的爱她？还是另有所图？以后的几天，两人都各怀鬼胎地生活在一个屋檐下。若桐趁桐杰上班时在家翻箱倒柜地找，但不知身份证是真的不见了，还是被桐杰藏了起来，她找遍了家里任何角落都找不到。在现在的这个社会，光凭一张身份证就可以办手机号、贷款、信用卡，掉了一张身份证就等于掉了好几十万元的资产！也许桐杰把她的身份证拿去偷办了贷款……总之，不赶快找出她的身份证她就无法安心！若桐决定等桐杰回来问问他，好过自己在家胡乱猜测。

当晚，简若桐找了桐杰到镇上的咖啡店。两人点了简餐，便坐在角落聊天。

"真稀奇，你竟会主动要来这里吃饭，以前怎么约你都不来！"桐杰笑着说。

她看着正在吧台里忙着的店长。不想来这里的原因是店长给她的感觉很不好，可能是因为刚来这里时听到她讲的那番话吧！"若桐镇啊，是会让大家无法脱离的一个镇！"好像是这样一句话吧！虽然有点儿忘记那时谈话的内容了，但当时的诡异气氛和店长的阴森感觉让她无法忘怀。店长发现她的视线，便抬起头对她微微一笑，若桐也露出一个没有笑意的笑容回她。

用餐当中，若桐有意无意地说："这星期我想回去耶！"

听到她这样讲，桐杰惊讶地问："回去？回哪里？"

"不用担心！我只是回去拿个东西，当天就可以回来了。

"拿什么？"

"身份证啊！"她边说边仔细观察他的反应，"我身份证没带出来，虽然在这个镇不太需要用到，但还是要带着以防不时之需啊！你说对吗？"

他点头："没错！还是带在身边好！"若桐有点儿失望，她以为这样多少可以看出他不同的反应。

"你们在聊什么啊？"店长放下两只装着精致小蛋糕的圆盘，坐在桐杰身边说，"本店招待。"

"谢谢！我的好桐欣，我最爱来你这里吃东西了，每次都有好料招待！"桐杰边吃边夸赞。若桐则是有点儿不太自在地小口小口吃着蛋糕。

"对了，桐欣，"吃完了蛋糕，桐杰喝了口咖啡问，"你有没有想过，一个人隐瞒他的身份为的是什么？"若桐一凛，手中的叉子滑落在桌上，发出清脆的声音。

李桐欣和桐杰同时看向她，桐欣还问着："你怎么了？"

"没……没什么……"她有点儿心虚地拿起叉子，手还微微颤抖着。桐杰是什么意思？问这样的问题，是在暗示她什么？

"隐瞒身份……"桐欣认真地思考着，"通缉犯吧！到处躲藏的通缉犯，可能都会换好几种身份。"

"没错！那还有没有为了其他事情隐瞒身份的可能呢？"

"这我就想不出来了耶……谁会那么无聊，隐瞒自己的真实身份啊！"

"锦妍，你说呢？有哪种人会因为其他原因隐瞒自己的身份呢？"他意味深长地笑着问她。

"我……"他到底想干吗？有什么话不会直接跟她说，一定要这样拐弯抹角地问吗？她有点儿被激怒，略微激动地回答，"难道一定是通缉犯才会隐瞒身份吗？也许是有什么苦衷，不想和过去有关联才刻意隐瞒身份的啊！"

"也对啦，也是有这样的理由……"桐欣正在思索若桐说的话，喃喃地说，"但隐瞒身份还是不好的，有点儿像犯罪耶……"她这句话算是结束了这个话题，让若桐稍稍松口气。

看来桐杰一定是知道她的真名了，还故意要套她的话，令她感到毛骨悚然。没想到夜夜睡在枕边的情人心里是这样算计她！他到底在想什么？想做什么？

经过晚上的谈话，更让简若桐决定要找出自己的身份证，不要有把柄落在桐杰手上。第二天桐杰一出门，她像发疯似的在家里四处乱翻，也不怕把东西弄乱，执意要找出她的身份证。从客厅找到小房间，再从小房间找到厨房，连浴室都翻过了，却还是找不到。那么薄的一张证件，对没有头绪的她来说，要找到就像是大海捞针般困难。

若桐失望地走回房间，往床上一倒，也没力气去收拾杂乱的屋子，脑中反复思索着还有哪里没有翻到。这个房间也找过了，但是好像还有一个地方没有找过……是哪里呢？她一直想着到底有哪个地方遗漏了。突然，她灵光一闪，连忙跳下床，使尽了全身最后的力气将弹簧床搬开、床板移走。没错！就是这里！床板下有个男用公文包，上面一点儿灰尘都没有，可见近期内有人动过这公文包。若桐高兴地拉开公文包的拉链。

"这是……"当她看到里面层叠的东西时，不禁纳闷起来。里面不是她的身份证，而是几十张身份证！她拿起来查看。这些身份证都是不同的女人的，有几十张吧！偏偏她的身份证没在里面。除了这些身份证外，包包里还有一些保险、合同、贷款的契约书，她仔细比对，发现这些契约上的名字和身份证上的名字是符合的！

渐渐的，她把生活上的琐事和这些东西连在一起。桐杰的刻意接近、邀请她住进他家、偷走她的身份证，难道和这些东西有关？在她陷入沉思之际，一个声音突然自身后响起。

"你在找什么？"若桐回头一看，竟然是桐杰！他倚在门边，眼神犀利地看着她。现在不到他下班的时间，他回来做什么？更糟糕的是，契约书散落一地，她手上还拿着那沓身份证。若桐紧张地说："我……我在找……找我的……"

"你在找这个吗？"桐杰露出狡诈的笑容，右手抬高晃了晃。那是她的身份证！原来他一直带在身上，难怪她怎么找都找不到！若桐心急地上前伸出手要抢下身份证。桐杰将手一缩，她扑了个空，重心不稳，摔在地上。

"你怎么把我的房间弄得这么乱啊？"桐杰看看地上散乱的文件，蹲下来问她。他的声音依旧温柔，但透着一股冷冽。"找你的身份证也不是这种找法啊！怎么不来问我呢？"

"还我！把我的身份证还我！"若桐喊着，起身想要抓住他的手。

"唉！不可以哦！我没说不给你，你干吗用抢的呢？"他把手藏在背后，不让她抢走身份证。"简若桐……啧啧！没想到你的真名和这个镇也有关系啊！你说没来过这个镇，是不是在骗我？我看你应该也是在这个镇出生的吧！"

"我不知道……至少我爸妈没有跟我提过这个镇！我来这里之前，真的不知道有若桐镇的存在！

"是吗？"桐杰的视线狐疑而冰冷地射向她，"无所谓，谁管你是不是出生在若桐镇！但你来到若桐镇，就再也无法离开这里！我不会让你离开！"他虽然是用命令的语气，但声音无限温柔。

"你到底……到底想怎样？！"若桐被他的举动弄得快疯了，她低头轻声啜泣。她都知道他的秘密，他怎么还能这么温柔地对她？他到底想做什么？

"我不想怎么样啊！我只想让你留在我身边。如果让你找到身份证，你一定会离开这个镇、离开我。我不要你离开我！"

"我从说要离开你啊……"听到他难过且真挚的话语，她有点儿动容，快要重新信任他了。

"你是没说，但我还是会害怕啊！我要留着你的东西，让你离开了还会回来找我！"她沉默了几秒。她的心在挣扎，挣扎着该相信他，还是要马上逃离他。她很想相信他，毕竟之前那些美好的日子她无法轻易忘怀。好不容易忘掉前一段恋情，难道她又要跟这段恋情告别吗？她实在不想再尝试失恋的痛苦了。她要忘掉过去，所以逃来若桐镇，但如果在这里又受伤，她能逃到哪儿呢？

"但是那些身份证和房契又是怎么回事呢？"她对他还是无法信任，那些不同人的证件实在是太可疑了，她要看他怎么解释。他将脸埋在手掌中，一副苦恼的样子。"唉！还是瞒不过你。我早该把那些东西处理掉，我没想到你会翻到这里。这是我的失策。"

"什么？"她惊讶地问，心中有种莫名的恐惧慢慢浮现。"我跟你说过，会来若桐镇的，除了对这镇感到好奇外，有大部分都是在外地犯了罪而躲来这里的。你看到的那些证件上的人都是这样的人。"

"那……她们的证件怎么会在你这里？"

"你说呢？"他将手放下，出现的脸孔竟然狰狞至极，充满邪恶地狠狠瞪着她。她吓到了，双腿发软无法站起来，只能用手撑着往后退，远离恐怖的他。他怎么会突然变了一个人？难道他刚才所说的都是谎言吗？他根本不爱她，也不是怕她离开，是要谋夺她的财产啊！她怎会没想到这点呢？从她身份证不见的那一刻起，她就该怀疑了啊！

"嘿嘿！你真的很聪明，从来没有一个女的发现我图谋不轨，只有你……我应该早就下手的，不用像现在跟你说一堆废话！"桐杰逼近她，脸上的表情更显诡诈，在昏黄的室内让若桐更害怕。

"你刚刚还说爱我的，怎么现在就变了样子？你到底……到底想做什么？"

"爱你？这句话我跟那些身份证的每一个主人都说过！"桐杰从裤子口袋里掏出一条绳子，阴险地笑着，"我不想做什么！我只想拿到你存折里的三百万元！"

"你这样是犯罪啊！"她竟然天真地想用法理阻止他。"犯罪？"他有点儿错愕，随即仰天大笑，"犯罪？呵呵！看来你还是搞不懂啊！这个若桐镇没有法律，是无法地带！我想干吗随我高兴！况且那些被我杀的女人全都是罪有应得！她们在外地犯罪，所以躲来这里，哪敢去报警！当然不可能有警察来抓我！我怎么会是犯罪呢？我是制裁那些该死的人！你不也是犯了罪才躲来这里的吗？不要以为我不知道！你每天都很注意听新闻，一定是在看自己的罪行有没有被发现！在看自己有没有成为通缉犯！"

"我没有犯罪！我不是通缉犯！"她激动地哭着说，"我没有！我只是……只是想躲避过去的我才来这里的！我根本没有犯什么罪！"

桐杰勾起一抹冷酷的笑，"你有没有犯罪不关我的事，谁叫你当初要搭上我的车，羊入虎口，你怪不得我。"他先将她的脚捆紧，再从公文包夹层中拿出一副手铐，铐住她的双手。"来，快点儿告诉我你银行卡的密码。"

"我不说！"她倔强地别过头拒绝他。

"我就知道你会这样回答。"他再拿出一根电击棒，狠狠地往她肩膀戳。

"啊……"她痛苦地叫着，全身激烈地抖了一下。一股刺痛酸麻感从肩膀传至全身，让她的眼泪掉得更多。

"这还是最小的力量，你说不说？不说我就直接把你电昏！等你起来我再继续拷问你！"

"我……我不说……"

"很好，看来我还要再调高一段喽！"他再度用电击棒往她身上捅去。

这次电击的电流比刚才还强，让她痛到无法说话，只能哀号着，全身仿佛麻痹似的疼痛。

桐杰无视她充满痛楚的脸，拿着电击棒在她眼前挥动恫吓："说不说啊？"

"我说……我说！"她再也忍受不了这种痛苦了！电流就像要刺破皮肉一般流进她的身体，这已经不是肉体上的痛苦了，而是椎心之痛。因为她没想到桐杰从没爱过她，为的只是她的钱，这种心痛比皮肉之痛有过之而无不及。她望着桐杰，他已不再是之前的他……不！应该说这才是真正的桐杰。无情的眼神、非达到目的不可的倨傲表情、凶恶的声音，这才是真正的他。她所认识的桐杰只是刻意营造出来的假象。她灰心了，不带任何希望，她知道桐杰对她完全没有爱，她不奢求他会对她有一丝同情。她也知道若她坚持不说密码，桐杰真会杀了她。

她将密码告诉了桐杰。他满意地点点头说："很好，很乖。"手中的电击棒却没有放下，反倒往她的脸上一挥。她来不及尖叫，身体剧烈地抖动，昏倒在地。"我不是跟你说过，这个镇好处很多，最大的好处就是，尸体任你丢弃都不会有人管。恭喜你，你也快成为这座镇上的一具无名尸了。"

桐杰不带一丝感情，冷冷地看着倒在地上昏迷的她说。

五

黄昏时分，夕阳仍不放过最后一刻展现光芒的机会，红色的光芒怒放，似火焰般笼罩着若桐镇。若桐镇的奇景不只是随意丢弃的尸体和尸鸟，就连夕阳也那么与众不同……刘桐杰在这刺眼的光线照射下，更显心浮气躁。他气呼呼地双手握拳，在心里咒骂着：妈的！这贱女人！竟敢拿假密码来骗我！看来回去还得好好整整她才行！

一想到又可以以残忍的手段虐杀女人，他不禁兴奋地轻笑出声。他总是在桥边等着猎物上门，再以彬彬有礼的态度接近她们，偏偏这些猎物一点儿戒心都没有，这招屡试不爽！他用不同的方法和她们恋爱，骗取她们的芳心，骗得她们的钱财后再虐待她们直到死亡，尸体就随意丢弃在镇上。偏偏这个李锦妍，不！是简若桐！她的戒心特别重，不只用假名来骗他，连假密码她都说得出口！之前那些女人虽然也是在外地犯了罪才躲来若桐镇，但她们所犯的不外乎是欺诈之类的小罪，而这简若桐……刘桐杰越想越气，他加快脚步回家，上了楼梯，打开门，室内一片黑暗，让他无法看清里面的动静。他摁了电灯开关，走向若桐昏倒的主卧室内。开了房门，透过客厅的光线往内看去，他看不到简若桐的身影。她原该倒在地上的，此刻却不见人影。

简若桐躲在卧室旁的小房间里，从门缝窥望桐杰的一举一动。她双手紧紧握着一根电击棒，准备趁机攻击他。桐杰走进卧室，她悄声跟去，紧握电击棒的手发抖着，但她仍然要狠狠地给他一击。她举高电击棒，使尽全身力量正要往他后脑勺打下去时，他却躲开了！

桐杰身手利落地闪过攻击，并抓住她拿着电击棒的手，用力一甩，把她摔落在地。

"原来你躲起来啦！想攻击我？还早咧！"他露出狰狞的笑容，踩住她的手。

桐杰看着她痛苦的表情，心中的兴奋感又增加许多，他再加重脚的力气，狠狠地将她的小手踩到通红。

"啊……"简若桐终于忍受不住，尖叫出声。

"不对！"突然，桐杰想到不对劲的地方，他边想着边喃喃自语："我是上了手铐的啊……她怎么能自己解下手铐呢？"他摸摸口袋，手铐钥匙还好好的在口袋里，那是谁……解开了若桐的手铐？这副手铐钥匙有两把，一把在他这里，另外一把在……难道……还来不及想，他的后脑被重重一击，倒在若桐旁边。

"痛……"他喊着，吃力地睁开双眼要看清究竟是谁暗地攻击他。"是你！我就知道！除了你还会有谁！"他从下往上看，李桐欣的脸在灯光的反射下显得极度阴森。

"早就知道你在做这种勾当了！"李桐欣拿着原本掉落在地的电击棒，高高举起，再度给他头部一击。

"这样对待女人，你真是不可原谅！"桐杰被打得头破血流，若桐在一旁看得有点儿心不忍，毕竟是自己深爱过的男人啊！眼看桐欣拿着电击棒又要下手，她急忙阻止："好了！桐欣！住手啊！"

桐欣却好像没听见，一棒又一棒地往他头上用力敲下去。若桐起身冲到她面前，将电击棒抢下："住手！不要再打了！"

"为什么？"桐欣满脸都是桐杰一点一点喷溅的血，看起来好恐怖。

"不是你说，一定要杀死他才肯走的吗？"

"没错……"正在想该怎么让桐欣相信她不是心软，突然窗外一阵振翅声，还有敲打玻璃的声音。她们往窗外看去，几只尸鸟围在窗户外面，用嘴啄着窗户，好似要冲进来。

"尸鸟！一定是被血腥味吸引过来的。"桐欣说。

"没错！"若桐连忙附和，"要杀不能在这里杀！到时尸鸟冲进来会吸引大家的注意！我们快点儿把他抬到车上，带去桥上丢！"两个女人吃力地抬着一个满身是血、尚未断气的男人走下楼梯。若桐去开车，让桐欣躲在铁门内，避免让镇上的居民看到。若桐边走向车子，边想着桐杰倒在地上的模样，不禁感到心痛。她不是要救他，只是……看着他在自己面前被狠狠攻击，心里还是很难过，尽管他根本没有爱过她。

算她命大。桐欣刚好来找桐杰，看到昏迷且被捆绑的她，便找出手铐钥匙，放了她还叫醒她，救了她一命。她告诉她桐杰的可恶行径，桐欣一开始不相信，但当她看到那堆女人的证件时，就不得不相信了。

"这种男人真是不该让他活在这个世界上！"桐欣好有正义感，愤愤不平地说。她将车开到门前，看看四周，一个人都没有。她放心的和桐欣一起抬着桐杰。她抬着桐杰的头，桐欣则抬着脚。桐杰头上的血沾到她的手上、衣服上，让她看了触目惊心，费了一番工夫才将他抬上车子后座。

"等等！我先上楼拿个东西！"桐欣回头走上楼梯。尸鸟已经从窗户移来车子上方了，它们振翅的声音就在她耳边环绕着。若桐坐在后座，抱着桐杰的头。不可否认，她……依然留恋着他……桐杰奄奄一息，他的身体软绵绵的，刚才对付她的狠劲都消失不见了。

"为什么……为什么我所爱的男人都是这样……为什么你要这样对我……"她低头痛哭着。

"你……"一个微弱的声音从桐杰嘴中发出。若桐吃惊地看着桐杰。他整张脸都被打得变形，眼睛肿得睁不开，更别提头上一直血流不停的伤口了。

"桐杰！你要说什么？"她着急地想知道桐杰在这时候还想说

些什么话。

"你……不要……信她……手铐钥匙……一把在……她那里……"桐杰吃力地说着。

"什么？！"她有点儿不敢相信自己听见的话。

"她……背叛我……最坏的……其实是她！"

"桐杰！这是真的吗？"怎么可能……桐欣帮了她、救了她一命！怎么可能会是他的同伙呢？

"怎么了？"桐欣下楼，听到她的说话声，狐疑地问。

她急忙佯装无事地说："没……没事！"

"真的没事吗？"桐欣走到车前，探头进去观看桐杰的情况。但若桐已经紧张到整个人往后缩在车门边，态度极不自然。面对眼前这不知是敌人还是朋友的女人，要她自然应对真的很难。"你怎么了？为什么躲我？"桐欣微笑着，倾身向前靠近她。

尽管她想表现出和善的样子，看在若桐眼里却觉得她心怀不轨，连笑容都那么奸诈。"到底怎么了？是不是桐杰刚刚说了些什么？"她虚假地笑着，越来越贴近若桐。

此刻，简若桐心中的恐惧感越来越强，丝毫不逊于对桐杰的恐惧。她觉得桐欣周遭散发出一股邪魅的气息，比桐杰还邪恶。她不认识桐欣……她不了解桐欣……

"别靠近我！"简若桐大喊着，她拿出在桐杰上衣口袋里摸出的硬物，情急之下就往桐欣脸上戳。

"啊……"伴随着凄厉的喊叫声的是大量喷溅出的鲜血，喷得她全身都是，连车子都不能幸免。

这时她才看清楚，手上握的是一把锋利的匕首！这把匕首准确地刺进了桐欣的眼窝，当她拔出匕首时，连眼珠都一并拔了出来。简若桐看到匕首上血淋淋的眼球，吓得随手一丢，打开车门往外逃去。

尖叫声很快就没了，她往车窗内探看，桐欣已经趴倒在桐杰身上，她的身体一阵阵地抽搐，已经快要断气了。不能让他们死在她的车上！这是她现在唯一的念头。要是让他们死在她车上，她一定脱不了干系的！就照原定计划将他们载去桥上丢弃好了！简若桐匆匆上车发动引擎，得快点儿离开这栋房子，刚刚的尖叫声想必吸引了居民的注意。

车子开动，但尸鸟的振翅声没有消失，反而越来越大声，还紧紧跟随在车子上方。这些尸鸟在等待着车上的两个人断气。若桐得快点儿开到桥上，还要脱掉他们的衣服，这要花上一段时间。

若桐的脑中一片混乱。她爱的男人要杀她，而救了她的女人却不值得信赖……难道真的是这个镇太诡异，连人心都变得如此不可捉摸吗？她再也无法相信人，再也不能信赖任何一个人！已经快开到桥上，车子突然剧烈地震动起来，她花了好大力气才稳住方向盘。正在纳闷是怎么回事时，一只尖锐的红色长喙穿透车顶，刺到副驾驶座旁的椅背上！

尸鸟开始攻击了！她从后视镜看去，桐欣已经停止抽动，她断气了。饥饿的尸鸟不停地用长喙戳穿车顶，还有好多只尸鸟从远方的天空飞来，全是为了吞噬已断气的桐欣。

情急之下，车速越来越快，前方突然出现一团模糊的黑影，在路灯的照映下更显诡异。简若桐还来不及细看，那团黑影便飞速朝她俯冲而来。当她看清那是一只巨大的尸鸟时，它已撞破风挡玻璃，破裂的玻璃碎片飞散到若桐的脸上，刮伤了她的脸。

"啊……"若桐一时惊慌，方向盘打歪了，车子撞向桥旁的护栏，她也因这剧烈的撞击力量而昏了过去。

约莫五分钟后，简若桐从浑身疼痛中苏醒过来。比起刚才的混乱，此时四周竟是一片莫名的寂静。

"怎么回事……"她摇摇仍然眩晕的头，试图睁开沉重的眼皮。当她睁开眼睛，映入眼帘的赫然是只巨大的尸鸟！它站在破裂的风挡玻璃前，红色的眼睛炯炯地盯着若桐。从没有人看到过尸鸟的真面目，她却看到了！更让她惊讶的是尸鸟的面孔……和一般鸟无异，唯一的差别就是它们的脸孔是由一张一张拇指般大小、血红的脸孔组合而成的！在这堆脸孔中，若桐看到了一张熟悉的脸……不就是那个曾向她求救的受虐男孩的脸吗？她始终忘不了男童求救时的表情：仿佛找到希望般的惊喜，却在他们不肯施救下转为绝望、漠然的表情。原来尸鸟的脸就是由它们吞食的人类面孔组成的！

若桐感到作呕。眼前尸鸟的脸仿佛患有皮肤病似的，大小不一的人类面孔就像疙瘩似的令她感到恶心。她打开车门准备下车，却发现车子四周、后座、副驾驶座，都挤满了尸鸟！每一只尸鸟都虎视眈眈地望着车后座的两具尸体，却没有一只有任何动静。它们就像等待开饭，静静地待在一旁，锐利的眼神中流露出饥饿和不耐。

若桐想到桐杰说过：尸鸟要等尸体的衣服脱掉后才会开始进食。尽管全身疼痛不已，耳鸣也因头痛没有停过，她仍然决定把桐杰和桐欣的尸体拖下车，并脱下他们的衣服，要毁灭证据，就得靠尸鸟……没错！要靠尸鸟毁灭证据！想到这儿，若桐突然恍然大悟，嘴角浮现出一抹阴暗的笑容。

她怎么没有想到这一点呢？尸鸟能毁掉的证据不只是这两具尸体啊！还有她在分手的那天就杀掉的前男友啊！她逃到若桐镇，就是怕别人发现尸体，每天注意新闻，也是因为怕罪行被发现。她必须先解决掉眼前这两具尸体，再离开若桐镇载另外一具尸体来这里！这样她就不用每天担心尸体被发现了！怎么到现在才想到这一点呢？她笑自己的笨。桐杰说得没错，若桐镇真是个好地方啊！她开门下车，那些尸鸟自动飞开让她便于行走。正要关上车门时，"嘭！"一声猛烈的撞击将她撞离地面！

六

一部疾驶的货车停下，穿着汗衫短裤的司机下车，懊恼地看着趴伏在地上、满身是血的若桐。"唉！又撞死一个了！这个月还真是倒霉啊！"

"救救……我……"若桐睁开眼睛，向面前的人乞求道。

"我怎么救你啊！我不想负刑责啊！小姐！这样算过失杀人哪！你原谅我……"司机蹲下解开她上衣的纽扣，喃喃地对她说："你看你下半身都支离破碎了，还是早点儿解脱早点儿投胎，好过下半辈子瘫痪啊！"

她吃力地抬头一看，天哪！她的脚呢？她的两只脚分散在对面的行车道上，撞击力道之强烈，让她的血肉飞散在桥上，奇异的是身上竟感受不到疼痛，也许是痛楚到达了某种极限让她失去了知觉。

啊，原来看到尸鸟的真面目的下场就是死啊……难怪从来没人见过尸鸟的脸，因为见到的人都死了……她只感觉到身体内的某种力量渐渐消失，感觉……还有好多事没去做……要把桐杰和桐欣的衣服脱掉……要把前男友的尸体搬来这里让尸鸟帮她解决……还有好多好多，她想不起来了……

司机的声音在她耳边响起："若桐镇真是个好地方啊！让我解决了好多被撞死的人的尸体，要不然，不知道会赔多少钱呢！我想你也是一样的想法吧！我会帮你把车上尸体的衣服都脱掉，你放心走吧！"

她听到尸鸟振翅飞来的声音，眼中出现的最后一个景象是尸鸟的脸，那布满人类面孔的脸……在那众多的脸中，她看到了桐杰，也看到了她自己……欢迎来到若桐镇！这里有淳朴的人们、自然的景色、稀有的尸鸟，还有遍地的尸体！若你不怕自己成为这座无名尸镇的无名尸，那么若桐镇永远张开双臂欢迎你！

第三个故事 游戏

文/大袖遮天

方志通的故事讲完，得了80分。一个叫"杨柳"的女人走上台，女人化了淡妆，戴着一副眼镜，看着去斯斯文文的。杨柳说："我是一名悬疑恐怖作家，现在我要跟大家讲的这个故事，是我最近创作的一个离奇故事，希望大家会喜欢。这是一个关于游戏的故事，刚开始只是个意外……"

一

什么时候开始？什么时候终结？

在我身上发生了十分荒唐的事，起初看起来像是个意外，后来又像个玩笑，但最后我发现，这事情其实非常严肃。

第一次发生，是在地铁上。

晚上十点四十分，从天台路开往仁义广场的末班地铁驶出。车厢里空荡荡的，加上我一共七个人，镶嵌在天花板上的灯管奢侈地照亮了整个车厢，人们脚底下拖着长长的影子。大家仿佛都不乐意群聚，分散在车厢里各个部位。两个看样子是刚下班的中年男人隔开一米的距离坐在我对面，一个扭头望着窗外，一个在专心发短信。一对年轻情侣紧靠在车厢尽头，互相之间做些小动作。一个学生模样的女孩背着双肩背包，站在车厢中央，手拉吊环，耳朵里牵出耳机的连线，身体随着我听不见的音乐声晃动。还有一个老人就坐在离我不远的地方，双手一直在颤抖。我把电子书从包里取出来，翻到上次看的地方，认真阅读起来。

我很快便沉入书里的情境之中，铁轨摩擦的声音逐渐从耳朵中消失了。正当我为书中主人公的命运担忧时，脑门上"啪"的一声，被敲了一下。我愕然抬起头，眼前人影一晃，那学生模样的女孩飞速跳下了列车。原来列车不知什么时候已经到站，站台上稀稀拉拉地站着几个人，上了后面一节车厢。我透过车窗凝视着那女孩，她下车之后便飞快地跑出站台，始终没有回头望我一眼。

车子又开动了，其他人似乎都没发现在我身上发生的事情，依旧维持着原状。我郁闷地摸了摸额头，感觉手指头湿漉漉的，心里一惊，放到眼前一看，一些红色的液体沾在手指尖上。第一个感觉是额头流血了，但很快看出那并不是血，是黏度很高的东西，油乎乎的，搓也搓不去。凑到鼻子前闻了闻，像是印油，再回想刚才被敲的那一下感觉，还真像是被什么印章盖了一下。对着黑乎乎的玻璃照了照，虽然看不大清楚，但额头上的印章形状还是依稀显示了出来。掏出一张纸巾，小心地盖在额头上，用力按了按，便把印章完整地拓了下来，一看，是翻转的汉字"肖雨"。这是那女孩的名字吗？我竭力回想她的容貌，却只记得她摇晃的姿态。

　　一个中年男人瞟了我一眼，赶紧把目光移开了。我用纸巾使劲擦拭，直到纸巾上再也看不出红色的痕迹为止。这女孩干什么呢？以为这样很可爱吗？我不由自主地从鼻子里哼了一声，摇摇头。

　　继续看书，列车中间停了两次，没有人下车。那个瞟了我一眼的中年男人不知什么时候摸出个10英寸上网本玩了起来，噼噼啪啪的打字声在车厢里回荡着。年轻的情侣似乎被打扰了，不满地朝他频频侧目。他低头凝视着屏幕，偶尔抬头望我一眼，目光中带着某种目的性的东西，仿佛我是他正在寻找的某个人。是我的错觉吗？我疑惑地看着他，他很快又把注意力转到屏幕上。我的目光悬空了一会儿，也重新回到了电子书上。车厢轻微摇晃着，看久了稍微有点头晕。

　　铜鼓站到了，列车缓缓停下，车门敞开。站台上空荡荡的，一个人也没有。毕竟太晚了。

　　肩膀上忽然被人拍了一下，我回过头来，还没反应过来，额头上就"啪"的一下，玩电脑的中年男人得手之后迅速闪身下车。我蒙了一下，猛然站起来，追到车门口："你干什么？"他撒开腿狂奔，没多久就跑到了电梯口。

　　车子又开动了，摸摸额头，又是一手印油。这回从额头上拓下来的是"石军"两个反字。是那中年男人的名字吗？他们都疯了吗？我使劲擦着额头，其他几个人目不转睛地看着我，我朝他们苦笑一下。

　　"这是怎么回事？"那老人颤抖着嘴唇开口问。

　　我摇摇头："鬼晓得！"

　　话一开口，气氛便活跃起来，几个人改变了原先的分散状态，都坐到我身边来了。

"他们为什么要在你头上印这个东西？"年轻的女孩问，男孩拍了拍她的脸颊，她朝他微笑了一下。她的语气很娇媚，神情有些恍惚，我猜她甚至并不完全知道自己在问什么，只是随便问一句，好让男朋友的注意力更多地集中在自己身上。

"不知道。"我朝那老人和另一个中年人道。比起那对情侣，这两个人明显是真的对刚才发生的事情感兴趣。

"这个……"中年人迟疑地指了指我纸巾上沾着的印泥，"不会有毒吧？"

"什么？"我吃了一惊。

"对啊对啊，"女孩又飞快地插了进来，"听说有人专门在地铁上用毒针扎人，针上带着艾滋病病毒！"

我倒抽一口凉气，额头上立即感觉有些发痒。他们同情地看着我，又扯了几句，见我没心思搭理，便讪讪地走开了。年轻情侣回到了属于他们的角落，继续卿卿我我。老人忧虑地看着我，中年男人满脸同情，这两个人都在期待和我的目光碰撞，随时准备和我进行讨论。我把脸扭向窗外，凝视着屏障般的隧道墙壁，窗玻璃上反射出自己的脸——真的有毒吗？不像……但为什么连续两个人对我做同样的事？

再也没有心思看书了，脑子里一片混乱，起初还在想着印章的事，后来便联想到了其他方面，直到在仁义广场下车的时候，才发现自己的思绪早就飞到了十万八千里之外。

和我同时下车的有好几个人，都是其他车厢的，像是一伙刚吃完消夜的大学生。他们从我身边擦过，大声讨论着昨天考试时舞弊的情景，衣服上带着烧烤的气味。他们行走速度很快，忽而分散忽而聚合，有些杂乱无章。我朝旁边走去，想躲开他们，忽然额头上啪的又是一声，他们发出一声哄笑，都狂奔起来。

积压了很久的怒气突然爆发出来，我拔腿便追。

他们跑得并不快，步态松松垮垮的，似乎并没有将我的追踪放在心上，直到我离他们其中一个不到一米的距离时，他们才略微有些惊慌。

"玩真的啊？"一个穿黄格子衬衣的平头朝我大喊，脚下加快了速度。刚才就是他在我额头上敲下了印章。我绕过身前那个学生，朝他跑过去。他明显地惊慌起来，旁边的几个学生也显得十分紧张。他们在我面前忽左忽右地跑着，想阻止我靠近那平头。

要是往常，我追两下也就罢了，但今晚连续发生的几件同样的事将我惹恼了。我很快就追上了那个平头学生，一把攥住他的脖子。

"你干什么？"他的脸都吓白了。其他学生惊慌失措地围拢过来，有个学生四处张望着，似乎在寻找什么称手的武器。

"这话应该我问你才对。"我手上用力一掐，他立刻咳嗽起来。

"有话好说……"旁边那几个连忙劝我。

"这是怎么回事？"我指了指自己的额头问。额头上黏糊糊的一股印油味。

"你……你不上网吗？"平头问。

"什么意思？"我问。

"网上……你去看杜松树论坛……"平头挣扎着说。

杜松树论坛？

我不由得愣住了。

这个论坛我绝不陌生。从我开始上网那天起，我就在这个论坛注册了ID。这是一个恶搞论坛，大家在论坛发布自己生活中恶搞的故事，还经常在论坛上互相恶搞。有好几次，恶搞事件闹得太大，相关网友被告上了法庭，有两个至今还关在牢里没出来。

难道……我被人恶搞了？

我有点儿蒙，正想问这究竟是怎么回事，这小子已经趁着我愣神的工夫，从我手里挣脱开去，和他的同伴们飞快地跑远了。

我没有再追，该问的已经问到了，具体是怎么回事，回家上网看看杜松树论坛的消息就知道了。至少现在情况已经大致清楚，我那股因为不明所以而产生的怒火很快便消失了，想到这件事的滑稽之处，我甚至忍不住笑出了声。

我的笑声大概持续了不到两秒钟，便被啪的一声打断了。

该死！

又一枚印章戳在我额头上，这回居然是个老太太。老太太穿得非常精致，看上去品位不俗，在我额头上戳了印章之后居然没忙着跑，而是停留在原地打量着我的额头，仿佛在衡量印章盖得正不正。

"好玩吗？"我无奈地问。

"我本来没认出是你……"老太太一开口就忍不住哧哧地笑。她脸上皱纹不少，虽然化着淡妆，还是可以看出起码有70岁了，笑起来却像个少女。看她的打扮和笑容，再加上她也参与了杜松树论坛这次针对我的恶搞活动，显然是属于人老心不老的那类。此时，我已经完全谈不上生气，只是瞪着她，甚至还有些想笑。

"你为什么不把额头上的印章擦掉？"老太太花枝乱颤了好一阵才止住，她从口袋里摸出一袋湿纸巾，抽出一张来认真地帮我把额头擦干净。

"奶奶，你盖了章又擦掉，多浪费啊……"我无奈道。

"我这是帮你，不然你这一路上还要被盖多少下啊……你家离这儿远吗？"她此刻完全是一副长者慈爱的口吻，我几乎都要被她感动了。

我家就在离这儿不到两条街的地方，但我还是做出一副诚恳的样子道："远……奶奶，你还有事吗？没事我就回去了。"我急于回家上网查查这具体是怎么回事。

"没事了没事了，你走吧……"老太太笑眯眯地把湿纸巾扔进垃圾箱里，目送我离开。我刚走了两步，她又迈着碎步跑上来，把那包湿纸巾塞到我手里："你用得着这个。"

"谢谢。"我苦笑一声。

这老太太还真是体贴。

但她的举动也提醒了我：虽然我家离这儿不远，但毕竟还有一段距离，这一路上，说不定还会遇到杜松树论坛的人。印章盖在脸上固然不疼，印油也未必对身体有害，可冷不丁冒出一个人就往脸上盖这么一下，绝对不是愉快的体验，何况万一对方一个失手盖到我的眼睛上，那问题可就大了。无论如何，避避总是好的。我左右张望着，想找个地方躲着走。然而这地方在仁义广场附近，地方开阔，四面八方的人流会聚到这里，再继续往四面八方走。就在我四处寻找的这么点儿工夫，身边至少已经走过十个人，其中两个人用异样的目光看了看我。我慌忙低头用手遮住了脸——倒霉的是今天穿的衣服没领子，想把衣领竖起来遮遮脸都不成。但人总是有办法的，我索性就这么用两个手掌遮住大半个脸往前走。这一招固然引来许多诧异的目光，但走过了一条街，再没有人跑过来往我脸上盖章。

手掌盖在脸上十分闷热，加上我又走得快，很快就汗津津的，十分难受。我朝四周看看，这条街上的人已经少了许多，有一段路的路灯坏了，隐没在黑暗中。我飞快地走进那根坏掉的路灯灯柱下，将手掌移开，擦干净脸上的汗水，让燥热的脸在晚风中冷却一下。

有两个人朝这边走来，我连忙转身，面朝灯柱，将脸隐藏起来。

那两个人走得很慢，好半天都没从我身边走过，那女的甚至停下来对那男人撒起了娇。两个人磨磨叽叽在我身边暧昧了好几分钟，完全当我是个死人。在这几分钟里，我的目光逐渐适应了黑暗。听着身后暧昧的对话，我觉得十分尴尬，便将注意力集中到灯柱上来——灯柱上贴满了小广告，有开锁的、办证的、招聘的、找工作的、找人的，不一而足。往常，对这种小广告我从来不留意，但现在站着也是站着，为了打发这点儿等待的时光，我在密密麻麻的小白方块中寻找有意思的广告阅读起来。

大部分广告都是老一套，也有几个比较神的，比如一张巴掌大的广告上，就提到了一种江湖失传已久的魔术，能够将别人身上的东西变到自己身上来，据说异常神奇，千百年来没有人能看出其中的奥秘。广告词天花乱坠，充满了怪、力、乱、神，但明眼人一看就知道，这所谓的魔术，其实不过是小偷的伎俩罢了。我一边看一边笑，但目光再往上移，就笑不出了。

我居然看到了自己的照片。

那是一张喷墨打印机打印出来A4打印纸，上头有两张扑克牌大小的照片，上面那张就是我的。这张照片是不久前旅游的时候拍下的，我记得自己并没有放到网上，甚至没有打印出来，现在依然存在我的相机里。什么人这么神通广大，居然能拿到这张照片？在这并不是最重要的，最重要的是，在这两张照片上有一小段话，凑近了仔细看，我总算明白额头上印章的由来了。

果然是杜松树论坛搞的鬼。

这个一向以恶搞闻名的论坛，从昨天晚上开始，推出了一种新的恶搞游戏，这种游戏的名字叫作"专属之人"。游戏的具体内容很简单：所有参与游戏的人在"专属之人"的额头上盖上印章并拍照发到网上，可以在这个游戏中获得加分；打印这种游戏通告贴在电线杆上并拍照发到网上，可以获得论坛金币；每20枚论坛金币可以兑换一分游戏积分；游戏积分累积到一定数额，可以修改游戏规则；游戏规则修改之后，原有的游戏规则作废。

那么，谁是"专属之人"呢？

很简单，"专属之人"由网友推荐，系统随机抽选。推选人将被推选人的照片和相关资料发到网上，如果被推选人被系统抽中成为"专属之人"，他的所有资料以及照片将对游戏参与者公开。

听起来很公平。

如果不是我自己成了"专属之人"，我绝对想不到这事情有什么不公平的地方。实际上，这游戏有一个明显而恶意的漏洞："专属之人"并非自愿参与游戏。每个人都可以推荐其他任何人成为"专属之人"，但游戏规则中并没有说明这必须在自愿的前提下，事后显然也没有对"专属之人"是否愿意参加游戏的询问——至少我是这样。

这样一来，这个游戏就有了凶残的一面，即，任何人都可以将他们讨厌或者仇恨的人推上"专属之人"的位置，如果抽中，则可以借由所有游戏参与者的手来戏弄"专属之人"。

我，就是这么一个被戏弄的人。

究竟是谁，将我推上了这个位置？

我苦苦思索了许久，想不出曾经得罪过谁。不过这事也说不好，谁也不会把怨恨那么明白地写在脸上，每一张笑脸背后，都可能隐藏着一颗愤怒的心。想到这里，我忽然觉得有些寒冷，抱了抱膀子，将那张A4打印纸揭下来，折了几下塞进裤子口袋里。那上面另一位仁兄现在不知道是什么情况，他有幸和我一起成为这出游戏的两个"专属之人"。打印纸上详细地列举了他的资料，他的网名是"凤鸣"，真名石磊，中学物理教师，市三中的初三（八）班班主任。我猜，他多半是被哪个恨他的学生推举到了网上。

　　我一边想着这些事，一边不知不觉地离开了路灯柱。直到脸上又被盖了一下章，这才回过神儿来。盖章的少年已经嬉笑着跑开，有了广告上的提示，我这才注意到，在前方的某个角落里，另一个少年举着相机在暗处拍下了他盖章的这一幕。他们两人在远方汇集到一处，很快消失在街角，笑声依然传来。这对于他们来说，只不过是个游戏罢了。我默默地擦去额头上的印泥，依旧用手掌捂着脸，飞快地穿过街道，回到了租住的房子里。

　　房子里一如既往的清冷简陋，那盏用了许久的吸顶灯发出暗淡的光。关上门的刹那，我长舒了一口气。

　　这下总算不用担心有人往我额头上盖章了。

　　这口气还没吐完，啪的一声，额头上重重地着了一下。人影从我面前跳开，闪光灯迅速一闪——人影又扑了上来，搂着我的脖子，一股淡淡的香水味覆盖了我的鼻子。

　　我一把将她推开，她噘嘴看着我："你怎么了？"

　　是莫娜。

　　我的女朋友。

　　她有我房间的钥匙，有时候还在这里过夜，现在她出现在这里并不奇怪，奇怪的是她手上拿着印章，印泥覆盖在我的额头。我随手拿起桌上她的小镜子照了照，照出两个反写的汉字：莫娜。

我把镜子放下，走进洗手间里，挤了点儿洗手液涂抹在额头上用力擦拭。经过这一夜的盖章，额头上已经红得模糊一片，我使劲搓了许久，才慢慢洗去所有的印泥。莫娜站在洗手间的门口看着我，几次想要上来帮忙，都被我推开了。她原本开心微笑的脸渐渐耷拉下来，有些不知所措地在我身后走来走去，有时候单腿支撑着身体站立，从镜子里寻找我的眼睛，想要和我对视。但我总是故意避开她的目光。

我故意洗得很慢。趁着这安静的工夫，我慢慢明白了一件事：作为"专属之人"公布出来的那张我的照片，现在还保留在我的相机里，除了我之外，只有莫娜才能拿到。

是莫娜推荐我成为"专属之人"的。

但为什么？

也许不是？

也许是某个小偷？

我不愿意在存有哪怕千分之一另外一种可能的情况下冤枉莫娜——我确实很喜欢她，我也曾经异常确信她也同样喜欢我。

所以，我只能暂时什么也不说。

我一边擦拭着额头上的水珠，一边走出厕所。莫娜站在厕所门口拦着我，我轻轻将她拨到一边，她眼睛里猛然涌上了大片的泪水。

我假装没看见，快步走进卧室。

她跟进了卧室，但还是什么也没说。这不是她的风格，这说明她知道什么地方惹恼了我。

区区盖章的事，我不会生气，这她应该知道。

但也许她不知道。

我的心又乱了。

我打开笔记本，在等待开机的过程中，我使劲盯着桌上一处烟头烫出来的疤痕。莫娜就在我身边紧张地呼吸着，身体发出巨大的热量。

这次开机的过程无比漫长。好不容易连上了网络，我迅速点击杜松树论坛的网址。

莫娜的身体微微震动了一下。

她当然知道这个论坛，我们就是在这个论坛上认识的，论资历，她比我还要早进入论坛几个月，有好几次引发网络震动的恶搞事件都是由她组织的。

那么这一次，组织者是不是她？

论坛打开了。莫娜已经在我身边坐下，几乎和我脸贴着脸，我还是没理她。

关于"专属之人"游戏的帖子被置顶，用深红色醒目的大字体悬挂在论坛最上方，一打开页面就进入眼帘。我打开这帖子匆匆看了一遍——内容和那张小广告上发的没有多大区别。我的目光落到帖子底部，那里写着组织者的名字，都是陌生的ID，这让我松了一口气：至少莫娜并不是组织者。

然而，没有太大意外，我在"专属之人"的推荐帖里看到了莫娜的ID，她兴致勃勃地推荐了我，并将我的照片放了上去。令我意外的是，她在帖子里并没有隐瞒这一点，反而以一种十分自豪和兴奋的语气，表示非常期待她在这个世界上最爱的人能够成为这次游戏的对象。更令我意外的是，和我当初想象的完全不同，绝大多数推荐者推荐的"专属之人"候选人，并不是自己仇恨或者讨厌的人，相反，他们推荐的都是自己最亲密、最关心的人，并将这视为一种荣耀。最令我感到不可思议的是，有不少人居然推荐了自己！那个和我同为"专属之人"、ID名"凤鸣"的石磊，就是自己推荐了自己。

这世界怎么了？是他们的思维出了问题，还是我的脑子有毛病？

我感到大脑一片混乱，扭头望着莫娜："你为什么要推荐我？"

"你不觉得这很好玩吗？"莫娜迟疑地说，目光在我脸上停留，见我并没有表现出特别的愤怒，她的胆子大了一些，继续道，"而且，你没发现这个游戏的一个问题吗？"

"什么问题？"我问。

"游戏积分达到一定程度就能够修改游戏规则，而作为和'专属之人'亲密接触的人，当然是最有机会成为修改规则的人的。"莫娜笑道。

原来如此。

我这才恍然大悟。

原来他们争先恐后地推举自己熟悉和亲密的人，只不过是为了优先获得修改规则的权力！

但获得这种权力又怎么样呢？

我还是想不明白。

对我的这个问题，莫娜也没有答案，她只是反复回答："不知道，就是想……特别想要自己控制一些事……特别想……"她用一种茫然而空白的表情重复"特别想"这三个字时，我的脊背上莫名地蹿过一股寒意。

"可你这么做……你知道我这一路上是怎么回来的吗？"我忍

着怒火问。

莫娜脸上闪过一丝歉意："我想过……但这事不会持续太久……"

"你凭什么这么说？"我哼了一声。

"因为……"她怯生生地瞟我一眼，垂下眼帘道，"只要修改了游戏规则，就能将你从专属之人中删除，那样你就不会成为游戏的对象了……"

我顿时一呆。

二

我几乎是带着满腔怒火，任由莫娜一次次在我额头上盖下了印章。起初她盖得小心翼翼，后来便无所顾忌，下手飞快，啪啪的声音敲得我头晕脑涨。我没有计较这个，我只想这一切快点儿结束。

但事情偏偏就结束不了。

结束这游戏的唯一条件是：某个参与游戏的人的积分达到一定数额。

而这个数额，是个相对数额。当积分数最高的人，比积分数次高的人，在积分上高出50分时，便可以修改游戏规则，这也就意味着这一轮游戏结束，而新的游戏也随之开始。

获得积分有两个途径：通过论坛金币换取，或者直接在"专属之人"脸上盖章。前一个方法速度太慢，20枚金币才换一分积分。所以有效的途径当然是直接在"专属之人"的脸上盖章。

而我已经在房间里待了一个多小时。

莫娜已经在我脸上盖了不下100个图章。

她的积分早就超过了120分。

但游戏还没有结束。

她还不是积分最高的那个人。

积分最高的那个人，恰好就是游戏的发起人，ID名为"凤鸣"，真实姓名石磊。

这个名字我曾经见过。

他，就是另外一个"专属之人"。

游戏的发起人自己成了"专属之人"，这看起来真是非常可笑的一件事。我从来没想到有人居然愿意这么玩自己的。他是不是心理有什么问题？但现在不是分析这个的时候。石磊的积分比莫娜高出了40多分，离50分不远了。

当然他完全有条件做到这一点。早在我还蒙在鼓里的时候，他可能就已经开始从容地往自己额头上盖章了。他发出来的所有图片上，都带着笑容，一手举着自己的印章，另一手做着胜利的"V"字。

其实如果他早些加快速度，也许游戏早就结束了。但不知道为什么，也许纯粹是为了看看游戏的效果，他并没有从一开始就自己往自己脸上盖章。从论坛的数据上来看，当我在街头游荡、被人追着盖章的时候，他也遭遇了同样的事情。只是他比我早回家几分钟，而就是这几分钟，他也并没有用很快的速度来盖章，所以他初期的积分上升得非常慢。

他的积分开始飞速上涨，是在莫娜大规模给我盖章的那时候。他一定是发觉了我和莫娜的意图。作为游戏发起人，他当然不甘心游戏规则的设置权就这么落到别人手里，于是他的速度也变快了。

从他加快速度的那一刻起，他就已经把我们作为了竞争对手，而我和莫娜对此还一无所知，我们在盖章的过程中还不断有着争吵，每盖几个章，我就起身去把积累得太厚的印泥洗掉，否则新盖上的章完全看不清楚。

就是这样耽误了我们的时间。

我们一直笃定自己必然会很快获得胜利，甚至没有顾得上去看一看积分排行榜。

直到盖的印章数过多，我的额头上破了一层皮，无法继续盖下去，莫娜才醒悟过来："也许已经够了？"

然后，她就发现了石磊的情况。

发现这个情况时，我和莫娜的表现截然不同。

莫娜的第一反应是抄起印章，就想用更快的速度按下来，而我马上放弃了，一把将她的手挡开。

莫娜有些生气地看着我，我指了指她身后的电脑屏幕："来不及了。"

46。

47。

48。

49。

50。

石磊的积分终于和我们拉开了50分的差距。

而他也很快在论坛发言，修改了游戏规则。

莫娜泄气地瘫坐在地上。刚才那么一阵密集的盖章，她显然也累了。我揉着额头上破了皮的地方，仔细看着石磊刚发出来的新规则。

新规则和旧规则没有多大区别，依然是"专属之人"的游戏，"专属之人"依然是石磊和我。

唯一改变的是，这回不再是往"专属之人"额头上盖章。

这回是直接用刀子在身体的任意部位留下划痕。

这下就变得十分危险了。

我和莫娜起初还在互相埋怨，看完新的规则，我们都一下子沉默下来。

新的规则在积分达到标准之后的几秒钟之内就出现在论坛上，显然，石磊是有备而来的，这是他早就设计好的。

他是不是疯了？

三

"你……千万别出门。"沉默了许久之后，莫娜忽然说。

我点点头。

"看样子，他还是要自己成为游戏的控制者，我们就等着看他怎么办。"莫娜又说。

我又点点头。

石磊是个疯子。

一个疯子做出这样疯狂的事并不可怕。令我庆幸的是，我们并不是住在精神病院里。杜松树论坛的人虽然喜欢恶搞，但必定还不喜欢犯罪。往人的额头上盖章只是恶作剧，但往人身上划一刀，那就是赤裸裸的犯罪了。

相信没有人会跟着那个疯子一起发疯。

就让他用刀子划自己的身体然后再修改规则好了。

我和莫娜反复讨论，互相安慰。

夜色已经很深了，我毫无睡意，但还是强迫自己睡下。

我感到自己心跳得很快。

总有一种不对劲的感觉弥漫在四周，让我无法沉入睡眠之中。

这是我一生中最后一个平静的夜晚。

作为一个像我这样的小人物，最大的悲哀就是：无论在什么情况下，都必须去上班。无论天灾人祸、刮风下雨，只要还能起得来，像我这样的人都绝对不会选择溜班不上，这和勤奋敬业之类的词语没有任何关系，只和一个字紧密联系——钱。

不上班哪来的钱？银行的存折就像是蝗虫嘴里的菜叶，咔嚓咔嚓几天就能消灭得精光。现在工作这么难找，打死我也不敢丢掉目前这份工作。

更何况还没到要被打死的份儿上。

只是要冒着被人在身上划几刀的危险而已。

早晨起来，我和莫娜分头打电话，请了半天假。我在家里上杜松树论坛，莫娜匆匆出门，为我买了假发和假胡子，又买了两套和我平时穿衣风格截然不同的衣服。这么一打扮，我就已经完全变成了另一个人。莫娜看着我的全新造型，笑得弯下了腰。

可我一点儿也笑不出来。

在她出门的期间，我一直紧盯着杜松树论坛。那上面石磊被划了一刀的消息不时传来，每次都是由不同的ID兴高采烈地宣布："专属之人"又被划了一刀。到莫娜回来为止，石磊身上已经被划了16刀。

这个频率比我昨天被盖章的频率要高得多。

而让我最为不安的是两点。

第一，随着时间的推移，石磊被划刀的频率是越来越高。头两刀是间隔了一个小时划上去的，后来几刀中间就只间隔了半个小时，再后来，就是十多分钟、几分钟……到最近的几次，几乎就是在一分钟内，石磊就被连划了四刀。

照这么划下去，石磊还有命在吗？

另一件让我不安的事情是，已经有人在论坛提出了一个疑问：杜松哪儿去了？

从昨天晚上游戏规则被修改之后，还没有人见过杜松。

杜松是另一个"专属之人"。

另一个"专属之人"是我。

我就是杜松。

杜松是我的本名，也是网名，恰好这个名字又和杜松树论坛的名字如此吻合，这也算是一种缘分。以往这都是我在论坛夸耀的资本，可现在，我才发现，这真是个要命的缘分。因为在石磊的一条帖子里，我发现，他选择我作为另一个"专属之人"的唯一原因，就是我的名字和论坛的名字一致。

已经有人开始在人肉我的家庭地址了。实际上，在游戏中，我的资料也公开得差不多了，有的网友甚至跑到我以前曾经租住过的地方去找我，幸好我已经不住在那里。在住址问题上，莫娜总算还不是那么毫无保留，她只是填写了一个已经过期的地址，这点算是暂时救了我。

问题是她把我公司的地址完整地填了上去。

已经有无数网友守候在那里了。

小人物的悲哀就在于此，我们别无选择。

到了下午，我还是出门去上班了。

在中午的时候，网友们就失去了石磊的踪迹。他不知道怎么就从人们的视线里逃了出去，现在谁也找不到他。

找不到他，我就成了一个更加显眼的目标。根据论坛上的留言来看，守候在公司楼下的论坛网友，就有四五十个。

这么多人，每人在我身上划一刀，哪怕只是轻轻一下，也够我受的。而且现在是夏天，衣服不可能穿得太厚，这就导致我既不能用厚衣服来隐藏自己，也无法用衣服来阻挡刀锋。

我和莫娜几乎是怀着赴死的决心走出了家门。她将我送到公司楼下。我们本以为会看到五十多个人举着明晃晃的刀子在那里等我，实际上，公司的楼下一切正常，至少表面上如此。

可是，为什么多了那么多可疑的人呢？

那个在附近练太极的老人，为什么总是四处瞟？现在是下午，而且是在闹市区，无论是时间还是地点，都非常不适合练太极，那么，他在这里到底是为了什么？

那个守着垃圾堆心不在焉翻垃圾的女人，眼睛也在四下里瞟着，放着眼前几只废弃的纸箱子不捡，脸上露出一副正在寻找什么人的神情，而她身上的那套行头，没有五千块钱绝对买不下来——穿一身这样衣服的女人会来捡垃圾？

还有……

每个人都很可疑！

连莫娜也发现了不对劲。

我们是怀着怎样的勇气战战兢兢走过公司前那条街道的啊……

在此之前，我们无数次在店铺的玻璃橱窗前检验我的伪装，确认万无一失之后，这才鼓起勇气朝公司走去。

只要进了公司就安全了，这是我们的共识。

起初什么事也没发生，我们几乎就快走到公司楼下了。我暗暗松了口气，莫娜却紧张地扯了扯我的衣袖："他们都在看我们。"

什么？

我浑身一紧，四下打量一下——果然，那无数道原本四处搜寻的目光，现在都集中在了我身上。我顿时感到自己浑身闪闪发光，就像舞台中心光柱下的小丑，怎么藏也藏不住。

"怎么回事？"我惊慌不已。

莫娜比我更加慌张。

已经有人朝我快步走过来。

越来越多的目光集中在我的身上。

绝对不止五十人。

也许是一百人，或者更多。

这说明，在我们出门之后，有更多的网友集中在这里等我。

我什么地方露馅了吗？惊慌之中，我从公司楼下的玻璃门上看到了自己的影子——乱蓬蓬的头发，一脸的络腮胡子，一身皱巴巴肥大的衣服，连我自己都认不出自己，他们怎么认出我的？

我迅速判断着，看看他们，再看看我和莫娜，心中不禁一动。

我们和他们的区别在于：他们四处打量着寻找目标，而我和莫娜直盯公司大楼的大门。

当周围所有的人都在寻找目标的时候，两个目标明确的人就显得格外显眼。

格外显眼，也就格外引人怀疑。

所以他们才会怀疑我们。

谁也不是傻子，他们自然也会想到我可能会伪装。

越来越多的人朝我们走来。

他们越走越快。

有人开始小步跑。

关键时刻，他们开始迟疑，脸上露出了怀疑的神色，盯着我们看了一会儿，又互相看看，脚步放缓，最终退了回去，四散开来，练太极的练太极、捡垃圾的捡垃圾。

我和莫娜都舒了一口气。

让我们脱险的并不是奇迹，而是我们自己。

关键时刻，我和莫娜福至心灵，无师自通地变成了优秀演员。我们学着他们之前那种四处打量寻找目标的模样，目光在四周的人身上来回穿梭。这最终打消了他们的疑虑，他们经过分析甄别，终于认定我们是和他们一样的人——我们也是伪装成路人来等候"专属之人"的网友。

有两个穿着西服假装成卖糖葫芦的网友甚至还友好地碰了碰我的肩膀："哥们儿，看见杜松了吗？他怎么还没来？"

他们穿的那可是路易威登啊，来卖糖葫芦……我是该笑呢还是该哭呢？我竭力控制着自己面部的表情，保持和他们一样神秘的腔调："不知道，不会跑了吧？"

"跑得了和尚跑不了庙！"旁边一个伪装成小贩的男人大声说。他推着一车西瓜，两个假城管从他身边走过，目光四处搜寻，丝毫没有驱赶他的打算。

我打了一个寒噤。

我和莫娜快步走进了我的"庙"里。

这下安全多了。

我们同时舒了一口长气。

公司的大堂一如既往的寂静，保安和保洁都在闲忙着。我出于习惯想要跟他们打招呼，被莫娜狠狠拽了一下胳膊。

"你看他们的眼神。"莫娜凑在我耳边低声道。

我这才注意到，那些看起来和往日一样闲散工作着的人，目光无比犀利。一道道目光如同利箭，汇聚在门口的方寸空间。

怎么？公司也不安全了吗？

我浑身都战栗起来。

怀着异常忐忑的心情，我们上了电梯，很快进入公司。

进入熟悉的环境，看到熟悉的人，我略微放松了一些。门口的小美正对着镜子修理睫毛，看到我进来，她皱着眉头高声道："你是谁？出去出去！"我先是一怔，继而明白过来：以我现在的打扮，她完全没认出我是谁。我不由得笑了起来，将假胡子一把撕下，朝小美做了个鬼脸。

"哎哟，杜哥？你怎么搞成这样？"小美一边笑着一边朝我走过来，伸手好奇地拽着我的衣服。

下一秒，一阵闪电般的疼痛从我胳膊上掠过。衣袖迅速被染红了，胳膊上出现了一道一寸来长的口子。莫娜惊叫着将小美推开，小美将手上仍在滴血的小刀塞进裤口袋，拿手机咔嚓朝我拍了一张照片。

小美？

我还在震惊之中，眼见着公司其他同事已经笑吟吟地走过来。我的目光越过那些微笑，在他们的指缝间见到了刀光。

已经到了这个地步了吗？

我将小美朝他们用力一推，拉着莫娜飞快地往外跑。

跑到电梯门前，他们也追来了，电梯门迟迟不打开，莫娜拉着我往逃生门跑。

逃生门狭长幽暗，一进去就眼前漆黑。我们来不及点燃打火机，就这么摸黑一圈圈往下跑。身后是凌乱急促的脚步声，仿佛随时会有人扑到背后。我嗅到自己身上浓重的汗臭气，衬衫潮乎乎地贴在身上，让我简直喘不过气来。莫娜身上的脂粉被汗水润开，香气扑鼻而来。

正跑得晕晕乎乎，胳膊上猛然一疼，感觉到血顺着胳膊流了下来。

被人追上了吗？

惊疑间，眼前一亮，莫娜举着手机正对我拍摄。

"莫娜！"我朝她大喊一声。

"你快走！"她一边低头用纤细的手指飞快地将刚才拍的照片发到网上，一边头也不抬地对我道，"我也不知道怎么回事，实在控制不住了……对不起，你快走……"

我还在愣神，她已经发完了图片，上来又是一刀。

她哪儿来的刀啊？

可现在顾不上这个问题，莫娜的神情兴奋而愧疚，眉宇间一片爱怜和无奈的神色，仿佛她的灵魂无法控制自己的身体。有另外一种狂热暴戾的生物占据了她的躯壳，她无力与之抗争。

手机又举起来了，头顶上的脚步声更近了。我一把将莫娜推开，没入黑暗之中，几乎是跳跃着往下跑。

身后的脚步声中，多了我熟悉的一种声音，莫娜的香味远远飘下来。我胸口闷得慌，脸上湿漉漉的，也不知道是汗水还是泪水。

该死的石磊，为什么要发起这样的游戏？

四

好不容易跑出楼道口，刚要冲出去，猛然想起自己并没有戴假胡子，而门外虎视眈眈的那许多人……我打了个寒噤，在口袋里胡乱一摸，居然摸到了假胡子，匆忙往嘴唇上一贴，飞快地冲了出去。

门外的人更多了。见我冲出来，他们都警惕地看着我，我朝身后挥了挥手："杜松在后面，妈的他带了刀，你们小心点儿！"

人群发出兴奋的呼啸声，他们从我身边经过，再也没有人注意我，仿佛一股黑色的洪水，瞬间涌进了逃生梯。

我飞快地朝前跑去。

身后传来小刀捅穿肉体的巨大响声。

我仿佛又嗅到了莫娜的香气……莫娜会怎么样？

我会怎么样？

我擦了擦模糊的眼睛，从大马路跑到小马路，接着躲进了一条废弃的巷子。

世界终于安静了。

这里没有看到一个人，地上扔着几只箩筐。我顺着墙壁滑到地上坐下，颤抖着从口袋里摸出一盒烟。烟已经被汗水湿透了，怎么点也点不着，正在努力，旁边忽然伸过来一支干燥的香烟。我下意识地接过，随即意识到身边有人，寒毛森然竖立，大叫一声往后爬了几步。

一个血淋淋的人站在我面前。

是石磊。

"行了行了，别这副样子。"石磊疲倦地抽着烟，将打火机扔在我面前，"我现在不会对你怎么样。"

"你……你这是怎么了？"我抽了一口烟才问。他浑身上下体无完肤，完全变成了血人。

"我也不知道事情怎么会变成这样……"石磊咕哝着，"开始只是想玩个游戏，盖章就盖章嘛，又不会死人……后来不晓得怎么回事，我自己就想获得游戏控制权，自己给自己盖章反正很方便嘛，游戏控制权第二次落到了我手里……再后来就诡异了……"他深深吸了一口烟，从鼻孔中喷出来，"莫名其妙地游戏规则就变成这样了……其实我不想的……我本来是想设置一个很友爱的游戏，为什么会变成这样呢？我真的想不通……"

他颠三倒四地说着，我并没有听得太明白。但看他的神情，让我想到了莫娜。莫娜也说过她无法控制自己，石磊似乎也是。

难道这游戏的规则，并不是由修改规则的人确定的？冥冥之中似乎还有别的力量在掌控着这一切，那种力量让石磊将规则修改得完全出乎他自己的意料，也让莫娜和其他所有的人陷入疯狂。

"我本来想找到你，给你多划上几刀，然后再把规则变好……"石磊无奈道，"可是一路上我已经挨了太多刀，实在没力气和你对抗，只好划我自己……"说话间，他已经将烟头吐掉，将一把已经染成通红的刀在腹部划了一下，举起手机拍，上网传照片……这一系列动作一气呵成，显然已经重复过不知多少次。

这么说，我安全了？

石磊很快就可以修改规则，那么接下来，一切都会改变。

我凝视着他，就在这一瞬间，有某种东西落到了我身上。我不知道那是什么，只知道一股躁动在心中蛇样翻腾，折腾得我坐立不安。我听见自己脑海中一个明确的声音在大声喊："你也能成为规则制定者！"

这意味着什么？

我盯住了他的刀子，慢慢朝他走过去。

"过去，在他身上划上几刀，只要超过所有的人，你就能制定规则。"那声音在脑海里越来越响，淹没了其他一切声音。石磊惊慌的脸在我面前幻化成一朵血红的大花，他似乎在喊着什么，而我已经听不见。我感到自己夺过了他的刀，正一刀刀地划在他的身上，血肉翻飞。石磊拼命地喊着，我忽然感到脊背上一阵刺痛，回头一看——是莫娜。

莫娜手里举着她的小刀，站在我背后。

"莫娜……你违反了规则。"我吃力地喊着，慢慢倒下了。

按照规则，她只能在我身上划上刀痕，却不能直接捅我。

"规则已经改变了。"石磊的声音终于进入我的耳朵。他举起手机给我看，"就在刚才，我修改了规则。"

"规则……变成什么了？"我眯起模糊的眼睛想看清楚，但那屏幕太小了。我希望这回有一个好的规则。

石磊苦笑一声："我也不想这样……但这回是……"他忽然目

露凶光，那刀从我胸口穿过，与此同时，他的声音清晰地响在我耳边，最后几个字力度非常重："杀死专属之人！"

他疯了……

所有的人都疯了……

为什么会有这样的规则？

我已经说不出话来，只是用目光询问他。他又苦笑一下："我也不想这样……可我控制不了……你知道，规则发展到这一步，只能是杀死专属之人，不可能是别的。"

"为什么？"眼看着他再次举起刀来，我翕动着嘴唇问他。

"我也不知道……"他轻声道。

刀落了下来。

莫娜的刀先落下。

一刀又一刀，刀刺入肉体发出可怕的声音，莫娜浑身浴血，全神贯注地用那把短刃，一刀一刀慢慢地将石磊送向死亡。

我心中仍旧翻腾着毒蛇一样的欲望，伸手想将石磊落在地上的刀捡起来，但我动不了……

在我脑海的角落，有一个清凉的声音提醒我："幸亏你动不了。"

是的，幸亏我动不了。

不然，我要么杀死石磊，要么杀死自己。

我就这么一动不动地看着，眼睁睁看着莫娜杀死了石磊。她在狂喜中摇晃着站起身，拿起手机刚要制定规则，脑袋上猛然挨了一下，她吃惊地回过头看了看，一声没吭就倒下了。

大量的人从狭窄的巷子口拥入，瞬间就将巷子塞得满满的。

他们谁都没注意我，全盯着地上石磊的尸体。

我摸了摸嘴唇——胡子还在。

趁着他们没注意，我将自己塞进了一只倒扣的竹筐底下。

专属之人已经死了，规则还没有修改，会发生什么呢？

透过竹筐宽大的缝隙，我看到一场屠杀。每个人都在争夺石磊的尸体，为石磊而准备的小刀刺在他们彼此的肉体上，我捂住了耳朵。

他们疯狂地互刺，仿佛不知道疼痛，脸上是对规则修改权那强烈的欲望，如同莫娜和石磊。

血流如河，地面上除了红，再没有别的颜色。

我捂住了眼睛。

血腥味如同绸缎封住了鼻孔。

我捂住了鼻子。

五

屠杀进行了很久很久。

天黑之后，月亮升起来了，银白的月光照着小巷，再也看不到一个直立的人。所有残缺的肉体都在血泊中挣扎蠕动，再也没有人有力气站起来。

石磊已经成了一堆肉酱。

我掀开竹筐，蹒跚着在那些蠕动的肉体中前行，见到没死的就补上一刀，直到小巷彻底寂静，直到无人呻吟。

然后我举起莫娜的手机，拍下石磊的尸体，在杜松树论坛写下了下一条规则。

这是我要的规则，唯一的规则："终止专属之人游戏。"

我就这么摇晃着走出了小巷。

我需要去看医生。

小巷外，密密麻麻的人朝我冲过来，通红的眼睛，雪亮的刀。

一刀一刀刺进身体，冰凉的刀刃瞬间滚烫。

我在剧痛中一遍又一遍地问："规则不是已经修改了吗？游戏不是已经结束了吗？"

没有人回答，只有刀声。

游戏结束了，但屠杀才刚刚开始。

月亮变成红色了。

第四个故事 盗运

文/朱琨

杨柳的故事得了85分。随后上台的是李建文，是个身材矮小，长相过于阴柔的青年男子。他阴阳怪气地说："盗有很多种，有些人专门盗珠宝，有人专门盗古董，有人专门盗字画……而我这故事是一个盗运气的故事，运气也能盗吗？且听我慢慢道来……"

一

当仲夏的夜风从头顶装有拇指粗细栏杆的巴掌大小窗口徐徐飘入时，清冷的月光正铺满三尺见方的囚室，透过栏杆刚好可以看到月亮残缺的容颜。东雷倚着墙角，靠在已经被体温焐热的墙壁上，绝望地等待着天亮那决定命运的时刻。

昨天他还是个大学生，今天却沦落成了阶下囚。感叹造化弄人时东雷又想起了那个神秘的传说，难道运气真的可以被偷走吗？他不禁打个寒战，眼前似乎又出现了何丽丽楚楚可怜的神色，和她家地下室里那个用鲜血浸泡着太岁的半个骷髅头骨。就是传说中镇着盗运符可以窃走别人运气的"太岁血蛊"！

它是真的吗？

一切都是从上周找家教开始的……

今年夏天，由于接二连三地下雨，塞北市的天气格外凉爽，甚至给人一种雨季犹存的感觉。被几场大雨困在校园而耽误回家的东雷，准备找个短期工干上几个月，而不回南方的老家。听过电话里妈妈和老姐不厌其烦的轮番唠叨后，他决定这次耳根子硬一回，无论如何都要去那个贴在校园门口电线杆上的地址看看。否则，以后想起曾经拒绝过每天五百元的家教，绝对要后悔一辈子。

从位于北环港口的学校出发，他换乘了三次公交外加一趟长途车后，才来到看上去残破不堪的院落。透过大门，可以看到不远处一栋已破旧斑驳的二层小楼。

"这是我女朋友的房子。"高大的男主人看上去三十出头，与东雷身材相仿，染成淡褐色的披肩长发与他白皙的面孔形成鲜明对比，双眸精亮忧郁，好像总怀着什么心事。他似乎看出了对方的那丝忧虑，所以努力做出微笑的表情："我叫月鹏，在塞北市开发区工作。"说着话甚至还友好地伸出了右手。

不过他的举动显然没打消东雷的丝毫顾虑，反而那种若有若无的恐惧感亦如愈渐浓厚的晨雾般在他内心升腾开来。东雷小心地和月鹏握了握手，然后背课文般做着自我介绍："我是东雷，察哈尔翻译学院二年级的学生，专业是英语，第二专业泰国语。"

"这个我们在电话里已经谈过了。"月鹏带着他走在很多地方都已经破碎开的石板路上，抬头看了看灰蒙蒙的天空，"看来还有雨呢，得把车子停到车库里才好。"顺着他的目光，东雷才注意到小楼前的角落里，停放着一辆香槟色的"宝马760"轿车，而不远处未拉下的车库里，似乎还有辆3.6L排量的"奥迪Q7"越野车。

"工作时开宝马方便一点儿。"看东雷在看他的车，月鹏很自然地笑了笑，抢上前把宝马车停到车库，然后带着他往小楼走，"其实找你来是想让你教我女朋友英语的，她以前大学学过一些，后来因为腿有问题就休学了。"

"现在好了吗？"随着月鹏走进小楼，东雷不由得眼前一亮，仿佛走进了高档家具城里的古典欧式样板间，目力所及是维多利亚时代的宽敞大厅，足有上百平方米，可是在这里看不到任何现代化的设施，甚至连电线都找不到一根，仿佛瞬间回到了百余年前的英国。"她已经瘫痪了。"月鹏很坦然地带他到实木沙发上坐下，从口袋中掏出香烟来递过去。

"哦，对不起，我不知道。"

"没什么，已经很久了，她一直想重新捡起学业。所以希望你能在这方面多费点儿心。"月鹏说着话，划了根火柴给东雷点燃香烟，自己也点了一支，"至于费用方面，我们已经谈过了。需要说明的是，在合同中我只能按每小时四十元，每天六小时注明。原因是她不希望在这上面花太多的钱。"他停顿了下，似乎在措辞，"不过我会按约定提前付费的。"说着话，他从西装口袋中掏出几大沓崭新的钞票："平时我工作很忙，这两个月就要多靠你来陪她了。"

东雷接过钱，心中泛起阵阵迷茫：什么样的女人值得这个身价不菲的有钱人如斯体恤？月鹏颠覆了他对有钱人的一贯认识，原来他们也是有爱情的。比如面前的这个大哥，除了头发长点儿，长得还算不错，很有男人的味道。

月鹏见东雷看他的头发，好像有些不好意思："她早让我剪短的，一直没舍得。看你的平头就不错，在哪里理的？"他边说边拿出一份合同，翻到最后道，"她已经签过字了，你如果没有意见就在这里签个名字，明天早上九点来。"何丽丽？他女朋友的名字让东雷想起了小时候最喜欢看的台湾电视剧《家有仙妻》里的女主角。

二

晚上八点半，东雷和老六坐在校门口的烧烤摊前，大口大口地往嘴里灌冰镇啤酒。面前的托盘摆着烤好的大把羊肉串、大羊腰子和几盘刚刚煮好的海鲜。

"这家伙这么有钱？"老六和东雷一样没回家，不过他还没有找到工作。"今天终于知道什么叫富二代了。"东雷抓了几颗煮花生米扔到嘴里，含糊不清地说着，"那两辆车加起来就快四百万了，更别说那么大的房子和满屋的进口家具。他这么年轻，要不是富二代哪儿来这么多钱？"

"嗯，有可能。"老六端起啤酒来和他干杯，"给哥们儿也留心找这么个工作，富婆或富二代都成。"

"行，我给你找个富二代，挣他们的钱。"

"对了，他女人有多漂亮？"

"谁女人？"

"那个富二代李月鹏啊？还能有谁？"老六吃惊地望着东雷，"是啊，她有多漂亮？"他喃喃地自语，却没敢告诉老六，今天其实并没有见到女主人。好在第二天还没到九点，这个疑惑就解开了。

"你来得好早啊！"身着一身白色休闲装的女孩坐在轮椅上轻轻为东雷打开了门，清秀端庄的面庞在顷刻间就已经深深地印到了他的脑海中："你就是何丽丽？"

"是啊，你就是月鹏说的英语家教吧？"她的神色颇为淡定，完全没有语气中的那种客气与礼貌，甚至连最起码的掩饰都没有，很明显地想告诉对方，她对所谓的英语家教没有多少兴趣。不过看在钱的分儿上，东雷还是很友好地从书包里掏出资料和课本，准备给她上课。

"到我房间里吧。"何丽丽摇动着轮椅穿过明亮的走廊，来到一个堆着毛茸小狗熊的房间里，指着被当作书桌的餐桌道，"把东西就放在这儿吧。"

看得出这里似乎是个餐厅，不过现在已经被主人当卧室使用。除了张简单的单人床外，餐厅和餐台上还摆满了大量毛茸茸的玩具动物，进口泰迪熊和限量版可儿娃娃，每一个都价值不菲。但比起旁边的MacBook Air电脑、iPad2平板和iPhone4手机来，似乎又逊色不少。东雷注意到床上的枕头底下似乎还压着几本书，依稀可以看到最上面的是本红色封皮的计算机教材，与寝室老三前一阵买的书极为相似，老三那本好像是讲网站程序开发的。

"坐吧。"看东雷在专注地看她的手机和平板电脑，何丽丽微微笑了笑道，"我是个苹果控，很喜欢这些东西。"

"我也是，甚至在整个学校里都因为喜欢苹果的产品而很有名。"东雷有些羞涩地笑了笑，"不过现在我还只买得起ipodi。"

"也是，学生嘛。"何丽丽似乎无意顺着这个话题继续下去，她让东雷自己从窗台上的饮料堆里挑爱喝的拿，然后摊开面前的英语书问道，"我们从哪里开始？"

"我想知道你到什么程度了。"

"英语？几乎一无所知。"何丽丽想了想又补充道，"应该是高中时的底子吧。"

"可你男朋友说，你应该在大学里学过一些的。"

"是吗？"何丽丽的脸上闪过一丝不经意的诧异，继而笑道，"可能吧，手术后我的记忆力不太好了。"东雷疑惑地望了她一眼，没有继续问下去。就在这时屋门被推开了，月鹏端着一碟葡萄走了进来："开始了啊，吃点儿水果。"

"哦，谢谢。"东雷看到月鹏今天果然把头发剪短了，与自己的颇为相似，可立即发现月鹏推门进屋的瞬间，何丽丽的脸上明显带着惊惧的神色。这让他想起了电视剧里某角色在阴谋破败前，那混合着无奈与战栗的表情。她怎么会这样？还没容东雷细想，月鹏已经把一张纸放到了他面前："能帮我看看这上面写着什么吗？"

这是张用签字笔潦草地记满泰文的白纸，似乎写得很匆忙的样子。东雷拿起来看了看，发现很多词都不认识："真不好意思，这上面的一些词我还不认识，可能需要回去查字典才能告诉你。"

"我这里有。"说着月鹏转身出屋，从旁边用黑布蒙着门窗的房间里取出一本书来。他开门的时候很小心，甚至偷偷看了眼东雷在确定他没有跟过来，才把自己房门推开道缝隙，将身体挤了进去又挤出来。

东雷接过月鹏递给自己的《新汉泰大词典》，伏案专心致志地翻译起来。在他身边，月鹏与何丽丽目不转睛地盯着他，屋里没有一丝声响。好半天，东雷才抬起头，面带困惑地问月鹏："你这材料是哪里得到的，好深奥啊，似乎涉及很多古泰语和巫术方面的东西，很多拼出来的词在词典上都没有介绍，我只能翻译个大概。"

"没关系，能给我念一下吗？"月鹏面无表情地问道。

"不……"一个微弱的声音在身旁响起，但当月鹏冷峻的目光扫过时，她又迟疑地低下了头。

"好的。"东雷看了眼何丽丽，慢条斯理地读道，"……采四十九日晨血浸于蛊中，蛊皿必为书符箓之降头师头骨；上负盗运符一张，符七日一换，血七日一换，七七之数后……"说到这里，他抬起头，把标好中文的字条递给月鹏，"就到这里。"

"好极了。"说这话时，月鹏的脸色阴险可怖，声音干巴巴的不阴不阳，令人听了很不舒服。东雷这时看到轮椅上的何丽丽脸色已经变得苍白无比，拿着英语书的手兀自剧烈地颤抖着。

月鹏似乎也注意到了她的变化，俯身过去轻声问她怎么了。就见何丽丽粗重地喘了几口气，半天才摆着手道："没什么，我有点儿不舒服，让东雷老师明天再来吧。"说着把一直拿在手中的手机递给东雷："你的手机。"

"那也好，要不然明天吧？"说话间月鹏转过头问东雷，说是商量，口气却阴冷得要命，听上去与命令无疑。东雷左右打量着这对奇怪的恋人，微微地点了点头，接过手机，走到院门前的时候，发现今天车库的门紧闭着，天上乌云密布。

三

　　倾泻了整天的暴雨到午夜时终于小了下来，淅淅沥沥地像个小孩子在哭。从今天晚上开始，老六去开发区的工厂，所以寝室里只剩下了东雷一人。此时，他孤单地躺在自己下铺的床上，辗转反侧。不知为什么，只要一闭眼，他就能看到何丽丽幽怨的眼神和那狐疑不定的容颜，还有不阴不阳的月鹏与他那张古怪的泰文字条，怎么都让东雷难以释怀。本来这些事情应该和自己无关的，但现在东雷迟迟不能把它们从心头抹去。他赤着上身坐起来，推开窗户任凭清冷的夜风夹杂着雨丝打在滚烫的脑门上，感觉舒服极了。就在这时，床头的手机响了。

　　东雷奇怪地拿起手机，看时间时已是深夜一点十八分。谁这么晚了还发短信？他打开这条信息，发现是个陌生号码发来的：你今天还来吗？

　　东雷想了想，给对方回了过去：您是哪位？

　　我是何丽丽！

　　是她？东雷的心蓦然间像被人狠狠地揪了一把，那苍白清秀的面庞又萦绕在他的脑海中。可她为什么这么晚给自己发短信呢？东雷迟疑了许久才回了条信息：是啊，怎么了？何丽丽的信息却回得很慢，半天才发来几个字：今天还有雨，路上注意安全。之后再无消息。

　　整整一夜，东雷都没睡好，何丽丽的身影在他梦中依稀反复出现，却无论怎么努力都记不清梦的内容。天刚蒙蒙亮时，他就从床上爬了起来，先是到水房洗了把脸，接着在校门口的小吃店胡乱吃了口东西，然后搭乘第一班公交车前往位于口外区的何丽丽家。

大门没有上锁，在东雷的推动下发出吱呀吱呀的轻微声响。他挤进门，小心翼翼地绕过大小不一的水坑，然后撑着伞在细密雨丝的陪伴下走进小楼，蹑手蹑脚地来到何丽丽的房间外面。

"你要不配合我，最后倒霉的还是你自己。要知道，我死后你什么都得不到，还要背着这个残躯过一辈子。"月鹏冷冰冰的声音回荡在走廊里，听上去格外刺耳。就听屋里的何丽丽小声说了一句什么，但隔着屋子很不清楚。就听月鹏继续说道："所以暂时你还要帮我一阵，等那傻小子上当，咱们就什么都不怕了，到时候移民也方便些。"傻小子？他是在说我吗？东雷尝试地推了一把，发现门没有上锁。可屋里的情景着实让他吃了一惊。

就见月鹏脸色焦黄地坐在何丽丽身边，正用一支注射器为她抽血。靠近门口处的餐桌上，放着几只药瓶子和正冒着热气的水杯，看样子是准备吃药的。不过让他感到奇怪的是，从药瓶的位置看，似乎是月鹏给自己准备的。东雷迟疑间已经把目光落到最外面药瓶的标签上，在月鹏略惊慌地收起药、杯的瞬间，已经看清了那瓶药的英文标签：tarceva。

"今天来得好早啊。"收好药瓶和水杯，月鹏已经恢复了神色。他有些不自然地拿起何丽丽的装着多半管鲜血的注射器说，"医生吩咐我每天都要给她抽一点儿血化验的。"说着他咳嗽起来，忙从口袋中掏出手绢捂住嘴，却越咳越厉害，好半天才恢复正常。东雷这才想起，昨天见他时他也有次咳嗽挺厉害，自己却没注意。

"哦，昨天睡早了，所以今天来得早了一点儿。"东雷说着摊开课本准备上课。月鹏依旧用那副阴森森的面孔望着他点了点头，收拾好东西就要出去，不过在门口处他又停住了："这一带最近很不安全，我给你们锁上门吧。屋里有独立的卫生间和饮水器，中午我会送饭过来。"说完也不待东雷同意，反手将门关上，然后在外面咯吱咯吱地用链锁锁了起来。

他为什么要锁门啊？东雷很奇怪地看了看何丽丽，发现对方面无表情，正怔怔地望着自己。无奈之下，他只得把注意力转向英语课本，给对方上起课来。不过，这一上午两人都没把精力放到课程上，一个狐疑一个心不在焉，直到中午十二点半月鹏送饭来时，才结束这都感厌烦的内容。

"我想休息一会儿，你也趴桌上眯会儿吧。等下午我们再上课。"刚吃完午饭，看着月鹏出去锁上门，何丽丽淡淡地说道。

"好吧。"东雷刚想问要不要他帮忙扶她到床上时，何丽丽已经自己放下轮椅躺了进去，原来她的轮椅是多功能的。他叹了口气，轻轻走到窗户跟前推开缝，然后点了支烟想心事。说是心事，其实他琢磨的还是这两个奇怪的人。远的不说，就拿锁门一事来说，他总感觉哪里不对。

抽完一支烟，东雷还想再续一支时，发现何丽丽已经睡着了，竟发出了轻微的鼾声。他叹了口气，心想昨天夜里她一定没有睡好，忽地听到楼上传来极小声的"砰砰"声，似乎有人拿锤子在很小心地敲打着什么。他好奇地往楼上看了看，然后尝试推了下玻璃窗户，谁知这一推之下，窗户竟然被他推开了。

四

　　东雷走到二楼的时候，那阵轻微的声音已经消失了。不过既然出来了，他还是决定到上面看看。老旧的地板在正午阳光的照射下泛射出模模糊糊的白光，他走上二楼时，看到只有正对门的房间门还露着一道缝隙。小心地推开门，东雷看到对面一张电脑桌前堆满了材料和书籍，这些都是泰文的，大部分是降头、巫术之类的书，印绘着不少血淋淋的残肢图案；只有角落的几张纸上写满了潦草的中文。东雷拿起那张纸，首先看到的是用签字笔写的大标题：降头蛊之太岁血蛊！他正要细看下面的小字时，突然身后响起了阴森森的责问：“你到这里干什么？”

　　东雷吓得一哆嗦，心脏险些从胸腔跳出来。他转过身，看到月鹏穿身蓝色的工作服，右手提着大号活口扳子，正站在他的身后。

　　“我……我来找你，你……在干什么？”

　　“我在修太阳能管。”月鹏不满意地哼了一声，“找我干什么？你是从窗户跳出来的？”

　　“我……我不太舒服……想找你请个假。”东雷这个谎撒得磕磕巴巴，其实是实在没有准备。好在月鹏并没有在意，只是轻轻点了点头：“好吧，那你明天再来吧，没有关系吗？”

　　“没事，就是头痛。”东雷说着话，辞别月鹏，快速走出小楼时，透过窗口看到何丽丽还在熟睡。虽然带着一个接一个的疑问，但此时的东雷巴不得立即离开这里。他的脑海中不停地闪现出刚刚看到的那些降头术书籍上面充满血腥的封面。

回到寝室时已经是下午四点，老六不在。东雷先是躺到床上睡了一个多小时，然后起来打开电脑查资料。他首先想知道的是早上在何丽丽房间看到的月鹏吃的药。tarceva，中文名称：特罗凯，学名：盐酸厄洛替尼片，一种治疗肺癌的药物，也是唯一能够显著延长肺癌患者生存期的靶向治疗药物。

肺癌？想到月鹏的剧烈咳嗽，东雷不禁释然。他接着又开始搜索降头蛊和太岁血蛊的内容，在排除了大量无用网站后，在中文搜索引擎的百科知识和一个名为"降头百事"的英文网站，找到了降头蛊之太岁血蛊的内容：太岁血蛊是南传降蛊的一种，相传为明末清初定居泰国的中国僧侣结合中国南方蛊术与泰国降头术所创，是最狠毒血腥的降头术之一，在泰国降头师中也是禁术。术用特有的太岁（又称肉灵芝，是自然界中非植物、非动物和非菌类的第四种生命形式）为蛊体，结合降头师的咒语和盗运符，可以逐渐盗取被盗者的运气到施术者身上，从而解除施术者的困苦与灾难，将其转至被盗运者身上。

最常见的太岁血蛊施术方法是采四十九日被盗者晨血浸于蛊中，蛊皿必为书符箓之降头师头骨；上负盗运符一张，符七日一换，血七日一换，七七之数后被盗者运尽而死，福运尽数转至施术者身上。如果施术者晦运未消，可另行选择被盗运者续运，仅换血即可……太岁血蛊虽毒，但非无可解救。被盗者死前都可以用以下方法施救：

1. 用金属制刀具将蛊皿中太岁挑出剁碎。
2. 将盗运符烧掉。

3. 将皿中鲜血平泼于地下。

4. 为解蛊毒，必在被盗运者身上用金属刃具划九刀，至出血为上，待血干后福运自止被盗。

注：由于太岁血蛊之毒胜于常蛊，故施救者必须在凌晨之后至太阳升起之前施救，且有被蛊毒转至自己身上的危险。所以施救后必须寻一密室静待一日一夜，此期间切勿见阳光及生人……

外面的雨骤然大了起来，雨点打在玻璃上发出啪啪的声响。东雷吃了一惊，抬头看时，只模模糊糊地在窗户上看到自己苍白惊恐的脸。他关掉电脑，眼前又浮想出月鹏的剧烈咳嗽和何丽丽无助的面孔。可是，她为什么甘愿任其宰割呢？

忽然，短信提示的音乐又响了起来。

你今天来吗？还是何丽丽发来的。东雷犹豫了很久，还是给她回了过去：去，今天我们学习新的课文。对方似乎也在思考，许久才回道：你明天不要来了。

为什么？东雷的心在这一瞬间真的提到了嗓子眼。

我不想害你。

东雷叹了口气，已经隐隐猜出对方的用意，不过他还是老老实实地回答道：我的责任是教你英语，所以我必须去。

你真的要来？

是的。

那你现在过来吧，打车来，我在一楼客厅等你；月鹏出去了，天亮才回来。

东雷想了想，又回忆了何丽丽的容颜，同意了：好，你等我。

他披衣下床，拿手机看时间时发现已是深夜一点。

五

　　何丽丽穿戴得很整齐，坐在轮椅上静静望着大门的方向。当东雷走进屋时，她的面孔很明显地抽搐了一下，继而轻轻地说道："你自己坐吧。"东雷把右手插在口袋里，紧张地望着她。口袋的手机上此时已经设好了老六为第一个紧急电话，只要拨1键就能发出去。来时他也简单地告诉过老六地址，还说只要打电话给他，无论说不说话，他立即报警。

　　这些多少让东雷舒缓了些紧张的气息，此时只见何丽丽淡淡地叹了口气，问道："东雷，你相信命运吗？"

　　"我？"东雷想了想，认真地回答道，"有时候还是信的。"

　　"那你相信命运可以改变吗？"何丽丽的话一出口，东雷立即猜到了她要说什么，不过此时不好挑破，"可能吧。"

　　"不是可能，是一定。"何丽丽的眼睛里放射出一种奇异的光芒，就见她斩钉截铁地说完这几个字后喘了口气，继续道，"你第二专业是学泰语，应该听说过泰国的降头术吧？"

　　"是的。"看来果然说到重点了，只是不知道她为什么要说给自己听。东雷胡思乱想时，何丽丽已经顺着思路说了下去："有一种降头术叫降蛊，是结合了蛊术的降头术，据说很毒。而其中最毒的是被称为'太岁血蛊'的降头蛊术，据说可以盗取别人的运气而解除自己的晦气，甚至可以返老还童，乃至医治百病。"

"你和我说这些是什么意思？"东雷明知故问，想以退为进。

"我想告诉你的是，我就是被人施了'太岁血蛊'的被施者。"

"什么？难道有人在盗窃你的运气？"虽然已然想到，但由何丽丽嘴里说出来时，东雷还是吃了一惊。

"对，盗我运气的人就是月鹏。"

"为什么会是他？"东雷用颤抖的手掏出一支香烟，半天才点着。

"说来话长。"何丽丽说着叹了口气，"其实我之前是个健康的人，瘫痪到现在也不过很短的时间。也算是我自作自受，找对象时一心想找个帅点儿的、有钱的男人，挑来选去遇到了月鹏。当时他花钱如流水，对我相当好，我就做了他的女友。没想到我们同居以后才知道，他的工作竟然是晚上走街串巷入室盗窃，虽然收入颇丰，但不是什么正当行业。当时我已经成了他的女人，而且被他拍了不少视频和照片，我要和他分手，他就扬言要把这些东西放到网上去。无奈之下，我也就睁一只眼闭一只眼，心想只要他对我好也就算了。"

说到这里，何丽丽抹了把眼角的泪水："后来谁知道他抽烟太厉害，得了肺癌，发现时已经是晚期。那段时间，月鹏几乎像变了一个人一样，天天冲我发脾气，还说他要死了，我也别想好。好在当时他的一个朋友给他推荐说，泰国有一个师傅有治这种病的方法，并给了他一个地址。我就陪着他办出国手续，历尽辛苦才到达泰国，那时他已奄奄一息。

"这个降头师傅拿给他的，就是'太岁血蛊'的配方，并要他花大价钱购买盗运符和蛊皿。当时我们根本没有带那么多钱，而且月鹏的身体也已经容不得再返回中国凑钱。"

"那你们怎么解决这个问题的？"

何丽丽忽然哭了出来，任凭眼泪无声地流淌着："月鹏让我陪那个降头师一周，来抵购买配方和东西的钱。开始我不肯，后来他好言相求，最后还是同意了……我虽然难过，但想到能救他，也就同意了。谁知道，他在泰国一时找不到被盗人，竟然在降头师的帮助下在我的茶水里下药，一周后盗了我的运气。"

"啊……"

"再后来我们就回了这里，也就是月鹏家。其间月鹏身体愈发好了起来，我却瘫痪了。"

"原来你是这么瘫痪的！"

"嗯，可那个没良心的家伙竟然说我既然已经陪了降头师，那也就不是他的人了，不仅不给我想办法，还继续抽血来盗取我剩下的运气。要知道人的运血相关，运绝命终啊！后来在我的苦苦哀求下，月鹏才勉强同意找人来替我，那就是你。"

东雷擦了擦头上的冷汗，听何丽丽继续说下去："我到今天才知道，其实他根本没把我的命放在眼里，也没打算救我。他找你来是想继续盗运，盗你的运。所以趁他今天晚上出去，我才找你来，想告诉你明天别来了，我再有三天就到了四十九天，也该走了……"言及此处，何丽丽终于忍不住，号啕大哭起来。这下东雷心中的怒火完全被点燃了，他怜香惜玉地抓起何丽丽的手，厉声道："月鹏这么做简直丧尽天良，我们难道不能去告他？"

"告他？"何丽丽抬起头，吃惊地打量着东雷，"警察会相信我的话还是相信你的话？"听她这么说，东雷搔了搔后脑勺，心想也对，便踌躇道："那你说怎么办？"

"没办法，你走吧。这也是我的命！"何丽丽绝望地闭上了眼睛，"救你一命不让月鹏所害，我死而无憾。"

"怎么能让你去冒险！"东雷愤怒地摇头道，"我帮你，我们一起想办法逃出去。"他忽然想到刚才在网上查的资料，遂说道，"我记得，这种降蛊是有办法破解的。"

"难哪。"何丽丽微微摇了摇头，"弄不好连你也会搭进去。"

"没关系，我今天一定要救你。"东雷此时拿出了英雄救美的勇气，一副大义凛然的样子，直把何丽丽看得"扑哧"一声笑了出来："实话告诉你吧，我今天就是想让你帮我的，但没好意思说。"

"和我还客气什么。"好像东雷与何丽丽认识多久似的，东雷说道。就见何丽丽止住笑声，从座位底下拿出一把一尺左右的尖刀来："要救我，你就要拿这个去地下室把半个骷髅头状的蛊皿挑开，血一定要铺满地下，太岁放在下面剁碎。然后把上面的运符烧掉，刀放到原处就可以了。"

"好。"东雷从何丽丽手里接过刀，忽然被她叫住了，"你要先用此刀在我身上划三横三纵九刀以逼出蛊血，伤口不能太深也不能太浅。"

"这……"面对何丽丽清秀绝伦的面孔，东雷竟有些下不了手。就见她突然一把紧紧地抱住了他的腰，凄厉地说道："帮帮我吧，我不想死！盗运术一断，我肯定能站起来，到时候我就是你的人了，求求你……"何丽丽欲绝的哭声在暗夜中渗入心肺，听得就是铮铮铁汉也会肝肠寸断。东雷长叹一口气，颤抖着手按她指点的方向在腹部、后背、腰部和四肢划了深深九道伤口，看着鲜红的血汨汨流出，他的心像被谁狠狠地揪了一把："你……你没事吗？"

"我没事，你快去！"说到这里，何丽丽从身边取过一个大号的手提袋递给东雷，"这里是我的电脑、平板和手机以及银行卡，都是最珍贵的东西；除此之外还有两瓶水和几块面包。你破降蛊术后立即找个没人的地方带着它们待一天一夜，切勿见任何人，更不能见阳光……"

"好的，我知道了。"面对她的信任，东雷在内心深处甚至下了必死的绝心，蓦然间一种"士为知己者死"的感觉袭遍全身。他提起手提袋，带着无比眷恋望了何丽丽一眼。

"去吧，后天天亮以前来接我，我们离开这里。"

东雷深深地点了点头，大步向地下室走去。

六

当东雷重新回到何丽丽家的时候，已经是第三天凌晨四点了。他把偷来的旧自行车扔到一旁，坐在地上大口大口地喘气。前天夜里在地下室找到了那用半个骷髅盛着的蛊皿，他完全按照破解"太岁血蛊"的方法对其进行了破坏，然后扔下刀子，带着何丽丽交给他的东西头也不回地跑出了小院。

因为不能让别人发现也不能见阳光，所以东雷在附近找了个旧小区，翻墙进去钻到地下室里，铺些旧报纸睡了一天一夜。看时间到凌晨四点才偷了辆自行车出来，其间除了马路上的车辆外只远远地见了几个人，也不知道算不算破戒。

淅淅沥沥的雨还在没完没了地下着，东雷站起身，推开虚掩的大门，轻轻叫了两声何丽丽的名字。静寂的空气中传来阵阵回声，周围黑得伸手不见五指，何丽丽不像在这里的样子。就在东雷找灯的时候，远处的电话突然响了起来。借着夜光电话的微弱光芒，东雷仿佛溺水之人看到了最后一根稻草，他忙不迭地接起电话时，传来的却是月鹏阴森森的声音："东雷，早上好。"

"是你？"东雷自己都发觉声音有些变形。

"没错，是我。我现在与何丽丽，也就是我的女朋友在一起。"月鹏的声音一如既往的阴森。

"你把她怎么样了？"东雷紧张地问道。

"放心，我没把她怎么样。"月鹏突然嘿嘿地笑了起来，"也只有你这种天真的傻瓜才会把她的话当真。"

"你说什么？"

"实话告诉你吧，这个世界上根本没有什么降蛊术，更没有所谓的'太岁血蛊'。我之所以编造这个故事，还要从前几天的事情说起。何丽丽告诉你的没错，我是一个以走黑道为生的人，前几天我打听到郊区住着个喜欢古董的马老头，善收名画，而且都存在地下室里。所以我就踩了几天盘子，看中他的规律后，前往地下室盗画。谁知道那天阴差阳错，马老头不知道是不是听到了动静，竟然在我准备走的时候冲进了地下室。"

"你杀了他？"东雷颤抖地声音问道。

"没错，我别无选择。但如何处理尸体并且不留下丁点儿痕迹成了大问题。后来我把他的尸体沉下清水河，但现场无论如何都不能处理得天衣无缝。还是喜欢看电影的丽丽听说后提醒了我，我们俩才想出了这个办法。"电话里，月鹏狞笑着。

"你是说这一切都是你们的安排？"

"对，目的就是让你上钩。丽丽学过计算机，她先是在搜索引擎的百科知识上编辑了相应条目，然后又建立了中英文的两个关于降头术的网站，都设置好了相关内容。而你前天打翻的那骷髅血其实是马老头的血，那把留在现场的刀也是我杀他时用的。你按所谓破解降蛊术之法进行破坏的现场，其实是重现杀害马老头的现场，为了真实起见，我甚至让你划了丽丽九刀。"

"你……丽丽在哪里？"

"她很好，现在就和我在一起，你要和她说话吗？"说到这儿，月鹏愈发得意起来，"我们马上就要带着这些东西离开这里了。你自己小心点儿，虽然这个案子破绽很多，但你仍然会因有直接证据的指控而成为第一嫌疑人。对了，忘记告诉你了，那些电脑、手机什么的是马老头的，可能会成为警方的证物。"他停顿了一下，继续说道，"警方找不到我们存在的任何证据，所以只能将你列为杀人犯。你要知道，这几天除你之外，没有任何人见过我们俩，你也没和我要过我们签的合同，所以他们也许会认为你的精神有问题，不过那样倒可以免于判死刑，你觉得呢？"

"王八蛋……"绝望的东雷再也听不下去了，他疯狂地叫喊着，直到电话里传来了"嘟嘟"的忙音。

这个世界上，原本就没有爱情！绝对不能轻信别人的承诺，更不能轻易承诺别人。东雷痛苦地坐在地上，双手抱头，实在不知道如何才好。是自首还是逃亡？他犹豫了好久，终于拿起手机拨动了报警电话。

咯吱咯吱的金属声打断了东雷的回忆，他赫然发现天已经亮了。今天是警方取证的最后一天，不知道他们找到月鹏没有。如果能找到他，就能证明自己的清白，加上自首的情节应该会轻判的。他望着阴沉着脸走近的警官李伟，把希望都放在对方身上。

可东雷没想到的是，几分钟前，月鹏和保险公司的一个理赔调查员刚刚走出塞北市公安局。"对不起月先生，请节哀。您夫人购买的是我公司的安心康宁终身险，现在公安局已经确认，所以我们会把赔付款作为被保险人也就是您夫人的遗产交给第一继承人的您，意外身故金额应该是保单的十倍，也就是三百万元左右。"

"好，谢谢，我现在只想自己清静一下。"话是这么说，可月鹏还是回忆起前天东雷走后的情景，何丽丽从轮椅上坐起，伸了个懒腰："租的那两辆车退了吗？装瘸子真累，下次这活儿千万别找我了。"

"你是我夫人，不找你找谁。"月鹏不阴不阳地说道。

"就算我是你媳妇，也不给点儿好处？"何丽丽噘着嘴，看样子颇不满意，"把我的东西给别人不说，你知道在网上做那些网站和百科知识有多累不？还要骗那家伙，竟然还得挨刀装真实，你知道我流了多少血，有多疼吗？"

"我知道你受苦，不是给你买了三十万元的寿险吗？"

"你还不如给我现金呢，那东西要二十年以后才能用。不过算了，老了有个保障也好。"说到这里，她突然想起了什么，"对了，你说你那天杀了马老头把尸体丢河里了，会不会被人发现？我们什么时候离开这儿？"

月鹏摇了摇头，并没有回答何丽丽，却拿出了那把尖刀。直到看见刀，何丽丽的眼神中才出现惊恐："你要干什么……"

想到这里，月鹏笑了，他打开车门让保险公司的理赔员坐了进去，然后发动起了车子。而同一时刻，警官李伟正在对东雷进行问话："我们调查了你说的那栋房子，根本不存在什么马老头。那是一所高档出租房，前几天两个年轻人交了半年租金租下来了。"

"没有？"东雷简直不敢相信自己的耳朵，"那何丽丽呢，月鹏呢？"

"何丽丽的尸体我们在地下室找到了，是被一把尖刀杀死的。凶器就在她身边，上面沾满了你的指纹。现场还发现了她的大量血迹以及她身上的另外九处刀口，很像是严刑逼供所至。"

"她……她死了？"东雷开始分不清梦境与现实了，就听李伟继续说道："我们还对你交的那些苹果电脑和手机等东西进行了调查，发现都是何丽丽的。而且她的银行卡也在你手里。"

"不！"东雷这才反应过来李伟的意思，就见对方淡淡地摇了摇头，"我们是重证据轻口供，即使你不说我们也能定你的死罪。到时候，恐怕你要把这些话带走了。"

李伟笑了笑，继续道："你和死者签的家教合同我们已经看过了，就在他们租的房子里。而且你同学老六也确认，你第一天晚上就说人家很有钱，没错吧？还有全校都知道你喜欢苹果电脑，对吧……"李伟后面的话东雷几乎都没有听到，他叹了口气，他什么都没说，绝望地转过头望向窗外，发现今天竟然已经放晴了。

第五个故事　霉在心里的秘密

文/破晓安眠

　　李建文的故事讲完了，主持人报了一下他得了70分。我瞧他的脸色，似乎对这个评分不是太满意，他张了张口想要说点儿啥，不过最后还是闭上了，乖乖下了台。

　　说来也奇怪，不知道是不是灵异故事听多了还是这地方瘆人，总感觉他们每讲一个故事，我就觉得身上更冷一点儿。

　　主持人接着说："时间已经是深夜一点多了，我为大家准备了消夜，在一个入围者讲完故事后，我们将会先共享美食，过后再继续！现在请廖道明先生上台！"

　　廖道明是个高个子，瞅那身高没有一个一米九也有一米八几，身体壮如牛，站上去就像座小山。他嗓门很大，上台便说："今天我给大家带来一个关于秘密的故事，在场的诸位心中或多或少总有几个秘密，有些秘密就算烂在肚里也不会说出来，故事是这样子的……"

一

"你知道，她性格内向，没什么交心的朋友，同学们也只在满腹心事无处发泄时，才去找她！"

夜，静得可怕。

窗外的黑幕犹如巨大的嘴巴，令人心里无端发紧。

我挪动了下发酸的脚，目光从林森苍白而又哀怨的脸上撤回，脑子里凭空浮现出一张绿如浮萍的脸。

那张脸像是无数浮萍组合而成的，森冷而又诡谲的红色眼瞳犹如嗜血的僵尸，令人不寒而栗。

"她死了，全身都长了霉，我和季雨都看见了！"

此时，林森絮絮叨叨的叙述接近尾声，而他原本哀怨的脸色，也因为秘密的倾泻而变得释然。他稍稍顿了顿，含笑对我说："我要说的就是这些，希望你能替我保密！"

我不置可否地沉默着，手指有一下没一下地敲着桌面。

"时间不早了，我该回去了，谢谢你能听我诉说秘密！"林森看了一眼窗外，随后收拾了几本书，面无表情地走出教室。

见他走了，我舒了一口气。

静默了一会儿，我从抽屉里掏出一个带锁的日记本，熟练地从里面抽出钥匙打开它，然后将林森告诉我的秘密一字不漏地写下来。

写完后，我将日记本扔进垃圾桶。既然她死了，那么就让这个日记本，连同上面的秘密，一起沉寂吧。

做完这些，我扭头看了一眼窗外。外面，夜色正浓。

就在我起身时，身后忽然传来"咚"的一声，我的心像是被一双手捉住一般，猛地一抽。我缓缓地扭头，眼角的余光瞟到了满脸长着绿茸的女生。我心下一惊，迅速转身，然而身后空空如也。

这时，我感觉到有双手自身后伸来，攀上我的脖子，接着冷飕飕的气息打在我的脖颈上，又湿又黏。

我惊得手脚战栗不已，可脖子上的手像是掐进我的血肉扼住了我的声带，我不敢往后看，只好稍稍仰头看向对面的窗户。

幽蓝的玻璃窗在日光灯的照射下，更显诡谲。

令我惊讶的是，窗户上的影子只有我一人，而且更令我不解的是，我的脸似乎长了一层毛茸茸的东西，它们层层叠叠地堆在一起，像个毯子。

惊骇之下，我抬手摸了一把脸，垂手一看，手心里都是绿油油的毛。

被这类霉一样的物质恶心到的我顾不得心中的恐惧，对着玻璃三下两下将脸擦干净，随后急匆匆地冲出教室。

二

初春的夜，还带着晚冬的寒意。

迎面而来的风，夹杂着说不上来的诡异气息。

我裹紧衣服，低着头一步步地向前走，满脑子都是若水那绿色的身体，以及她紧抿的双唇间长出来的黑色霉状物质。

　　就在我加快脚步想快点儿回家时，耳边传来铁铲撞击石头的声音。

　　我下意识地朝声源处看去，只见一个瘦弱的女生蹲在地上，手里拿着一把小铲子正卖力地挖洞。挖好后，她颤声说："我到底能不能完成这个使命？我好怕失败！"

　　这音调对我来说熟悉得不能再熟悉，没错，声音的主人就是我的邻居，季雨。我没有上前打扰她，而是不动声色地站在一边，默默地听她说话。

　　"若水死了，她死的时候，全身都是霉。在太平间的时候，我还看到霉像寄生虫一样钻进她的尸体！"

　　季雨像是着了魔一般不停地说着，随即她用小铲子将土填进坑里，再用脚卖力地踩平。半天，她拍了拍满是灰尘的手，带着满足的笑容，一头扎进浓郁的夜色中，和黑暗融为一体。

　　这个秘密对我来说，已不算什么。因为今天早上第一个告诉我若水死掉的人就是她，第二个是刘敏，第三个是林森。

　　他们的内容几乎一致：若水死了，死的时候全身都是霉。

　　我向来对别人的行为不感兴趣，但这一次内心有种强烈的好奇，我很想知道，季雨为什么要挖洞说这些话，还有，她到底有什么使命？

　　就在我疑惑不已时，我感到喉咙痒痒的，我下意识地摸了摸脖子，倏然，我张开嘴巴尖叫道："她死了，全身都长了霉，我和季雨都看见了！"

　　我大惊失色地闭口。

天，这不是刚才林森告诉我的秘密吗？我怎么能说出来呢？

我捂着嘴巴，低着头就往前冲。

三

一连几天，我都很沉默，因为我一旦开口说话，喉咙总是很痒，然后会说出一些言不由衷的话，偶尔会爆出别人告诉我的秘密。

因此，我拒绝和陌生人说话，也尽量避开那些可能是找我说秘密的同学。

又过了一个星期，我的喉咙不那么痒了，似乎有好转的迹象。就在那时，刘敏抱着一个日记本坐到我面前，用极其幽怨的眼神看着我："安晓，你变了。"

"……？"

"你知道吗，你现在的样子，好像若水。"刘敏眯着眼睛看着我，"好几次，我甚至看到你的脸和若水一模一样。"

"……"

刘敏垂眸，她把一个带锁的日记本推到我面前，低声道："你看看这个。"

见到日记本，我头皮木木的。

这不是我上次扔掉的日记本吗？为什么在她手里？难道她从垃圾桶里捡了回来？

"这是若水的日记本，她和你一样，有写日记的习惯。"刘敏从口袋里摸出一片薄片，很巧妙地别开锁，然后打开，上面那红色的字挤在一起，密密麻麻，扰乱了我的眼。

我一边揉着发痛的眼睛，一边问："若水的日记本为什么会在你手上？"

"我是无意中捡到的，不，确切地说，是挖出来的。"刘敏阴森森地笑着。

"……"我无言以对。

这时，刘敏突然说："其实林森很讨厌季雨，可季雨常常缠着他！"

"你怎么知道？"我惊愕地问。

林森和季雨关系一直很好，虽然林森私下告诉我，他喜欢的人是若水，但他和季雨是大家公认的最佳情侣。

她把口记本合上："这个就交给你吧！我希望你能好好保管。"

"为什么要我保管？"

"前几天，若水不是送你一个相同的带锁日记本吗？你们的关系一定不错吧！"刘敏自顾自地说着，然后把本子强行塞进我怀里，逃也似的离开。

我低头看着怀里的日记本，一时间不知道如何是好。

若水是隔壁班的文静女生，平时喜欢看书，不爱说话。按理说，这样的女生没什么人缘，但正是因为她这种性格，让很多学生在心情不爽时，会第一时间去找她倾诉内心的不快。但凡传到她耳里的话，就如同空气，谁也不用担心她会把秘密告诉别人。

由于这个原因，她成为全校的名人，而我也是慕名而去的其中一人。

我和若水并没说过几句话，但我们之间有种说不出来的默契。

比如，她心情不好的时候，我的心情也会不自觉地低落。她忧愁的时候，我的心也跟着烦躁。就是因为这样，我才知道，她装作若无其事，其实那些秘密对她来说，都是一种内在的折磨，只是她不愿意表现出来罢了。

前段时间，她变得更加沉默寡言，找她倾诉秘密的学生与日俱增。

我最后一次见到她，是在四天前的晚自习下课后。那天我和刘敏出教室的时候，若水迎面而来，她将我和刘敏堵在路口，随后从黑色羽绒服的夹层里拿出一个带锁的日记本。

她把日记本递给我，艰涩地笑着："这个给你。"

我看着本子好奇地问："为什么把它给我？"

"因为你需要。"她的声音很笃定，且带着一丝说不上来的森冷。

我看了一眼日记本，心里一遍又一遍地提醒自己不要接不能接。可我的手臂不听使唤地伸了过去，接住她递过来的带锁日记本。

当我接过本子时，她说："你千万不要变成另一个我！"

那一刻，我的心里竟泛起浓郁的欣喜。

我知道，这种心情不属于我，它是若水此刻心情的体现。

若水走后，我反复看了一遍日记本，随后将它丢下楼。

可后来，我又鬼使神差地回去把日记本捡了回来，用它来记录别人告诉我的秘密。

四

想到这里，我没好气地抄起若水的日记本，想把它扔进垃圾桶。同一时刻，坐在最前排的林森扭头与我对视。

情不自禁地，我打了个寒战。

此时的林森骨瘦如柴，双目深深地陷了进去，混浊的眼睛无神地盯着我，苍白的嘴巴上结了一层黑色的壳。

半晌，他抬手向我招了招。

我走到他面前，张口就问："你怎么变成这样？"

林森双手捂着脸，全身止不住地发抖。他抽泣道："安晓，你不会把我告诉你的秘密说出去，对不对？"

"嗯。"

"是不是知道别人的秘密，是非常痛苦的一件事？"

"或许吧。"我不确定地回答。

林森把头埋进双臂间，沧桑的声音带着几分沙哑："其实我很久以前就看不惯那些人了！有什么秘密都告诉同一个人，还要求她不要说出去！连自己的秘密都守不住的人，你又有什么资格让别人守口如瓶？"

我完全愣在那里。

良久，我讷讷地插话："既然看不惯，你又为什么找我倾诉秘密？"

"因为……"林森缓慢地站起来，他双手搭在我的肩膀上，嘴角扯出一丝苦意。

这时，我眼角的余光捕捉到一抹绿色，我身体一颤，随后偏头一看，只见林森搭在我肩膀上的手长满了绿色的霉，而那些霉有逐渐变黑的趋势。

"因为你太像若水了，有时候我在想，你根本就是她的另一个化身！"林森郑重地说。

又是一个说我长得像若水的人。

"你一定认为我在说疯话对不对？呵呵……我说的都是实话。"林森凑过脸在我耳边低声说，"我不妨再告诉你一个秘密吧！"

"……"林森慢吞吞地告诉我一个惊天秘密！

听完他的秘密，我张大的嘴巴许久都未合拢。

"你……"我惊愕得硬是没法儿说出完整的一句话来。

林森没等我再问话，冲我笑了笑，随即转身冲到窗户前，纵身一跃，跳了下去。

轰……的一声，随后我的耳边响起刺耳的尖叫声。

等我回过神来，我第一时间冲到窗户前低头一看，下面的学生围成一个圈。

林森浑身是血地躺在地上，还未放大的瞳孔里透着绿幽幽的光芒。

我呆呆地看着他身体不断地变绿、发霉，直到一团绿茸茸的霉将他整个包裹住。

五

回家后，我随手将若水的日记本丢在床上，继而进卫生间洗脸，洗到一半时，我想起林森被霉包裹的样子，又想起他和刘敏说我与若水长得一模一样。

我停止了手上的动作，慢慢地直起腰。对着镜子时，我的瞳孔里盈满恐惧。因为镜子前的我，真的长着和若水一样的脸。我试图眨眼、咬唇、微笑、扮鬼脸……想通过这些来证明我是眼花了。可令我失望的是，无论我做多少遍，镜子里的脸都一直没变。

恐惧，就像一张无形的网把我牢牢缚住。

我摸着脸，一步步地向后退。片刻，我冲进房间，抓起床上若水的日记本，当我翻开时，我蒙了：上面一个字也没有！

我急躁地合上日记本，然后到客厅打电话。

当我拨通刘敏家的电话时，好长时间都无人接听。我挂断电话，疯狂地拨打她家的电话，可无论我拨多少次，机械的语音一遍又一遍地提醒：对不起，您拨打的电话暂时无人接听！

无奈之下，我只好放弃。

忽然，我的喉咙里像是爬满了不明生物一样，又痛又痒，随后我听到自己说："哈哈，你以为听别人的秘密是很开心的一件事？"

我慌忙抬手捂住嘴巴，可一股发酸的霉味钻进我的鼻孔。我定睛一看，发现自己的双手长满了霉，不仅是手，身体的其他部位也或多或少长了一些。

这时，我慌了神。

我跑进卫生间抓起毛巾将霉擦掉，可不论我怎么擦，它们还是会迅速长出来，而我的嘴巴也不听使唤地说道："你愿意当我的媒介吗？"

这不是我要说的话，可这些奇奇怪怪的话，为什么会从我的嘴里发出？难道我被人控制了？而我的记忆中，也没有谁对我说过这两句话。

六

第二天早上晨读时，我便发现今天班上的气氛很沉重，大家三五成群地凑在一起，叽叽喳喳地讨论着什么。

"不是吧？刘敏也死了？还是割腕自杀？她在哪个医院啊？放学的时候，去见她最后一面吧！"

"在B附属医院。"

……

听着他们你一言我一语的讨论，我的双脚像是灌了铅一般无法挪步。

难怪昨晚我打电话到她家无人接听。

只是我不明白的是，刘敏为什么要割腕自杀？

顾不得许多，我走出教室，想去B附属医院看看刘敏。

走到校园绿化带时，我看到季雨跪在一棵香樟树下用手刨土，挖了半天，她将好几张皱皱的纸埋了进去。

填好土后，她闭上眼睛默默祈祷了一会儿，转身离开。

等她走后，我小跑上前，学着她的动作开始刨土。可我刨了半天的土也没见到纸，反而刨出一颗人头。

那头的主人长着和我一样的脸。

我连滚带爬地尖叫着，脑子因恐惧而乱成一团，无法思考。

同一时刻，季雨从某个地方冲了出来，她一把捂住我的嘴巴，警告道："别叫，否则会引起骚动！"

我死死地抓着季雨的手，全身止不住地抖动着。

过了很长一段时间，我终于冷静下来。

我吸了一口气，战战兢兢地问："那颗人头是我？"

"是！"

"那么，我是谁？"

"你是安晓。"

"我的意思是，我是不是死了？"

"你还活着。"

"你还知道些什么，你快告诉我！"我激动地问。

我要疯了，我要崩溃了！

被埋在树下的是我的人头，林森和刘敏说我长得像若水，难道我的头早就被砍下来埋在地下，现在顶着的是若水的头？这太荒唐了吧？

季雨起身拍了拍身上的灰尘："我不会告诉你，别怪我，我也是为你好！"

我完全听不懂她在说什么。

既然她知道秘密，为什么不告诉我？

我一手捂住闷闷的胸口，另一只手揪着头发。

天在转，地在陷。

我的头一阵阵剧痛。

剧痛之下，我发现自己像是被人控制一般很想说话。惊骇之下，我右手扼住喉咙，左手手掌放进嘴巴，牙齿没入皮肉里，浓郁的腥甜味道在唇齿间弥漫开来……

我用极端的方式来阻止自己说话，然而此时我感觉到，似乎有双手从我肚子里一直爬到喉咙上，那只手一直往前爬，然后我听见自己在说："她说她不会死，因为你就是她的媒介！"

这是林森临死前告诉我的秘密。

"是我杀了若水！我不是有意的，是她求着我的，她说她很痛苦，特别痛苦！我很想替她分担这些痛苦，可我不是你，我没法儿做一个媒介！"

在我痛不欲生时，季雨走到我面前，她伸手捂住我的嘴巴和鼻子，不让我呼吸。窒息的感觉不好受，可比起阻止自己不说话的痛苦，简直不值一提。

我没有反抗，亦没有挣扎。

片刻，黑暗如同一块幕布将我的眼睛包裹住……

七

当我醒来的时候，发现自己坐在教室里。

我稍稍偏头，便看见季雨坐在对面。

见我醒了，她说："你醒得还挺快的嘛，没事就好！"

我"哦"了一声，随后暗自懊恼。

要是就那样死了，也是一种幸福吧！

"我觉得你有必要看看你的脸。"季雨说着从口袋里掏出一面梳妆镜。

我疑惑地接过镜子，对着自己照了照，竟发现我的脸又变成一张陌生的脸。惊骇之下，我扔掉镜子，惶然问道："这是怎么回事？这又是谁的脸？"

"你真的不认识这张脸？好好想想吧，你会记起来的！"季雨漫不经心地说，"占领别人的身体，控制别人的思想，可不是一两天的事情！"

"为什么会变成这样？你对我做了什么？"我激动地揪着季雨的衣领质问。

季雨很冷淡地推开我的手："自己去想，想不起来就算了！反正就算你能想起来，还会再一次失忆！"

话落，她走了出去。

走到门口时，她扭头对我说："忘了说，安晓已经死了！"

季雨的话无疑就像当头一棒，让我目瞪口呆。

我奔了出去，只见校园内一群学生和老师又乱成一团，几个救护人员将全身长满霉的我抬上担架，其中一个护士将一条白布盖在我身上。

如果我死了，那么为什么我会站在这里？难道我不是人？

这时，我又想起被季雨埋起来的纸。我再一次跑到绿化带前，也顾不上之前挖出来的是人头的恐惧，再一次挖了起来。

这一次，我挖出来的是被季雨揉成团的纸，而不是人头。

八

我欣喜地将纸展开，把碎纸拼凑完整后，我慢慢地读着下面的信息。

今天这个找我的女生，比以往任何一个人都特别。

她没有像其他人一样直接说秘密，而是说："我觉得你很幸福！"

这句话就是她的特别之处。

从第一个人跟我说秘密，并要求我不论发生什么事都不准说出去起，我就不知道幸福的含义了。后来，找我倾诉秘密的人越来越多，我却没法拒绝。

再后来，知道的秘密太多太多，憋在心里就像有什么堵住一样难受极了。起初我学着童话故事里那个理发师一样，挖洞说出这些秘密，可效果甚微。

后来我把这些秘密写在日记本上，一开始有了好的效果，我心情好了很多，可随着时间的推移，写日记也于事无补。

再后来，我发现林森喜欢我。一个喜欢你的人，为了让你开心，他会听你的任何要求，只要他力所能及，必然全力以赴。

因此，我尝试把一些不痛不痒的秘密告诉他，每次我说出一个秘密，我身体就会长出一些霉，心情也跟着好起来。于是，林森成为我倾诉的对象。

但是积聚了秘密的林森，也变得少言寡语了。这时，我才意识到我太自私了。

如此痛苦的我，竟然有人说我很幸福。

我当时就笑出声来："哈哈，你以为听别人的秘密是很开心的一件事？"

"八卦是人的天性啊！"她说。

"我知道大家都不是真心喜欢我，他们只是在自己有秘密的时候，才会找我。知道别人的秘密又怎样，我又不能说出去，一旦我出卖任何一个人，就会被所有人一致排斥！再说了，我知道他们的秘密，其实他们也是坐立不安，怕我出卖他们，骨子里还是对我有敌意的！"

她很天真地说："要是你不想让他们害怕的话，你也可以说一个秘密啊！那样你们就扯平了，谁也不用担心谁会出卖谁！"

我笑着问她："你听过一个关于理发师和长着驴耳朵国王的童话故事吗？"

她茫然地摇头。

于是我把这个童话简要地告诉了她。

从前，有个国王长了一对驴耳朵，被理发师看见。国王要他发誓不将这个秘密说出去，否则就处死他。装着秘密的理发师生病了，随后他听从朋友的建议挖了一个洞把这个秘密说了出去。多年后，洞里长出一根竹子，有人砍断竹子做成笛子吹，可笛音一次次地说："国王长着一对驴耳朵！"

听完这个故事后，她皱着眉问："你的意思是理发师出卖了国王？"

"我想说的是，如果能有一个有效的发泄秘密的方式，或者找到一个好的媒介，或许知道秘密，的确如你所说，是一种幸福！"我说，"比如那个洞就是媒介，而对于洞来说，竹子就是它的媒介，对于竹子来说，把它做成笛子的人就是一个媒介！"

"那又怎样？"

"你愿意当我的媒介吗？"

她怔了怔，然后说："你是想让我听你知道的所有秘密？"

"你不是说，这是一种幸福吗？"

她想了很久，思想似乎在挣扎。

天知道我当时是多么希望她能答应。

因为和她短暂地交谈之后，我发现她和我有着相同的体质，更重要的是，她有好奇心，但并不是那种很大嘴巴的人。

如果这场交易成功，我或许能解脱。

"我真的可以当你的媒介吗？"

"当然。"

后来，她便成为我的媒介。自从有了媒介之后，我便轻松多了。

我相信，从今往后，我会幸福起来，而这本日记，也不会再有后文。

九

原来，我是若水的媒介。

我被若水利用了，所以才落入现在的局面。

作为安晓的我已经死了，那么现在的我又是什么身份？我叫什么，住在哪里，父母是谁，朋友叫什么？这些我都不得而知。

很自然的，我又想起季雨。

现在唯一知道秘密的人就是季雨，可是她一副看戏的样子，似乎并没有打算将事情的真相告诉我。

不行，我不能就这样稀里糊涂地活下去，我有权知道真相！不论用什么方法，我都要从季雨那里得到我想要知道的信息。

就在我做了这个决定时，我的头忽然炸裂般的痛！

我蹲下身子，双手奋力地扯着头发，好让自己冷静下来，可头剧烈地疼痛着。片刻，头不那么痛了，可脑子昏昏沉沉，恍惚间，脑海里浮现一些陌生的脸，他们笑的笑、哭的哭……场景和人物不断地变换着，而我从这些信息中，竟得知，我现在的身份是——刘敏！

不可能，我怎么会是刘敏呢？

她不是已经死了吗？

而且我和刘敏是好朋友，她的脸对我来说熟悉得不能再熟悉，刚才季雨给我镜子时，明明就是陌生人的脸。

我闭上眼睛，脑子里勾勒出刘敏的脸，可不论我怎么想，刘敏的脸总是很模糊。

寒意从脚底升腾到头顶，我隐约闻到了危险和阴谋的气息。

我仓皇地起身，踉跄着向前走。偌大的校园，川流不息的人群，嘈杂的声音，我听不清他们在说什么，脑海里的画面不停地闪烁着、交替着。

我清楚地感觉到，作为"安晓"的记忆在此期间，被我一点点地遗忘。

第一次，我感觉到如此惶恐和不安。

同一时刻，一个陌生的男生迎面走来，见到我，他友好地打了声招呼："嗨，刘敏！昨天一群无聊的人传言你死了呢，我怎么也不相信，今天看到你真高兴！嘿嘿，谣言不攻自破了！"

男生的话就像一颗炸弹，在我脑子里轰然爆炸！

为什么会这样？怎么会发生这种荒唐的事情？

我是安晓，不是刘敏！

还有，传言刘敏已死不是今天吗？怎么是昨天？除非我昏迷了一天一夜。

不过，这些猜测和身份颠倒的混乱，只有季雨能给我答案。

十

我是刘敏。

我很八卦。

我喜欢打听别人的事情。

我讨厌季雨，因为她总是鄙视我的八卦性格。

当然，我也不喜欢若水，因为她知道很多人的秘密。我看到她经常写日记，所以好奇，她在日记里写了些什么劲爆的秘密。

一个星期后，我的思想慢慢转化，很多时候，我真的就以为自己是刘敏，而不是安晓。至于季雨，自从那次她说了吊足我胃口的话，便消失得无影无踪。

当然，因为刘敏的身份，交替的记忆间，让我得到了一些信息。

比如，刘敏并没有像大家传言那样全身长霉死了，而是她故意在自己身上涂了一层类似霉的物质，她只是觉得好玩罢了。

比如，若水的日记里记载了很多不为人知的秘密，刘敏费了很大力气把日记本偷了过来，至于日记的内容，因为是刘敏的记忆，我并不知道她到底看到什么。

日子就这么浑浑噩噩地过了一个月，关于"安晓"的记忆越来越少，甚至变得很模糊。有好几次，我都以刘敏的身份毫无顾忌地和大家攀谈嬉笑。

这种异化，让我感到非常恐惧。

为了不迷失自我，我用小刀在手臂上刻字：我是安晓。

我在属于刘敏的日记本上把事情的经过一五一十地写下来，并反复强调，我是安晓，不是刘敏！

写着写着，我看到自己的皮肤表面结了一层灰茸茸的物质，它们交叉着、纵横着叠在一起，并随着我的日记字数的增加而疯狂地生长。

当我写完所有事情时，我已经变成了一个"霉人"！

我合上日记，去了卫生间。

看着镜子前那全身又灰又绿的怪物，我提醒自己：我是安晓，不是刘敏！我是安晓，不是刘敏……

重复了几遍后，变成了：我是刘敏，我是刘敏，若水的日记在我手里，我看到了很多秘密，嘿嘿嘿……

十一

自鸣得意了一会儿，我的脚不听使唤地离开家，向学校走去。

人是按照自己的思维做事，可我的身体怎么就不听使唤？

我一遍又一遍地告诉自己：回去，回去！

可我的脚朝着校内走去。

走了一大圈之后，我停下脚步。此时，我感觉到有双无形的手在我的喉咙间轻轻地撩拨着，怪异的酥麻感在身体的每个细胞里游走着。

"不要霸占我的身体，别想控制我的思想，滚开，快滚开！季雨，你快救我！"倏然，我张嘴大叫。

这是刘敏的声音。

"我是安晓，季雨，我是安晓……"这是我的声音，"我们真的能成功吗？把身体交给它，你确定你能杀了它救所有人？季雨，我好怕，我不想死！"

这是怎么回事？

我惊愕地站在原地，手指掐着脖子，可嘴巴还是不停地说话，它一会儿变成刘敏的声音，一会儿又变成安晓的声音，让我头晕目眩。

慌乱中，我一边扼住脖子，一边向前走。我的脚步不稳，身体摇摇晃晃。也不知道走了多久，我又来到绿化带前。

走着走着，我看到季雨正在一棵梧桐树下挖洞，她挖好一个小洞后，吸了一口气："安晓死了，我没能救她！现在刘敏快丧失自我了，我却无计可施！"

"前段时间挖洞，看到了刘敏的头。我知道它下一个目标就是刘敏，我只能看，却什么也做不了，我真没用！"季雨说着说着，眼泪哗哗哗地流下来，"林森，对不起！若水，对不起！安晓，对不起！是我太高估自己的能力了！"

"不管结果如何，我一定都会和它一起下地狱！"季雨说完，把洞填好。

她深深地吸了一口气，沉声道："出来吧刘敏，我知道你在偷窥！"

我短暂地错愕之后，出现在她面前："我只是凑巧路过，可不是有意偷听你说话！你在学童话里的理发师挖洞说秘密？"

她眼睛飘忽不定地看着远方，老半天目光才落在我身上："你是谁？"

"刘敏。"我张口就答。

季雨脸色瞬间阴沉下来。

我意识到自己说错话，赶紧纠正："哦，不，我是安晓！"

她忙不迭地问："有关安晓的记忆，你还保留多少？"

我沉思了片刻，忧心忡忡地回答："我也是强迫自己保留记忆，很多时候我已经把自己当作刘敏去适应生活。我很怕迷失自我。"

"以后别试图来找我，我会……再一次杀了你！"季雨的脸色猛地一暗，"就像杀死安晓一样杀死你！"

她说完，面色凝重地离开了。

作为安晓的我，不是全身长霉而死了吗？怎么又成她杀的了？我记得当时她捂住我的嘴巴和鼻子，窒息感让我晕了过去，醒来后我就变成了刘敏。

忽而，我的头又诡异般地剧痛起来。

十二

这时，我脑子里响起了安晓的声音："刘敏，我快被它遗忘了，怎么办？我们就这样在这个世界上消失吗？"

"安晓，我也害怕。不如让它看日记吧，它恢复了记忆，也许我们就能得救，毕竟这个身体承载了两个人的思想！"

炸裂的疼痛中，我听到刘敏和安晓的对话。

我到底是安晓还是刘敏？

听她们的意思，似乎我不是她们其中的任何一个，而是另一个人？

倘若如此，我是谁？

就在我迷惑时，我的身体不由自主地向前走，我走到学校的某棵树下，挖到一本日记。

我找了一个人迹稀少的地方坐下，摊开日记。

第一篇。

她是很好的媒介，我的身体再也没长过霉，并且因为承载太多秘密而导致身体不适的反应也全部消失。

我观察过她很长时间，她很好，没什么反常的地方。

我说过这篇日记不会有下文，可我还是写了。因为，更诡异的事情出现了。

童话故事里，理发师对洞说出秘密后，多年后长出来的笛子把秘密传了出去。我在想，会不会我以前挖出来的洞，也会长竹子或者其他东西，万一它把秘密泄露出去怎么办？

为此，我特地找到我曾经挖洞发泄秘密的地方，费了好大的力气挖了一个大坑。令我恐惧的是，我挖出一颗人头，那颗人头就是我！

我扔掉人头，四处找人问能不能看见我。大家一边回答可以，一边用怪异的眼神看着我。

原来，我并没有死！

可那颗人头是怎么回事？

猛然间，我想起一件事。自从她成为我的媒介之后，我总感觉自己丢失了一些记忆，常常想不起自己是谁，而且浑身无力，很想去死！

难道她成为我的媒介，会夺去我的生命？

日记到这里就戛然而止。

我接着看第二篇。

我和她见了一面。

我没有和她废话，直接问："你为什么要成为我的媒介？"

"不是你要求的吗？"

"我越来越觉得事有蹊跷！"

她问："为什么这么说？"

"因为我看到了自己的人头。"

她的语气慵懒而淡定："嗯，那就表示你活不了几天了！"

"你这话是什么意思？"

"我说的是事实，你再回到原来的地方挖挖看，挖出谁的脸，那个人就是它的下一个目标。"

"它？"

"你我都看不见的东西。"她面无表情地说。

我虽然怀疑，但还是按照她说的去做。我在挖坑时，她就站在我身后，挖了半天，我挖出一个陌生的人头。

"这次，是安晓啊！"

"安晓是谁？"

"人头的主人。"她说，"也是我的好朋友。"

看到这里，我隐约感觉到，若水日记里的"她"不是我，我一直以为我就是若水的媒介。

"我会死？"

"是！"她继续说，"你死了，它就会找安晓！"

"然后呢？"

"杀死安晓，再找其他人。"

听了她的话，我崩溃了。

"为什么你会知道这些？成为我的媒介，是你设计的，是吗？"

"不，是它选中的我。所以，我才知道这些事。不要害怕，我会救你，也会保护安晓。哪怕是拼了我的命。"她提醒我，"在此期间，想要活命的话，不要和安晓见面。"

我当时点头答应，可回来后，我坐立不安。

犹豫了半天，我决定去找安晓，既然她和我一样会有相同的命运，那么我一定要让她提前知道。

和安晓见面时，我把日记本给她，并说："你千万不要变成另一个我！"

说完后，我由衷地欣喜着。

就算死，我也不希望别人步我的后尘。

后来的几天，我的记忆越来越模糊，我用刀在手上刻字来提醒自己。我想在我这段时间，那个叫安晓的女生，应该在接受我的思维了吧？

日记到这里就完全结束了，难怪和若水见面后，我就觉得自己和她心心相通，原来这是我和她转变的过渡期。如果是这样，为什么我保留的记忆是安晓，而不是若水呢？

难道，是记忆发生错乱了？

十三

事情越来越复杂，我无法理清。

合上日记本，脑子里响起了安晓和刘敏的声音，但她们交谈了片刻，便发出惊恐的尖叫，最后两个声音完全消失了。

我起身到街上晃悠。

晃了半天，我想起季雨的洞。她也喜欢挖洞说秘密，那里会不会长出什么野草来？

我找到季雨常常挖洞说秘密的绿化带，那边的香樟树和梧桐树长得异常茂密。

不知不觉中，原来已经到了初夏。

我踮起脚摘下一片树叶，放在嘴里吹。

"如果你来这里，那么就表示你的记忆有复苏的现象。我是季雨。"

我每吹一下树叶，它们发出来的不是歌声，而是季雨的声音。

"没错，我已经死了。至于理由，就是为了杀你！因为我昨天挖洞的时候，看到我的人头，你的下一个目标就是我。如果我提前死了，你就没了生存的土壤！"

"我答应成为若水的媒介，并不是我多么热心，而是我不忍看到林森承载了太多秘密而日益消瘦！"

原来若水的媒介是季雨，而不是安晓。

"若水是一个很特殊的人，她知道的秘密太多，每次她说出一个秘密，身体就会发霉。后来这种现象传染给知道很多秘密的人，林森就是其中之一。为了阻止你继续蔓延，我故意接近若水，成为她的媒介。这样一来，我就能提前知道你的行动！"我慢慢地吹着，季雨的声音苦涩极了，"承受不了的若水要求林森杀了她，并欺骗他安晓就是她的媒介，只要安晓还活着，她就活着！后来知道真相的林森发现，我才是真正的媒介，并且若水被他杀掉的那刻，她已经死了，受不了打击的他选择了自杀！

　　"林森临死前跟你说的那番话，其实就是为了让你相信你就是若水的媒介，你就是安晓！让你以安晓的身份一直沉寂。"季雨的声音变得很淡然，"而刘敏说你像若水，其实也和他的目的一样，让你以为你就是若水的媒介！我们几人早就商量好，让你以安晓的身份活下去，而我负责保护他们的生命安全！

　　"原本你成为安晓后，会保留若水的记忆，作为媒介的我，强迫自己不去想若水的事，而且拼命接近安晓，造成你的记忆混乱。而我的做法也确实成功了，可千算万算，你还是复苏了！不得已之下，我杀了安晓！但我没想到即使这样，你还是占领了刘敏的身体，企图控制她的思想！"

　　吹到这里，我停了下来。

　　看来，我不是安晓，也不是刘敏，而是若水身体里激发出来的另一个"若水"。

　　我把树叶放在唇边，继续吹："我知道你的意图，你就是想让那些心里装有秘密的人，把他们所有的话都说出来！可你要知道，秘密就是秘密，如果那个人不愿意说，你凭什么让她做出背叛朋友的事情？"

背叛？说出秘密就是背叛吗？一个连自己的秘密都背叛的人，还妄想别人替你守住秘密？

当我有这样的思想时，我扔掉树叶，靠在树干上，笑得全身发抖。

原来，我就是霉。

我走到校园中央，扯着嗓子喊着："季雨，你杀不了我，你永远也别想杀掉我！"

话落，我倒了下去，世界一片混沌。

十四

天阴沉沉的，滚滚乌云从南到北地浮动着。

空气浓稠得令人压抑。

我走在人声鼎沸的校园，看着一张张熟悉而又陌生的脸，头又开始剧烈地疼痛起来。交替的画面间，有关刘敏的记忆变得很模糊，而新的身份在我脑海里愈发清晰起来。

我笑了笑，原来我再一次毫无悬念地找到了新的目标。

那些听到别人的秘密，正在努力守着承诺而不说出去的君子，我会在他们脑子里生根发芽，用各种方式，让秘密"霉"出来。

一个连自己的秘密都无法守住的人，又有什么资格要求别人替你守口如瓶？其实人的潜意识都是想背叛秘密，把它说出来的。谁敢保证那些好友曾千叮万嘱不要说出去的秘密，你从未告诉过第三方？

因为"霉"在心里的秘密，是有毒的。

当它积累到一定程度，就会爆发。如果不想被人背叛，请守住你的秘密！

第六个故事　形影不离

文/古砾

　　廖道明的故事讲完后，得了83分。他下台后，主持人招呼人将消夜摆了上来，说是消夜，其实比一般的晚餐更丰富，有马赛鱼羹、鹅肝排、巴黎龙虾、红酒山鸡、沙福罗鸡……是一顿丰盛的法国大餐。

　　众人狼吞虎咽一番后，大赛继续开始。下面轮到朱平安上场，他样子很大众，唯一的特点是眉间有颗红痣。他说："今天我给大家带来的故事叫作《形影不离》，这是一个关于面条的故事，故事发生在一所高校里，主角叫陆林……"

一

　　秦乐的面馆已经关门，她现在的食客只有陆林一个人。

　　"我知道，这碗米粉一定是'第四泼'！对不对？"陆林看着秦乐把面条端到自己面前，满头大汗地坐在自己对面。她不知从什么时候开始，身体变得虚弱了。

"呵呵……"对方笑了笑，抹了把汗水。"这是'第四泼'，你记性真好。"

被夸的陆林也笑了笑。"我还是觉得之前的'混'面好吃。不过，只吃过三次，你就不做了。现在，连饭店也不开了。"他的语气里有些遗憾，突然又眼前一亮，"不如，你教我怎么做'混面'吧。"

"唉……"秦乐愣愣地看着他，又抹了把额头的汗水，"其实，'混面'就是甜味调料的种类。你开始吃的'一混'就是只加了一种，'两混'是两种……这个'泼面'呢？就是加入的香辣调味剂的种类，'一泼'只加了盐，'二泼'多加了辣椒，'三泼'多加了花椒……"

"真的吗？只加了盐也这么好吃？"陆林不可思议地问道。

"呵呵……是啊。"秦乐拉了拉她的头发，脸上的笑容让陆林觉得她说了谎。

二

陆林还记得，刚到西科大学报道时，载他到学校的公交车出了事故，滑下山崖。他被从车窗里甩了出来，幸好只受了点儿皮肉伤。那晚，当他心有余悸地走到校门口，就看到秦乐开的这家名叫"形影不离"的饭店。名字很怪，可店里专门经营的面食倒是分外好吃。最主要的是，老板秦乐是个令人惊艳的美女。她那漂亮的面庞，让陆林有种似曾相识的感觉。

当初他对室友小金子说的时候，对方取笑道：陆林，那样的女人哪个男人见了都有那种熟悉感的。

再一次进门，他依旧一眼就看到秦乐忙着收钱找钱。这是他第三次来这里了，以往他每次要的都是香辣面条，但是这次……

"我要一碗甜面。"他看到墙上的菜单上多了一道"甜面"。

"甜面？"秦乐看到他的时候，带着职业微笑的脸突然愣了一下，目不转睛地看着他。

"对啊，甜……"她的眼神让陆林有些不舒服，他慌忙指了指贴在墙上的菜单，"这里不是写着甜面吗？"

"呵呵……我不知道甜面是什么东西，但我知道这里不卖。"旁边一个穿着时尚的男生插了一句进来，厌恶地看了一眼陆林的同时，顺带抛了一个媚眼给秦乐。他碗里的汤故意溅了陆林一身。

陆林见对方这是在故意找碴儿，刚转身想走，愣在一旁的秦乐回过神儿来："等等！甜面，有的！"

于是，两人就这么认识了。

秦乐因为泼在他身上的油汤，免费请他吃了那第一碗"混面"。"想不到，你真的喜欢吃这种甜味的面条。"她就坐在他对面，奇怪地看着陆林。

"对啊。"陆林不好意思地笑了笑，"我知道这种吃法有个性，但我就觉得甜的面条好吃啊。"

"我也喜欢。"陆林看到秦乐眼中那种终于找到知音的兴奋。

"这样吧，你以后每个星期都过来，我免费给你做。"

"嘿嘿……好啊！"陆林玩笑似的笑了两声，答应了下来。

从秦乐的饭馆回来时已经是傍晚了，陆林独自开心地往宿舍走。楼道里，明亮的路灯将他的身影拉得老长，但他走着走着突然愣了下，他看到自己双脚的投影处，居然还有一双小腿模糊的影子。心里一震，自己怎么会有两个不同的影子呢？多盏路灯照射的效果？不可能啊，路灯怎么照那影子，也不可能单单多一双小腿出来啊。

三

陆林第二次踏进"形影不离"时，秦乐呆呆地坐在上次的座位上，看到他后突然来了精神。"我还以为你不来了呢！"她似乎在等他。

陆林故意调侃道："美女老板请吃饭，能不赏脸？"气氛得到缓和的同时，第二碗面摆在了他面前。

白白的面条上包裹着一层薄薄的红色透明的糖汁，看着就让陆林流口水。他忍不住吃了一口，味道和上次的有很大不同，但依然很美味。面条滑润，一吃到嘴里就感觉滑到了身体里。

"你加了什么作料，怎么这么好吃？"他一阵狼吞虎咽后，忍不住问了句。

秦乐只是静静地欣赏着他的吃相，笑而不语。

"哦，独家秘方？"陆林突然反应过来，"不方便透露就算了。"

"呵呵……以后你会知道的。"秦乐甜美地笑了笑，站起来招呼新来的顾客。一句话把这碗面说得神神秘秘的。

陆林这才注意到，和上次相比，今天的秦乐看起来似乎怪怪的。好像……矮了一大截？对！就是矮了一大截，刚刚两人都坐着他没注意到，现在她站起来，一眼就被他看出来了。但是……

陆林立马又否定了自己的猜测，因为他有印象，上次秦乐上面条时，头的位置和菜单上"油泼面"平齐，而现在，只和那差不多35厘米以下的"甜面"平齐了。一个正常人，再怎么也不可能一下子矮了这么多吧？

那天陆林依然是在傍晚回宿舍的，走到楼道口的时候，他突然想起了影子。他往脚的投影一看时，忍不住吓了一大跳，这次不仅是多了小腿，地上还多了大腿的影子。他故意晃了晃脚，地上突兀的两只腿的影子也随之晃动。自己身体没多长腿，影子却多长了。他突然出了一身冷汗，一口气跑上了五楼的宿舍里。

四

陆林第三次吃到秦乐的面条是在两个星期后。秦乐看到他先是愣了愣，然后露出了很欣慰的笑容，"我以为你不会来了呢？"

"上周末只是有点儿事而已。"陆林随意地答道，这才注意到，今天的饭馆似乎有些异于平常。他扫视饭馆，以往，每次他来都是人员满座的，今天却只稀稀拉拉地坐着几个人。当他视线落到秦乐身上时……

"你的腿怎么了？"他被吓了一跳，秦乐居然坐上了轮椅。

"上次被车撞了。不过不严重，休养一下就好了。"对方随意回答的同时，那碗叫作"第三混"的面条也摆到了陆林面前。

这次的面条色泽油亮，覆盖在表面的那层红色透明的糖汁上，白色和黑色的芝麻均匀地镶嵌其间。一股奇异的香味直往陆林的鼻子里钻，蛊惑着他饥饿的胃。他拿起筷子，一口气吃了个精光。

他吞下最后一口才愣了下，刚刚嘴里的味道，好像有种说不出来的甜腥味，他突然觉得刚刚吃下去的糖汁是血液。他抬起头来，看到依然甜美地笑着的秦乐，除了面色有些苍白，没有其他不妥。陆林愣了愣，责怪自己过于敏感。"今天怎么没人了呢？"他故意岔开了话题。

"这店不开了！"秦乐答道，脸上的笑容居然更灿烂了。

"为什么啊？"陆林有些惊讶，"那我下周不就是……"

"下周开始，专门给你做我最拿手的各种'油泼面'！"

"这种……"陆林指了指手中的干净的碗，"这种甜味的不是挺好吃的吗？"他有些受宠若惊。

听他这么一说，秦乐居然笑得更欢了："这个我知道啊。不过……现在甜面的配料没了，你看我这腿又……"

"哦，那好吧。"

又是傍晚，陆林再次进楼道时下意识地顿了顿。他犹豫了一下，还是摸了下墙上的触摸式开关。灯亮了，他慢慢把视线移到脚下，空空荡荡的楼道地板上只有他一个人的影子。

陆林松了口气，责怪自己过于敏感。可等他刚轻松地踏了两个台阶后又停下来，随之而来的是更深的恐惧感。他看到自己投在地上的影子变形了，黑色的阴影里探出了一只手，然后是另一只，接下来是一条腿、另一条腿。陆林呆呆地看着这一幕的发生，紧张得一步也不能动弹，额头上不断渗出汗珠。接下来，最恐怖的一幕发生了：那双多出来的手影突然折了过来，将他抱住，然后从他头的影子上慢慢分离出另一个女人头。陆林突然感觉呼吸困难，他的身边没有人，而地上的影子还在变化。他惊恐地瞪着眼睛，看到女人的头慢慢转到他耳边，他的脖子上有什么东西扫过，柔柔软软的，像是头发。"我终于等到你了……"陆林的心突然震了下，一个女人的声音，幽幽地回荡在楼道里，又似乎只在他耳边。

"你是谁？你要干什么？"他的身体动弹不得，对空楼道喊道。

一股冷风吹进他的耳朵里："我要我们永不分离。"

"你，你说什么？"

"陆林。"背后突然有人叫了他一声，他这才缓过神儿来。几个室友手里提着大包小包的东西，站在楼门口一脸疑惑地看着他。"你对着楼道叫什么？"萧皓似乎发现了他的异样，轻轻问了句。

"我……"地板上那个多出来的影子被他们这么一打断，瞬间就缩了回去。"我……我没事。"他说出这话的同时，额头上那颗大汗珠终于掉了下来。

"没什么事？那你在这里自言自语啥？"几个室友莫名其妙地对望了几眼，嘀咕着一起上楼。

陆林虽然一进宿舍门就躺倒在床上，但他一夜未眠。他在说服自己，眼花了、幻听了。他甚至不敢上厕所，他怕在灯光的照射下，自己在地上的影子又出什么差错。

终于，在半夜的时候他憋不住了。刚下床，对面的小金子就翻了个身。"哎呀，陆林你也大号啊。你总是跟我抢厕所，快点儿啊，我急。"

"哦，我小号。"开始他还以为对方在说梦话，但看到小金子眼睛是睁开的，他轻轻答了句。

"咦？你怎么在背后背了个女人啊？"小金子突然提高了语调。

背了个女人？陆林突然感觉后背冷冷的，刚放松的神经又紧张起来，"你刚说什么？"

但小金子没回答他，只是翻了个身，打起了响亮的呼噜。陆林又缓了口气，原来的确在说梦话。

但，这真的只是梦话吗？

五

"哟。"陆林一进店门，就被秦乐上下不停地打量，"瞧你这模样，好像生活很颓废啊？"

他没回答，只是苦笑了一下。他相信，现在无论是谁看到他这神情萎靡、双目无神、头发蓬松的模样，都会以为他是疯子的。这也不能怪他，自从上周末被那么一吓，他看到灯光就怕。去上课、去吃饭，他也都刻意地走在树荫下，他怕他的影子又出什么状况。

"吃吧！油……泼……面，本店招牌哦。"不知什么时候，秦乐已经把面条端了上来。

"哎！你的腿……"陆林这才注意到，她的身体已经完全好了，没有任何异样。"上星期不是都还坐着轮椅的吗？"他有些惊讶，也有几分惊喜。

"怎么？不希望我好起来啊。"对方埋怨似的白了他一眼，"快吃啊，我牺牲了很多东西才做出来的。"

"牺牲了很多东西？"陆林边嘀咕着边用筷子往碗里搅了搅。碗里白白的，只有面条，没有一丝其他配菜。虽然这样，但从上面散发出来的味道有一种特别的蛊惑香味。他跃跃欲试地夹起一根，刚放到嘴里，面条就一滑，钻到了他的身体里。那股奇异的香味却残留在他的嘴里，令人意犹未尽。"你加了什么？做得这么好吃。"他抬起头，嘀咕着问道。

"哎呀……好吃你就多吃！问这么多干吗？你迟早会知道的。"显然，陆林这样的表现让秦乐非常满意，这让她脸上的笑容里多了一丝迫不及待。

这次陆林回宿舍时意外地没有开灯。他踏上那台阶时心有余悸地愣了愣，确定没有不妥之后摸索着朝宿舍走去。周末傍晚的宿舍楼依旧空荡荡的，只有他的脚步声寂寞的回荡着。

"我们要永远在一起了。"陆林敏感的神经突然间一愣，声音在漆黑的长廊里显得格外突兀。

听错了？等他想再次确认的时候，脑袋突然间刺痛了一下。"还有三次，准备好了吗？"他的耳朵没有听见什么声音，但他的心听见了。仿佛说话的人就在他的身体里面。

六

这一个周末，506宿舍的人集体出游。回来的时候天已经快黑了，当陆林看到"形影不离"的招牌时，才想起来，秦乐还在等自己呢。这时候再去吃面是不可能的了，他拿出手机正准备打个电话解释下时，对方先打了过来。

"不好意思，我……"陆林正要解释。"我看到你了，面条我打了包，来拿吧。"对方直接打断了他。

他看到夜幕下的"形影不离"门口，秦乐拿着手机对他摇了摇。他看到她，心里莫名其妙地一阵欣喜，立马跑了过去。

"不好意思。"他站在她面前，不好意思地笑了笑，"玩了一天，居然忘记……"

"记得要吃！我牺牲了很多东西才做出来的。"对方再次打断他。

"好，好的。"他有些勉强地接过食盒。秦乐依旧微笑着，只是这次她的面色看起来有些苍白，讲话都有些吃力。

秦乐站在他面前，又是那种几分柔情里夹杂着几分期盼地对他笑了笑，迅速跑回了店里。

当走到楼道口的时候，陆林愣了愣，然后一鼓作气，抱着手里的食盒跑到了宿舍里。

一进门，小金子就一脸不怀好意地凑了过来，"你刚刚去哪儿了？是不是瞒着我们哥儿几个在外面有……"

"你说什么呢。"陆林扬了扬手中的食盒，"只是去拿秦乐准备的面条。"

"有吃的啊？早说嘛。"刚从厕所出来的萧皓不由分说，一把抢过他手中的食盒，"今天你们烤的肉我一块都没吃到。"还没等他反应过来，对方就哗啦哗啦地吃起来。

陆林没在意，躺上床就沉沉睡了下去。因为萧皓和他的床是相对的，半夜的时候，陆林听到他在不停地小声嘟囔着。

"哦，你要回到他身边？"

"哦，那是你的魂魄？"

"哦，只差最后的三个步骤了？"

"……"

陆林听着这前言不搭后语的梦话，忍不住笑了笑。下床的小金子翻了个身，"吵什么吵？"喃喃了几声后又睡了下去。

突然，陆林觉得床剧烈地震动了下，他起身，听到嘭的一声，萧皓猛然坐了起来。"你是说……说我不该吃那碗面条？！"他的声音大得出奇，里面夹杂着深深的恐惧。

"妈的！萧皓你想死啊。"小金子再次在下床放话。

陆林开始以为萧皓只是做了噩梦，刚躺下来就看到一个模糊的轮廓从颤抖着的萧皓身上站了起来。他头皮一麻，瞬间清醒了。但接着，更大的恐惧席卷了他，那个轮廓朝他这边移了过来。虽然宿舍里一片漆黑，但他还是看得清楚，那是个女人的轮廓。

他躺在床上，喘着粗气，身体却怎么也不能动弹。他瞪大眼睛，看着那个女人的轮廓扑到他的身上。然后，全身一阵清凉流淌而过后，他的身体能动了，而那个女人的影子也不见了。

"终于回来了！"他的耳边又传来那个声音，那个每次都出现在楼道里的女声。

七

"不好吃？"秦乐看着陆林一脸的心事，问道。

陆林摇摇头，"不是。"他夹起面条刚送到嘴边，又实在没什么心情地放了下来。

"对你的那个室友……你也不要太……"秦乐小声安慰，说着说着就低下了头，"我们谁也不想会这样。"

被她这么一说，上周末早晨发生的那一幕又闪现在陆林的脑子里。

七点四十分，小金子先起了床："各位，八点有课，速度起床。"其他四个人都耷拉着头，不情不愿地掀开被子下了床。陆林穿好了衣服，也不见萧皓有什么动静，"喂！要迟到了。"萧皓的脸被被子盖着，他下床时顺手推了推他的脚。然后他愣了，因为萧皓的被子是冷的。他想起昨晚的经历，一个疯狂的念头闪现在脑子里。

床下的几个人忙得风风火火，陆林站在下床的梯子上，呆呆地瞪大了眼睛。他慢慢伸出颤抖的手，掀开萧皓被子的瞬间，他的瞳孔猛地收缩了一下后，整个人直接从梯子上砸了下去。

"怎么了？"小金子一手拿着杯子，一边慌忙地刷着牙一边问他。

"萧皓死了！"

虽然事情已经过去一个星期，但陆林看到这面前碗里的一根根红色的面条，就想起萧皓死后的身体：全身上下的血管都显现了出来，像条条血红的蚯蚓包裹在他身上，不停地吞噬着他的身体。

他的头突然间刺痛了下，看到碗里的面条似乎有生命般蠕动了下。陆林眯了眯眼睛，没有其他异样。

"怎么了？"秦乐再次关切地问道。

"还好。"他抬起头，莫名其妙地，只要看到秦乐的脸就会觉得身体有舒适感。他心中突然萌发出一种对眼前食物的渴望，毫不犹豫地将碗中的面条全吃进肚子里以后，似乎心中那不安的感受才得到安抚。只是，陆林也注意到今天的秦乐和以往也有些不同，"你的脸怎么了？"她的面色更加苍白了，说话也显得有些吃力。

"最近感觉有些不舒服。"对方很随意地搪塞了过去。"陆林，你知道我为什么在第一次见到你之后，就决定请你吃我最用心做的面条吗？"秦乐话锋一转，突然用一种奇怪的眼神看着他。

陆林呆呆地看着面前的女孩，不知该怎么回答。"我……没想过这个问题。"对啊，他从未思考过这个问题，每次都只是吃着她煮的面条，看到她的微笑就什么都忘了。

"因为我喜欢你，我一直都喜欢你。"秦乐把脸凑到他面前，这感觉让他想起那个奇怪的影子女人说的话。

"这个……"他从未处理过如此直接的表白，"从什么时候开始的啊？"他故意笑笑，想缓和气氛。

"从第一眼看到你，就想和你永远在一起。"但秦乐并没有说话，还是保持着她一贯的笑容。只是陆林的脑袋里却听到这个声音，幽幽的，似乎从前世传来。

他脑袋的刺痛感突然又加重了，眼前的秦乐突然模糊了下去。在他的意识停顿之前，他看到秦乐苍白的脸笑得更欢喜了，"还差最后两次了。"

陆林病了。他不记得那天晕后是怎么回到宿舍的，只知道现在只要他闭上眼睛，脑袋里就有人在不停地说话。身体里也总是热乎乎的，但他自己做的体温检测是正常的。脑袋的刺痛就更不用说了，大把大把的头痛药根本就不管用。在宿舍睡了两天之后，他还是去了医院。

"医生，这到底是什么病啊？"经过一系列检查后，他看到医生拿着他的检验报告绿着脸，忍不住问了句。

"这个……我们从来没见过你这种心脏透视光片。"医生犹豫了一下，还是说了出来。

"我的透视光片怎么了？"他慌忙问道。

"透视结果是——你的胸腔内一共有四个心房、四个心室。"对方惊恐地看了他一眼，冷冷地说。

"这……这是什么意思？"他被吓到了。

"就是你身体里有两颗跳动的心脏。"对方刚说完，陆林觉得脑袋里轰地响了一声——天塌了。

八

陆林觉得自己要死了，宿舍里自从萧皓死后，就是死一般的沉寂。他又浑浑噩噩地躺了几天后，周末又到了。

他觉得秦乐一定会被自己现在的这副模样吓到的。但他心里有种莫名的冲动，那种想见到秦乐的强烈渴望。他知道，自己的确不知道在什么时候爱上了她。于是，下午的时候，他拖着迷糊的脑袋走进了秦乐的小店。

"你病了？"秦乐看到他先愣了一下，但立马又恍然大悟般明白过来，"你等等。"说着她跑到里间。

陆林就这么安静地坐着，目光一直追随着秦乐。只有这样，他才会感觉自己的脑袋清醒一点儿。

不一会儿秦乐就端出个食盒，手里还多了张黄纸。"看你的样子是中邪了。"她一脸心疼地展开黄纸，咬破手指在上面写了个"影"字。不过，字并不是红的，而是黑的。

"你也用血写一个。"她把黄纸翻了个面，"在这里写个'形'字。"

陆林被秦乐女巫式的动作吓到了，但他还是心甘情愿地照着她的话做了。

然后秦乐把纸片叠了起来，放在杯子里烧成了灰烬。再在杯子里加了点儿白酒，"喝下去。"她把杯子递给陆林。

陆林似乎没了意识，机械地接过杯子一口喝了下去。在那瞬间，他的全身传来一阵清凉，被那酒气一冲，头脑一阵轻松。

"好了。"秦乐深吸了一口气，把食盒推给他。"今天就这样吧，我有些累了。"说着，她吃力地朝他露出一个欣慰的笑脸，朝里间走去。

"那你好好休……"陆林"息"字还没说出来，眼睛一眨，秦乐居然不见了。没错，刚刚还摇晃地走着的秦乐不见了。

"乐乐……乐乐？"这是他第一次感到这么害怕。"你……你怎么了？"

"你快回去吧，我很累了。"是秦乐的声音，却听不出是从哪里传出来的。他刚一起步就又停了下来，地板上，那个女人的影子又出现了。

陆林似乎明白了什么，抱起食盒就跑出了店。他一口气冲到了宿舍楼道口，急切地打开灯后，喘息着望向地板。但那里没有任何异常，他有些不相信，揉揉眼，依然没有。他又试着走了两步，还是没有。

他摇摇头，不对啊，每次这个时候，那个女人的影子都应该出来的啊。他又看到自己手中的面条，这是秦乐给他煮的第七碗油泼面了。他突然想到了一件事，那就是那个奇怪的影子，都是在他从秦乐的店里吃过东西回来才出现的。他想起来了，从进校遇到秦乐开始，除了那个周末宿舍集体出游没有出现那个奇怪的影子以外，每次都……

陆林突然觉得手里的面条变得沉重起来，这已经不可能是巧合了。那么到底是哪里出了问题？是这面条？是这楼道？还是秦乐？

他看着手中的食盒，正想扔进垃圾箱，眼前就浮现出她漂亮的脸和灿烂的笑容。他摇摇头，心想也许自己真的太敏感了，刚伸出的手又缩了回来。

陆林一进宿舍门，看到自己的床就感觉浑身没力气。一大票室友，无一例外地都对着电脑疯狂地PK着，他不知道什么时候宿舍又恢复了往日的生机。陆林只把食盒随手放到桌上，疲惫地躺上了床。没错，最近他确实太累了。

九

一觉醒来，宿舍里依旧静悄悄的。只有小金子全身裹着被子，蜷缩在床头，一脸惊恐无助地盯着陆林。

"你怎么了？"他伸了个懒腰，脑袋很久没有这么轻松过了，"不去上课吗？"他疑惑地问道。

"陆林。"没想到小金子一开口，声音都已经沙哑了，"你一定知道是怎么回事，你救救我。"说着，他拿掉了身上的被子。

"你，你这是……"陆林瞪大了眼睛，惊呆了。小金子全身上下，完全和萧皓的情况一模一样，一根根血管全突显了出来，扭扭曲曲，像张血色的网牢牢地缚在他身上。

"你的面条，你的面条是哪儿来的啊？当初萧皓吃了，就这么奇怪地死了。你昨晚的那份被我吃了，然后我也这个样子了。"小金子跳起来抓着他的手，"你告诉我，到底是怎么回事？"

"面……面条？"陆林刚放下的心又突然紧了起来，秦乐给的那个食盒已经被洗得干干净净地放在桌子上。

"你说啊！面条哪儿来的？！"小金子突然跳起来，一把提起他的衣领，"你每个周末都跑去那家面馆里，可那里早就关门了。还有那个老板秦乐，早在几个星期前就出车祸死了，你去那里干什么？"接着，狂暴着的小金子眼睛突然一怔，双手失去了力量。他恐惧地瞪着眼睛，全身都吱吱作响。突然，从他嘴里吐出一口血，"陆林，不管怎么样，求你救救我……"他挣扎着，蜷缩在地上，身上暴露的血管全都在不停地扭曲，由红变黑。

"你……你坚持住。"陆林卷起床上的被子，一把将小金子裹住，抱起就冲了出去。

"秦乐，秦乐……"他冲进"形影不离"里，打开所有的灯大叫着，意外的是没有看到秦乐。

"陆林，她真的死了……很多认识这个老板的学生都目击了那次车祸。"小金子吃力地将头从被子里探出来，现在，暴露的血管已经蔓延到了他的脸上。说着，又从嘴里吐出一口血。"救救我，陆林，救救我！"

医院？！陆林这才反应过来，可转身就又钉住了——地板上有影子！"秦，秦乐……"他试探性地问了句。这次他看清楚了，是秦乐，那个他天天都放在心头的身影，此刻却变成了他的噩梦。

陆林愣在原地没有动，但地板上的影子慢慢地立了起来。和上次在楼道里发生的那幕一模一样，慢慢伸出手，脚，头……一个近乎透明的人影站在他面前。

"不！秦乐，你到底做了什么？快放过小金子，他们不该因我而死。"陆林哀求道。

"没救了。你不应该把属于你的面条让他吃到的。"这次陆林听清楚了，秦乐的声音是从他抱着的小金子嘴里传出来的。"三魂主体，七魄主灵……给你吃的每根面都是牺牲了我的三魂七魄做出的。你这下知道了吧，为什么你每次吃过面之后，你的影子就会多一部分出来。为什么你的胸前透视片上，有两颗心脏？那都是我的！他吃了那碗面，我的灵魂就会与他的身体发生排斥……"

没错，人的灵魂就是在灯光照射下的影子，所以说死人是没有影子的。陆林想起来了。他的影子第一次只多了脚，然后又多腿，然后多了整个身体……

小金子的脸猛然间痛苦地抽搐了一下，他已经没有了意识，露在被子外面的手臂，顺着那些恐怖的血管滋滋地出现了裂缝……

"告诉我，我要怎么做才能救活他。"陆林慢慢放下小金子，静静地看着秦乐。

"吃掉桌上那最后的一碗面。"对方命令道。

陆林回头看着那熟悉的桌上，碗上那熟悉的花纹，那碗里熟悉的味道。他慢慢走过去，那些关于前世的记忆也慢慢地出现在他的脑子里。原来，秦乐的仪式早在她第一次见到他的时候就开始了，甜味的不是"混面"而是"魂面"，香辣的不是"油泼面"而是"幽魄面"。没错，自己还吞下了那张用两人的血画的"形""影"符咒。三混七泼——三魂七魄，只差这最后的一步了。只要他吞下面前这碗面条，她的灵魂就会融合在他的身体里，达到真正的形影不离。"可你为什么要这么做？"

"因为我爱你，爱到可以把我的生命拿给你。你没有注意到吧，其实你在第一次进这店里的时候是没有影子的。你早在来学校报到时的车祸中就已经死啦！我爱你，从第一眼看到你游走的灵魂时就爱上了你，所以我决定倾尽我的所有来拯救你。"

"我在那场车祸里就已经死啦？"陆林苦笑出来，"你，你开什么玩笑……"突然，他看到秦乐全身颤动了一下，跪倒在地。同时，桌子上的碗开始旋动起来。

"我已经没时间了。"秦乐吃力地抬起头看着陆林，"现在，我的魂魄只剩下最后一缕了。我爱你，唯一的方式就是这样，像影子一样和你——永不分离！"接着，秦乐突然站起来抱住他。

陆林只觉得全身上下一片冰凉，慌忙一回头，刚好撞在从桌上飞起的碗上，眼前瞬间一片漆黑。

十

陆林是在医院醒来的，室友们围在他身旁睡着了。他坐起来，摸了摸还有些疼痛的头，怎么也想不起来自己为何会在医院里。

"陆……陆林！你终于醒了啊。"室友迷离的眼睛突然冒出了光，一把抱住他，"我们好怕你会和萧皓还有小金子那样突然就……"说着，对方就哭了起来。

"没事了，没事了。"陆林拍着他的肩膀安慰道，"我……我这是怎么了？"他回过神儿来，疑惑地看着众人，为什么什么也想不起来了呢？

"没事，医生说你的脑袋受到了很大的撞击，可能失，失去了部分记忆。"

"啊？"他被吓得直接站了起来，"这怎么可……"话还没说完，他突然愣住了，因为他看到了自己投在地板上的影子，那个影子不是他的，而居然是一个女人的轮廓。秦乐！他的脑袋里突然冒出这个莫名其妙的名字，同时他听到自己心里传来了一个幽幽的声音："如影子一般形影不离地爱你，我做到了，陆林！永远在一起。"

第七个故事 | 夜行

文/藤萍

　　朱平安得了87分，不知道是不是因为得分是目前最高的，他的神情极为得意，眉间的红痣越发通红，红得像要滴血了。大概是吃饱了的缘故吧，我身上不再冷了。接着上台的是一个叫梁健美的女人，人长得非常好看，声音也很甜美。她说："今天我给大家带来的是一个真实事件改编的故事，故事发生在我一个远房亲戚身上，那一年……"

一

　　白月在这栋公寓里已经住了三年，这栋公寓曾经是城里最高、最豪华的建筑，但是二十多年后它成了城里灰蒙蒙的大大小小居民楼里的一栋，并没有什么出奇的地方。她在这栋门牌为99号的老楼对面的公司上班，是个总经理秘书。

今天她下班已经很晚了，公司里需要等一封邮件，她一个人等到晚上七点半才走。回到99号楼的时候，正是人家吃饭的时间，所以有些空旷，人声虽然喧哗，却看不到什么人走动。她按下电梯上楼的按钮，电梯开了，这个时间果然没有人，她走进去按了10楼的键，看着亮起来的"10"，眼睛习惯地看着"9"。

99号楼已经建了二十多年了，电梯在二十多年前是个稀罕的东西，这栋楼拥有电梯，可见在当时多么奢华。岁月流转，这电梯也使用了二十多年，早已老化，只是现在99号楼里大多是租住户，所以并没有集资更换电梯。她从第一次踏进这电梯，就看着"9"楼键，这习惯直到现在也没改过。

其实住在99号楼的大多数人，乘坐电梯的时候都会习惯地看着"9"楼键，她一开始觉得好几个人目光都聚集在一个点上，彼此默默无语很是奇怪，但时间久了，她早已习惯。

99号楼的"9"楼键其实并没有什么特别奇怪的地方，比起被使用了二十多年的其他按键，"9"楼键的指示灯至少还会亮，而很多楼的指示灯已经不亮了；"9"楼键的"9"字还清晰可见，而其他按键大多已经模糊不清了。

但字迹清晰也没有损坏的按键并不只有"9"楼键，总体来说，它并没有很奇怪。

它引人注意的地方是它透明的按键上有一个凹槽。

那是一种很难形容的凹槽，就像是因为被磨了很多次、被按了很长时间形成的，刚好容下一个手指的凹陷。问题在于所有的按键都是使用透明坚硬的塑料制成，根据常识，硬塑料很容易被人弄碎、打破，但要以一根手指在上面磨出凹槽来只怕很难。相信即使是塑料的发明者也没有做过在一块硬塑料上不停地以手指戳二十年的实验。人们也很难说，一块硬塑料被戳了二十年之后，它就一定不会有个凹槽。

它第二个引人注意的地方是：其他楼层的按键同样有人在不停地按着，但是其他楼层的按键要么指示灯坏了，要么字迹模糊了，却没有被人按出个槽来。

在这样的对比之下，难免所有踏进电梯的人都会看着"9"楼键，它不是很奇怪，只是有点儿奇怪。

要是说9楼居住着很多人，他们上下楼的次数是别人的好几倍，或者大家也不会那么好奇。问题是像白月已经在这里住三年了，她从来没遇见过9楼的住户，从来没有看到人按"9"楼的按键。

"叮"一声，10楼到了，她回了自己的房间，在用钥匙开门的时候，突然听到"哗"的一声，那电梯在楼下打开了，又关上。她平时回家都在下午六点左右，还是第一次听到9楼的声音。她一直以为9楼曾经住过很多人，现在已经没有人住了。

她饿了，所以没有理会楼下究竟有没有住人的问题，进了厨房去做晚餐。

做饭做到一半的时候，屋里起了一阵对流风，因为她打开了厨房的窗户，所以阳台上晾的衣服全都飘了起来，今天有一点儿风。她刚刚想到起风的时候，风突然大了一点儿，"哗啦"一声，她看着她的衬衫从10楼的阳台飘下，挂在了9楼的窗户上。

她瞪着那件衬衫看了很久，一个饥饿的女人在究竟去9楼拾衣服，还是吃饭的问题之间犹豫了十秒钟，她决定吃饭。

她做了炒饭，吃完的时候，她觉得世界上再没有别的食物可能比它更美味。吃完饭喝了一杯茶，快到晚上十点的时候，她才突然想起她还有一件衣服挂在楼下。

10点钟整栋楼都还处在电视状态，虽然八点档连续两集的电视剧刚刚结束，但是人们仍然处于讨论的兴奋之中。她披起一件夹衣套在睡衣外面，穿着拖鞋走下楼梯，去敲9楼的门。

她从来没有到过9楼，她的工作很忙，朋友也挺多，在家里的时间并不多，而且她将那些不多的时间绝大多数用来睡觉了。

像今天这样因为等一封邮件而错过和朋友的约会的时候很少，她在家里做饭的次数屈指可数。

9楼应该有四家住户，她一直觉得奇怪的是，从来没有遇到过9楼的住户，不过也许别人的作息和她不一样。也许她早上八点上班人家九点上班，她下午六点下班别人五点就下班了，很正常。

下到9楼的时候，没有灯。

二

她静静地站在10楼通向9楼的楼梯口，9楼没有灯。

她觉得有点儿奇怪，但是说不定刚才那电梯就是载着9楼住户的全家都出门吃饭去了呢……心里这样对自己说，她走向正对自己家楼下的那一户，敲了敲门。

没人回应，她耸耸肩，转身回自己家去。

突然有人喊了一句："谁在上面？"

那突如其来的声音把她吓了一跳："谁在下面？"

从楼梯上很快噔噔噔上来一个年轻人，一照面她啊了一声："容小促。"

"白月？"上来的是住在8楼的容小促，工作单位在她公司旁边，中午经常和她一起吃饭，也经常被误会是她男朋友的年轻人。

"你来这里干什么？"两个人异口同声问。

"我衣服掉在901窗户上了，下来看有没有人。"白月奇怪地看着容小促，"你来干什么？"

"我常常来啊。"容小促说，"我觉得9楼很奇怪，每次来都没看到屋里有人。"

"好像刚刚出去了。"白月指指电梯，"我听到电梯下去的声音。"

容小促以怪异的眼光看着她，半晌说："我常常听到电梯在9楼开开关关的声音，可是从来没看到人。"

白月被他说得有些毛骨悚然，往衣服里缩了缩："算了，我的衣服不要了，快走吧，反正这里没人。"

"到我那里坐吧。"容小促说，"反正我也没事，正在打游戏，听到脚步声才上来的。"

"9楼住的是谁啊？"白月加快脚步下楼，"真的从来没看到有人进出。"

"我问过物业，9楼住的是房东。"容小促说，"这栋楼的位置现在在市中心，三十年前这里是郊区，这块地原来是个很大的古宅。政府征地规划，把这块地上盖的楼抵给原来土地的主人，为期七十年。"

"看来原来的主人很有影响嘛，二十年前这栋楼是全市最豪华的公寓，不知道被拆掉的古宅又是什么样的。"白月跟着容小促到他房间里坐，"那房东呢？我怎么从来没见过房东？"

"后来房东好像把大部分房子都卖给了别人，也许自己就带着钱离开这里了吧。"容小促说。

"如果已经搬走了，那么电梯为什么会在9楼开开关关呢？拜托你有点儿常识好吗？"白月叹了口气，"可能人家不常出门，今天又凑巧出去了吧。"

"我住在这里三年半了，比你还早来，从来没遇到9楼的人，那不太可能吧？"

"也许你遇到了但是你不认识？也许人家其实在7楼、6楼还有房子，所以9楼空了？"白月哼了一声反驳，"不要说得那么恐怖，我晚上都不敢回去了。"

"那也是。"正在容小促自己笑起来的时候，只听电梯"叮"的一声，又在9楼开了。

不知为何那时特别寂静，也许正陷入了电视剧过后的精神低潮期，白月和容小促面面相觑，只听过了很久，那电梯才关上下去了。

听起来就像一个人压住了关门键，好让电梯里的老人或者孩子走得安全一点儿。

但是没有脚步声。

这栋楼盖得很结实，但是隔音效果并不好，也许是早期技术还不成熟的原因。

所以如果有人在上面走动，楼下一定会听见的，但是没有脚步声。

白月和容小促对视着，一股疑惑在彼此心里滋长，终于她忍不住说："他们吃完饭回来了？"

容小促摇摇头："如果有人一定会听见的，你刚才在上面走，我听得很清楚。"

"如果没人，电梯为什么会开？"白月低声问。

容小促只好说："因为它坏了。"

白月怔了一怔："也是，老电梯嘛，很容易出错的，又不是先进的东西……"

正在这时，楼上突然传出了一声清晰的碎裂声——就是瓷汤匙被人用力砸在地上碎掉的声音。白月吓了一跳，容小促拍拍她的背："别怕，这种声音每天晚上都会响好几次。"

她还没说话，楼上那一模一样的声音又响了一次——即使是有人砸了第二把汤匙也没有可能所有碎裂的细节全都一样，就像有录音带在重播一样。而且那声音会移动，从远到近，第三次响起来的时候竟然就好像在他们头顶。

白月的楼下、容小促的楼上，正是她刚才敲门没有人回应的901室——刚才电梯开了，没有脚步声，也没有听到901的门开。

"现在你知道我为什么常常上9楼了吧？"容小促说，"每天晚上都有奇怪的声音，什么掉钥匙的声音、掉钱的声音、打篮球的声音、搬桌子椅子的声音、敲敲打打的声音。我听说过老房子因为磁场的原因会把某些声音录下来，但是也只有在磁场符合的条件下才偶然会播放，从来没听过这么吵的，还让不让人睡觉啊？"

"从前就是这样？"白月指指楼上。

"最近越来越吵……"容小促还没说完，楼上突然又嘭的一声，就像有人在楼上用力地跳了一下，居然使楼层感到了轻微的震动。

"你该去物业找9楼的住户投诉。"白月沉下了脸，"这样叫人怎么睡？"

"我怕的不是9楼不整改，"容小促用了个时髦的词"整改"，叹了口气说，"我怕的是9楼没人。"

正说到9楼没人，突然窗户外面有一阵白影飘过，吓得白月和容小促全身发冷，呆了好一会儿，才醒悟那是白月挂在9楼窗户上的衬衫飘了下来。

三

去楼下拾起衬衫的时候，白月那件衬衫已经变得斑斑泥印，上面有些印迹，有些是栏杆铁锈的痕迹，有些是地上的污渍，还有一些不知道是什么。她对着电梯的灯光看了很久，那痕迹一道一道的——像手指印。

9楼到底有没有人？她满腹疑惑，容小促陪她下来拾衣服："怎么这么脏？"

"不知道，谁把我的衣服扔下来了？"她提起衣服，在领口处隐约是三个指头的印记，好像有人用脏兮兮的手指把她的衣服拎起来，然后丢了下来。"这么说9楼确实是有人住的，要不上去看看？"

"去看看。"容小促瞟了那手指印一眼，不知道为什么，他总觉得那痕迹不是很像人的手指，但既然白月那么说，他就越看越像。

两人进了电梯，按了9楼键。压下那个按键的时候，容小促觉得特别顺手，那凹槽刚好容下人的指尖，很舒服。

9楼的灯亮了，电梯很快到达9楼。

9楼依然没有灯。

四户人家都沉浸在一片漆黑和安静中。

白月油然生起了一股疑惑与好奇混合的感觉，她的胆子一向不小，虽然也不是很大，但她不怕黑。她对着901的房门用力敲了几下："有人在吗？"

容小促对着旁边902的房门也敲了几下。

房内寂静无声，9楼的四户人家门上的灰尘都不是很多。99栋楼的物业每天都请人打扫楼梯和过道，房门与对外的玻璃也在打扫的范围之内，所以门上很干净。

"笃笃笃"，容小促在903的门上敲了几下："有人在家吗？"

门内依然寂静无声。

——没有人？

——如果没有人，是谁把白月的衣服从楼上提起来扔下去的？

白月和容小促面面相觑，陡然从心底都泛起一股凉意。容小促的手本能地敲到了904门上，心里却已经萌生了恐惧感，"吱"的一声，他自己都不知为何用力推了一下，那门非常结实，连晃也不晃。

"咔"的一声，门后面好像掉下来什么东西，接着白月和容小促就看到有些东西在门缝里露了出来。

一些……黑黑的东西……比光线暗淡的9楼还黑些。

容小促弯下腰用手机屏幕的光线去照，白月陡然尖叫一声，跟跄退了五六步，拼命按9楼楼道的电灯开关。那开关早已坏了，她却像忘了一样拼命按着，啪啪啪的按键声在9楼回荡。

那门底下突然露出来的……是一些……头发。

容小促只觉得自己拿手机的手全是冷汗，就在这时不知为何，9楼的灯竟然啪的一声被白月按亮了，陡然间整个9楼被灯光照得雪亮。两人都清楚地看见：门缝底下露出来的的确是一些头发。

女子的长发，在门缝底下的夜风吹拂之中，细微地在地上飘动着，有些从门底下飘了出来，那头发似乎很长。

"小促……你说我们要不要……报警？"白月远远地站在电灯开关那边，声音已经全都变了调。

"我看我们还是先去找物业，把房门打开……"容小促的脸色苍白，整个人完全没了气势，"看看里面到底是怎么回事……"

四

当白月和容小促下到物业值班室的时候，已经是晚上十一点半了。值班室里只有一个年轻人正在看报纸，看到他们两个惊慌失措地奔来，脸上露出惊讶的表情。

"被盗了？"他第一反应是有贼。

"不是，"白月拼命摇头，"9楼……9楼……"

"9楼什么？"物业值班室里的年轻人奇怪地看着她，"9楼没有住户啊。"

"不是……9楼……9楼……有鬼！"她喘着气，终于把"有鬼"两个字说了出来，双眼大睁，"有好多头发……好多好多头发……"

"是这样的，我们敲了门，门后面好像有什么东西掉下来了，然后我们就在门缝里看到女人的头发。"容小促说，"你有没有9楼的钥匙，打开看一下里面是怎么回事。"

"头发？"值班室的年轻人站了起来，"我去看看。"

物业值班室里的年轻人叫唐研，白月和容小促之前都没见过，是新来的保安。

9楼的灯光出奇的明亮。

当唐研上去的时候，那缕头发还在地上飘着，就像门内匍匐着一个长发的女人，被风吹得很舒适一样。

钥匙插入锁孔，咔嚓一声，904的门开了。

在9楼今夜出奇明亮的灯光下，那缕头发随门被推开的趋势像拖把一样擦着地板。唐研推门的手清晰地感觉到门后有个东西——不太重，但也不轻。

它会滚动，是圆的。

904的房间内一片漆黑，唐研啪的一声开了灯，灯光亮起来的时候，白月捂住嘴，不可抑制地发出一声尖叫——"啊……"

容小促只觉得头皮发麻，全身一下子都变得凉飕飕的，他也很想尖叫，甚至很羡慕能尖叫出来的人，可是他连能尖叫的反应都做不出来，全身都僵了。

只有唐研站在身前，绕过门去看了看。

在惨白的灯光下，那门后会滚动的东西，正是一个骷髅头。

骷髅头上还带着头发，只不过头发早已和头皮分开，只是千丝万缕地和骷髅头纠缠不清、拆解不开，可见那些长发和骷髅头被如此搁置很多年了。

此外大厅里……一切都很整齐……并没有什么让白月惨叫出来的东西，除了什么都没有以外……

什么都没有，门窗紧闭——空气不流通，那么刚才是什么风从门缝里吹得头发飘动？如果904是空房儿的话，那么901呢？如果901没有人的话，那是什么东西把她的衬衫从楼上抛下来的？她尖叫起来的时候，并没有看到门后的骷髅头，容小促也没有看到，但是他看到了灰尘累累的地板上有些奇怪的爬行痕迹，说不上是什么东西在爬行，那痕迹让他看得全身僵硬。

"你们去报警吧，就说904房间的情况很可疑。"唐研说，表情很镇定，就像他没有发现门口的东西一样。

"那你呢？"容小促和白月只想快点儿逃离这个现场，904的房间充满了说不出的诡异味道，那味道并不强烈，恐怖感也不特别强烈，但是几乎令人窒息。

"我留下来看着这里。"唐研微微一笑，"你们下去吧，太多人走动也不好，大概五分钟警察就会过来了，没什么好怕的。"

"那我们就下去了。"白月死死拉着容小促的手，容小促半抱半扶着她往电梯走去，不知道为什么没有想起来先打电话，两人都想着赶快下楼，离开这里。

"叮"的一声电梯开了，他们进去，从电梯里出来的时候，两人面面相觑——在9楼的时候，他们并没有按下楼键，电梯就开了；下来的时候，也没有按1楼键，电梯就停了——简直——就像电梯里有人在替他们操纵一样。

"这栋楼有鬼！一定有鬼！"白月吓得面无人色，喃喃地说，全身发抖，和容小促跟跄地走向有灯光的地方。

唐研一个人留在904里。

那骷髅头在门后寂静地安睡，这间房子里还有多少秘密？

地上留着奇怪的痕迹，像一个形状不规则的东西慢慢地爬过布满尘土的地面。门是锁着的，窗户紧闭，他轻轻走过去试了试每扇窗户，每扇窗户都是锁死的，像这么一个房间，在尘封多年以后，还有什么东西能在灰尘上爬行呢？

走过去打开房门的灯——每个房间的灯光都很柔和，房间的布置在今天看来仍很华丽，布满尘土的深红色大床和挂在墙上的西式油画，很难想象二十几年前的人就有这样的喜好，房间地上铺着地毯，很厚实，这房子装修的时候应该是冬天。

房里什么都没有。

二十几年前的房子规格并不大，904一共三室一厅。很快唐研就转了一圈，似乎除了门后那个长发纠结的骷髅头，这屋里就像主人把一切都收拾好了以后离开一样，没有什么奇怪的地方，更没有什么恐怖的地方。

既然一切正常，那个骷髅头是怎么回事……

地上有奇怪的爬行痕迹，难道是那个带着长发的女人头颅在孤独黑暗的深夜爬过这房间呼救的痕迹吗？

唐研想象着一个月光皎洁的深夜，四面是没有边际的黑暗，一个美艳的人头在地上爬行，姿态奇特地通过整个房间，那过程……该是多么恐怖而妖艳……顺着地上爬行的痕迹找去，那"东西"的来源是墙边的装饰柜。

那装饰柜贴墙而立，柜子里晶莹璀璨的水晶和样式华丽古老的雕像，即使尘封也看得出当年的豪华，装饰柜的下面是几个抽屉，最底下的一个抽屉开了。

他有一种古怪的联想：似乎是那长发人头从抽屉里爬了出来，通过房间的地面爬向门口。他轻轻拉开那个抽屉，抽屉里有些暗色的痕迹，不知道究竟是什么。

他突然把所有的抽屉都拉开了。

抽屉里面有些是书籍，有些是杂物。六个抽屉里面，除了打开的那个，还有一个里面是包得很结实的油纸包。

打开那个油包，里面是一段干枯的手骨。

那是一个人的右手臂，齐肩砍断，从断痕上可以看出，那工具沉重而且锋利，上臂骨从中断开，砍得并不整齐。

骷髅和一截右臂骨。

904房间里，曾经发生过分尸案件。尸体的其他部分，显然就藏在这貌似整齐的房间的某个地方。

装饰柜对面的电视架上有一层厚实的灰尘，他注意到灰尘上也有爬行的痕迹，顺着痕迹走过去是刚才他亮灯的主卧室，深红色的大床仍旧散发着豪华靡丽的气息。唐研安静了一会儿，撩开深红的被子，床面上赫然留着另一段臂骨。

这段臂骨连着上半身，躺在床里的模样，就像一个艳丽慵懒的女人睡在柔软厚实的被褥里，连手指的动作都那么柔软舒展。

它既没有头，也没有胯。

只有那么被人从腰身砍断的一截。

它为什么会在床上？是凶手把它留在床上的？

不知道。

唐研在地上搜寻那种古怪的爬行的痕迹，果然在书房的门口又看到了另一种更加凌乱的爬痕。走进书房，他正对着书橱，那书橱上有十几个抽屉。十几个……那数目让他震动，走进去打开每个抽屉。

每个抽屉里面都有一个油包。

打开油包，里面有精致的女士包、口红、钱和发卡以及种种琐碎物。唐研拉开最下面的一个抽屉，里面的油包是松开的，用来绑住油包的麻绳已经断了，看绳子的断口，是被什么尖利的东西磨断的，里面没有东西，只有一些暗色的痕迹。

那里面曾经包过一个东西，只是现在那个东西不见了。

他拉开隔壁抽屉，隔壁抽屉也有一个油包，油包上的麻绳却不是断的，而是被解开的，完整地留在油包上面。油包里的东西还在，却从油纸里面露了出来。

那是一段股骨，同样是截断的。

但它是怎么从包好的油包里露出来的？又是谁解开了麻绳？

唐研仔细检查了书橱的十几个抽屉，最终露出来的是四个半截的股骨、一个空油包，还有一条裙子。

黑色的裙子，在抽屉里叠了很久，布质有点儿硬，也可能它原来沾了什么东西，导致无法展开。

它就像一沓半软半硬的纸皮，唐研把它轻轻放在一边，这裙子叠得很整齐，虽然没有展开，却还看得出……这是一件孕妇裙。

冬天的、厚实的孕妇裙。

死的女人……是个孕妇？

唐研抬起头来，现在有一个头颅、一段右臂、一段手骨、一段左臂、上半身，以及分成两截的两个股骨，剩下的是一只左手手骨、两段胫骨以及两只脚。

她是一个孕妇，那孩子呢？她的骸骨大部分都在，还被精心包裹，藏在屋内，孩子的骸骨在哪里？

还有腿骨在哪里？唐研想了想，向门口的鞋柜走去。

鞋柜的门是关着的，水晶的把手，原木的柜门线条流畅，木纹的纹理清晰漂亮，就算是二十年后的现在看起来，仍然优美耐看。

他轻轻打开鞋柜的门，柜子里放着两双拖鞋、一双高跟鞋，还有一双长筒靴子。

苍白发黄的腿骨就插在两只靴子里，安逸而自然，就像穿着那双昂贵的靴子仍然行走在繁华的街道上一样，姿态非常自然。

一个人只剩一只左手没有被发现，在哪儿呢？

唐研想起白月的那件衣服，那件衣服飘了下来，是被什么东西扔下来的呢？他看着抽屉里被解开的油包，又看到安静地伏在门后的骷髅头，看着那被利物磨断的麻绳，空空的油包，想象着一只已经化为骷髅的手骨，在一片黑暗之中，慢慢地从油包的缝隙里伸出一根手指，慢慢地勾动束缚住它的麻绳，一下、两下……不知过了多久，手骨终于磨断了麻绳，它终于从阴暗的抽屉里爬了出来……

出来的第一件事，就是寻找身体的其他部分，所以许多抽屉都被开过，所有的油包上的麻绳都被解开了。

但并不是所有的骸骨都跑出来，因为股骨太长，顶住了抽屉，所以股骨出不来。

股骨出不来，头颅却出来了。

那个原本被藏匿的人头蜿蜒地从抽屉里爬了出来，用它诡异的不为人所知的方式前进，爬行到了门后——唐研突然想到了进门的时候那种诡异的感觉——他记得容小促说有什么东西掉了下来——

难道是……

那个人头原本是——咬在把手上的？

他转过去看着大门，门后除了把手，再没有什么能钩住重物的地方。

在楼上楼下的人们如常的生活、欢度年月的时候，黑暗的9楼却爬行着干枯的手骨、美艳的人头，那人头甚至咬住了门把……

如果她那时候转动了门把，爬了出去，会是怎样的呢？唐研情不自禁地想了一下。

随即……一阵淡淡的风吹来，他突然发现打开的门正在一点点、无声无息地被推了过来。

怎么回事？

大门极慢极慢、仿佛极其艰难地被慢慢合上了。

唐研看着门缝里的东西。

那是一段纤细的白骨。

它用五指在地上缓慢地爬行。

那就是他找不到的左手手骨。

五

唐研看着地上的手骨，那手骨只是推上了门，就安静地伏在地上，一动不动，仿佛它从来就不会爬行一样。

色白、发黄。

只是一只很普通的、白骨化得很彻底的左手骨骼，因为年代久远，看起来还有一点儿残破的迹象。

灯突然灭了。

四下陷入一片黑暗。

这间屋子仿佛有着自己的时空，它要将自己隔绝于门外的世界，维持它原来的样子。

四周一片漆黑，他听见被他打开的鞋柜的门慢慢地关上，被他打开的抽屉慢慢地收回，有些纸张窸窸窣窣的声音，回过头去——他虽然没有看见，但可以想象刚才被他撩开的被子正在缓缓地盖回去，轻柔地盖住那床上的白骨。

接着安静下来，一切事物又都不动了，仿佛它们安享于属于它们的世界，不再有丝毫声音。

在这间屋里、在这几间房屋里、在什么时候——发生过什么？

啪的一声响，唐研面前亮起了一团橘黄色的火光，是打火机。在打火机的映照下，他的眼瞳黑得出奇，黑瞳较大，眼瞳深处仿似有一缕蓝色的幽光在盘旋，打火机的火焰在他眼里熠熠生辉。

火光照耀下，刚才那些被他找到的东西，果然大部分都一一回到了原来的位置。

但也有一些并没有动，比如说口红、某些彩妆盒子以及那条裙子。

孕妇的裙子。

问题仍然在，这间屋里有一个死者，她是一个孕妇，看起来她死的时候正穿着这条裙子。但是她每一根骸骨都在，而胎儿的骸骨在哪里？

并且她被分成了这么多部分，每一部分都被精心包裹，放入抽屉——那些抽屉可不是什么宽敞的地方，并且油纸上只沾染了一些暗色的印记，却没有腐败或者虫蛀的痕迹——所以说，很可能这些骸骨在被包起来放进去的时候，就已经是骸骨，而不是躯体。

所以说分尸的人，剔除了她的肉。

这里却全无分尸剔肉的痕迹，四下干净整洁，所有的东西都放在该放的位置。唐研四下看了一圈，打火机的光圈太小，他找不到刚才那只会爬行的"手"到哪里去了。既然骨骼是被沉重的锐器砍断的，那锐器该在的地方，应该就是厨房了。

他举着打火机向厨房走去，一路走一路按着灯光的开关，但刚才还一切正常的灯并不亮，静默着。

这屋子的厨房并不大，他一直走到刀架前面。二十年前。这户人家就用上了组合刀架，上面插着八柄各种用途的刀和剪。而其中一把厚柄的斩骨刀和其他刀略有不同，它卡在了刀架上，只插进去一半。

唐研用火光照着它，它卡在中间的原因，是因为它卷刃了。

有人曾经用这把刀砍过坚硬的东西，所以它卷刃了，卷到插不进它原有的刀槽里。

唐研若有所思地把那把刀拔了出来，那把刀非常干净，不知道谁把它洗得闪闪发光，光可照人，看不出任何血液的痕迹。

但至少，它是一把凶器。

但成为凶器的东西并不只有一把，唐研的目光落到刀架上另外一把刀上。

那是一把很长的水果刀，很常见的款式。

它也没能插入刀槽里，也卡在了刀架上。

他把它又拔了出来。

那碎骨非常小，只是因为刀尖卷了，仿佛它曾经用力地戳刺在什么东西上面，导致那个东西破碎，而碎片卡在了卷曲变形的刀尖上。

这导致它插不进刀槽。

唐研把长刃水果刀拿起来细看。

过了一会儿，他认为那是一块很小的肋骨碎片。

但有一个问题，躺在床上的那具上半身的骸骨，它的肋骨并没有缺损。

它是完整的。

那这第二柄凶器上的小块肋骨的碎片是从哪里来的？

唐研站直身体，莫非——在这个安静而黑暗的房间里，还藏着另一具尸体？

六

唐研手中的打火机慢慢地熄灭了，就像它被封闭在密闭的空间里，耗尽了氧气而慢慢熄灭一样，有一种安静而古怪的姿态。

四周又陷入了一片黑暗，他听到刀刃在桌上拖动的声音，感觉到一股不大不小的力量企图从他手中把刀夺回去，或是那两把刀自己往前爬行，它们想回到刀槽里。

让一切恢复原状。

他听不到任何声音，却感觉到四面八方，所有的东西、器具都在窃窃私语，要把一切恢复原状。

让一切恢复原状。

让一切恢复原状……

快点儿……

快点儿快点儿……

那无形的声音在喃喃自语，无声的声音纷沓而至，一声比一声急切。

突然啪的一声，厨房的灯亮了，紧接着，厨房通向大厅的走廊灯也亮了，浴室的灯亮了，那一盏盏灯从厨房开始一盏盏地亮起，一直到最后大厅灯火通明，把一切照得纤毫毕现。

就像刚才在黑暗中不曾发生过任何事，四下瞬间一片死寂——即使那个"声音"其实从未响过，但是它彻底地安静了一下，仿佛被这突然亮起的灯光吓到了。

唐研转过身来，灯光熄灭的时候，他并没有多么紧张，灯光突然亮起，他也没有多么惊奇，神色很从容。他伸出手去，拉开冰箱的门，灯光亮起，这冰箱似乎历经二十年时光却没有损坏，冰箱里放着几瓶酒和饮料，并没有什么东西，显然那些饮品早已过期。唐研在亮灯的屋内一间间、一个地方一个地方地找，他在找第二具尸体。

冰箱、衣柜、橱子、抽屉……所有能藏匿的地方他都找了一遍，却没有什么发现。正当唐研有些想不通的时候，他突然看见了大厅角落里摆着一个鱼缸。

那是一个很大的鱼缸，里面曾经有假山和水草，也许曾经养了不少热带鱼，也有看起来十分精致的供氧设备。

不过，现在发黑的假山和积着绿泥的鱼缸里，静静安放着的是一个骷髅头。骷髅头空洞的眼眶仰望着鱼缸顶上供氧设备所露出来的窄小空隙，仿佛望着它的天空。

这令人奇异的幻想……也许在很久以前，有人……曾把他心爱的人的头颅放在鱼缸里，和鱼缸里的热带鱼一起饲养着……或者是说，他意图把这个人头像心爱的鱼一样饲养在鱼缸里。

但可惜，显然它并没有像鱼一样自由地活在这玻璃造就的世界里，甚至连曾经无忧无虑游在这里面的鱼也没能活着。鱼缸里只有一层绿泥、一层鱼骨、几块假石，以及一个骷髅头。

这就是第二具尸体，但是它剩下的其他部分呢？唐研叹了口气，他想起了隔壁还有903、902、901……

在这9楼死寂而整洁的房间里，究竟发生过什么？

他走出了904，拿出钥匙，打开了903的门。

白月和容小促在楼下等到了警车亮着灯赶到，才敢带着警官再次踏上电梯。白月已经下定决心，等天一亮，无论多困难她都要马上搬家，远离这栋闹鬼的房子，想到自己竟然在10楼住了这么久，她就不寒而栗。容小促看起来也没比她好多少，心里想的事可能也差不多。那出警的两位警官看着两人眼神涣散，脸色惨白，不禁皱眉，楼上到底是发现了什么让人吓成这样？

四个人乘坐电梯再次来到9楼，这一次白月拼命按着电梯的按钮，生怕电梯又在无人操作的情况下自己开自己关。但这一次电梯出奇地正常，到了9楼，四个人刚刚走出电梯，原本明亮的走廊突然一黑，灯灭了，瞬间灯又亮起来，再过一会儿，灯又灭了，但迅速地又亮起来。

容小促观察到，走廊灯这种闪烁的节奏，和电压不稳导致的闪烁完全不同。灯光熄灭的时候，整个9楼都黑了，所有的房间都陷入一片黑暗。但灯亮起来的时候，是从9楼某一间房子的某个房间开始，一盏一盏，犹如推倒多米诺骨牌一样接连亮起来的。

就像在那房间里有个充足的电源一样。

那是903室。

警官看了一眼虚掩着的904，904现在是一片黑暗。他走过去敲了敲903的门，其实903的大门现在是敞开的，里面灯光很明亮。

"发生了什么事？谁报的警？"

903的大厅里有个年轻人正在弯腰看着什么东西，听到声音微笑着转过头来，"警官。"他指了指屋里的东西，"这里有个奇怪的东西。"

李花派出所的刘怀忠警官在基层已经有很多年，出警的经验非常丰富，但也从来没有遇到过在报警现场这样微笑的年轻人。他人正站在面前，却又似乎一直袖手旁观，无论什么东西在他身旁都不要紧，他是一个旁观者。

不会受到伤害，也不会伤害别人。

那年轻人身上就带着这种气质。

另一位赵建国警官已经走了过去，跟着年轻人的视线看去："什么东西……"他的话瞬间噎在了咽喉中。

年轻人所指的，是大厅中摆放的一个小小的婴儿摇篮，粉色的可爱花纹、到处可见的蝴蝶结、柔软的布料，充满了甜美与期待。

但在打着许多粉色蝴蝶结的摇篮里面，穿着婴儿的衣服，裹着小小的薄被，被照顾得无微不至，露了一截在外面的，却不是婴儿。

是几个干枯狰狞、早已白骨化的手指。

那被放在摇篮里包得整整齐齐的东西，是一只手臂，只是手骨粗大，应当是一只男人的手。

赵建国的脸整个儿黑了，刘怀忠呆了一呆，立刻用对讲机呼叫增援，并请唐研立刻从这屋里出去。

现在这个屋子要被封锁起来，这里发现了人体的残肢，这里就算不是杀人现场，那也是藏尸现场。

"警官。"唐研指了指屋里，又指了指隔壁，面带着学生一样的微笑，"我在隔壁和这个屋里发现了女人骸骨的碎块和一个男性的骷髅，又在这里发现了男性手臂的一部分。902和901我还没来得及进去，但猜想情况和这里差不多。"

赵建国的脸更黑了一些，刘怀忠加重语气请这个像学生一样的年轻人从现场出来，同时问："你是什么人？是你报的警吗？"

"不是。"唐研回答，"我是这里的保安，这位白小姐和容先生在9楼发现异常，叫我到9楼来检查。"

刘怀忠疑惑地看着他，他是这里的片警，这个小区换保安了吗？他怎么记得原来的保安是个姓黄的老头儿？

赵建国和刘怀忠拿着唐研给的钥匙打开了901和902，进去以后，两人叫了三次增援，前后来了十几个警官，一直到天亮警车都没有离开这栋楼。

一直到第二天中午，总计在9楼901-904室发现了四具女尸和一具男尸，都已白骨化。四具女尸都被碎尸，但现场除了厚重的积尘，并没有明显的血迹。而一具男尸最为奇异，他也被利器碎尸，只是不同于女尸那般精细零碎，而是被分成了四块。

904的鱼缸里放了一个人头，903的摇篮里有一只手，902的床上有他的左半身，901的保险柜里有他的右半身。

所有的房间都是反锁的，没有任何人出入的痕迹，有几把刀显示出曾被反复使用的痕迹，应当就是凶器。现场勘查的警官使用了检验血液的化学喷剂，结果显示在四间屋子里都有大片大片的荧光反应，9楼密闭的大门后曾经到处都是血。

是一片血和尸骨的海洋。

七

第三天清晨，白月把所有的东西打包整齐，叫搬家工人放在了保安室门口。她已经叫了家政公司的卡车过来，要从这栋楼房里搬走。她下来的时候，容小促背了一个登山包，也站在保安室门口，正好奇地往保安室里面望。

她和家政公司的工人一起在等卡车，看见容小促往保安室里探头探脑，她也过去张望了一下。

坐在保安室里的还是唐研，他泡了一杯茶，正在看报纸。不过，容小促看的是他压在报纸下的东西。那是一个镜框，年代颇久了，白色的边框已泛了黄，镜框里的照片有些模糊，似乎是被污渍和水浸透过，却还看得清楚。照片上是一个男人和一个女人，有点儿像现在的结婚照。女人穿着漂亮的连衣裙，坐在椅子上，手指纤细，衣饰华丽，戴着白色的蕾丝手套，男人穿着礼服站在她后面。

两人面带微笑，神采奕奕，俊美秀丽。

照片上还有日期，1990年某月某日。

"那是什么？"容小促伸手去拿那个镜框，"哪里来的？"

唐研不以为意，翻过报纸一页："捡到的。"

容小促凝视着那照片，白月不知不觉凑过去端详："这女人挺美的。"

容小促摇了摇那镜框："很重，里面还有东西……"他随便摇了两下，就看到镜框边隙里露出几张纸片的边缘，抽出来一看，还是照片。

那是几张类似的照片，只是男人和女人都不相同。有个女人穿着臃肿的军大衣，依然笑得灿烂甜美，显出那年她的青春是如此耀眼，与她合影的男人非常瘦弱，坐在轮椅上，似乎半身不遂，却也露出幸福的笑容。还有一张女人和男人并肩站着，男人很胖，女人体态婀娜，烫着一头时髦的鬈发，穿着鞋跟曲线优美的高跟鞋。最后一张照片上的女人略为成熟，三十多岁年纪，身上戴了许多首饰，她的背后却不像前面三张照片那样是背景布，而是一片中药的药柜，像站在中药店里拍的，柔和的阳光自店外映入店内，中药店的角落静谧而幽暗，却是拍得古典优雅、庄重大方。一个模样成熟的男人站在她身前与她合影，手里提着一个油纸包扎的药包，面带微笑，仿佛十分温馨柔和。三张照片都有日期，还是故意模仿20世纪80年代那种手写日期的感觉，看起来十分怀旧，时间都在1990年左右，相差不到一年。看这照片制作的风格，照片上的应当是同一家人。

"这应该是很珍贵的照片吧？"容小促抓了抓头，看完了有一种说不出的古怪感觉，却也说不上是什么，把照片递给白月看了看。白月对二十年前的照片并没有什么兴趣，看了一眼就还给了唐研，随口问："你怎么还在这里上班？"

"嗯？"唐研抬起头来，斯文地看着白月。

"你不觉得这里很恐怖吗？你不怕？"她指了指9楼，从那天警察从9楼的房间里抬出第一块骸骨，她就再也没回过自己房间，这两天都住在朋友家，直到今天要搬家才壮着胆子带着三个搬家工人回来搬东西。

"哦……"在唐研正要回答怕与不怕的问题的时候，家政公司的卡车开到了门口。白月抱歉地向唐研笑笑，指挥工人搬上她的东西，开始往卡车上堆放。容小促放下他的背包，也过去帮忙。阳光灿烂，小区的院子里花木繁茂，令人暂时心情愉快。

唐研喝了口茶，继续低下头来看报纸。

如果刚才容小促一直注意的不是他报纸下的镜框，也许就会注意到他拿的那一张报纸，是1990年某月某日本地的一张小报，颜色稍微有点儿发黄，却还不是很黄，内容也不是很多。他正在看一则新闻，大意是某厂厂长疑似因经营不善，行踪成谜，出逃境外。报纸上附有一张该厂长的照片，却是一个很年轻的女子，看起来有点儿像那个中药店里站着的女人。

他放下报纸，把镜框和镜框里的照片一字摆开。

四张照片，照片里的女人各不相同，但照片里的男人……虽然年纪、高矮、胖瘦有极大的不同，但他们右边眼角都有一点儿不深不浅的黑痣。此外，他的左眼总是比右眼细长一些，右眼圆一点儿，这是因为右眼有双眼皮，而左眼是内双。他的眉毛很普通，但在眉毛中段总隐约有一小撮眉毛往上飞起，猛地一看就像眉毛竖了起来。

他用铅笔在四张照片上疑似相同的地方都画打了个浅浅的圈，用喝一杯茶的时间确定，这四个男人是同一个人。

但同一个人又怎么能在差不多的时间内相貌差距这么多呢？就算胖瘦可以改变，难道身高和年龄也能改变吗？

能随意改变外貌的人，那还算是一个"人"吗？

99号楼的白骨碎尸案轰动了整个城市，就在短短的一两天内，关于这件事的新闻已经连续出了十几条，真假参半。人们议论纷纷，许多关于99号楼的传说被翻了出来。

刑侦支队的警官们捧回一大堆白骨，一时还没有头绪要怎么处理，只能先编写号码，把人先拼出来。在公寓里的搜索没有结果，公寓里虽然有许多生活杂物，却没有太多证明身份的东西。四个女人中唯一能证实身份的，只有904里面的白骨，有几张生活照可以看到生前的样子，和二十年前失踪的市中药厂厂长徐丽琴比较吻合，经过亲属辨认，确认是徐丽琴。

其他三具白骨还是谜。

其他方面的工作也在进行，99号公寓是政府拆迁了古宅的用地建设的，原来这个地方古宅的主人变成了99号公寓的所有权人。而政府征用这块地，当年是为了修建防空洞，据说是因为这块地的地层结构特别结实，原来的古宅庄园内还有一座小山，适合修建防空洞。后来小山削平了，地洞也挖了，最后却没有建成防空洞，反而盖了这栋当时最时髦、最豪华的公寓楼。

当时的拆迁决定还有文件留下来，赵建国找到了文号，文件里写明当年的古宅还有名字，叫作"槐庄"。主人姓魏，叫魏生生。关于魏生生，文件里并没有多加说明，只附了一张身份证复印件。

魏生生生于1942年6月9日，但从那张模糊不清的身份证大头照复印件来看，他显得很年轻。赵建国已经把案件报了上去，现在这起白骨案已经不归李花派出所管辖了，但他仍然很关心，刑侦支队会和派出所配合行动，他仍然要参与一部分侦破过程。

"老赵。"刘怀忠从外面回来，满头大汗，"我去转了一下，魏生生的确认识徐丽琴，有几个人还能证明他们曾经在饭局上碰见过，徐丽琴一直没结婚，魏生生这个人家里有钱，听说很会讲话，口才很好，和徐丽琴一直玩得比较好。"

"你说那具被分成四块的白骨，会不会是魏生生？"赵建国若有所思，"徐丽琴二十年前失踪，魏生生也失踪了，这两人在那以后就没有任何记录，如果是死在99号楼里面，那就很正常了。"

"魏生生是有老婆的。"刘怀忠说，"他的老婆姓江，也失踪了。"

"我知道，他老婆江香荷比他小了十几岁，早就失踪了。"赵建国说，"他也报过警，不过二十几年前甚至更早以前的档案没有那么健全，已经查不到记录。不过这样算起来，魏生生身边的失踪事件已经不少了，如果这四个女人不是一起死的，如果这里面有一个是江香荷，这件事就非常可怕了。"

"你说有可能是他制造了江香荷和徐丽琴的失踪？"刘怀忠眉头紧皱，"动机呢？如果这两个女人是他杀的，那个男人的白骨又是谁？为什么会被摆在鱼缸里、摇篮里、保险柜里？"

"你说那个男人，会不会是魏生生的情敌呢？"赵建国思考着，"在魏生生身边，有没有这样一个人，会吸引江香荷和徐丽琴的注意，而魏生生嫉妒愤怒之下，把他们都杀了，藏尸之后远走高飞？"

"魏生生父母死得很早，没有兄弟姐妹，也没有什么朋友，二十几年前应该属于社会名流那类，我已经尽量打听了，没什么线索。"刘怀忠说，"至于和他老婆、情人走得很近的朋友，那倒是没听说。"

"如果那具男性的白骨真的是魏生生，那会是谁杀了他？"赵建国想不通，刘怀忠也想不通。

八

白月搬到了她朋友家，她朋友和男朋友共租了一套比较大的公寓，可以把一个房间转租给她。这样下来她就不再是一个人住，感觉上也会比较安全。

"洪欣？"她把房间里的东西放好以后，到隔壁房间去敲门，"出来一下，我们晚上吃什么？要出去吃饭吗？我请客。"

咔嚓一声，却是身后的大门开了，她回过头来，只见洪欣的男朋友，他正提着一塑料袋东西进门换鞋，看见她在敲门，笑着说："洪欣刚才出去了，房里没人，你可能忙没听见。"

"不好意思。"白月知道洪欣的男朋友姓魏，"是小魏吧？幸好有你们收留我，不然我还不知道到哪里去流浪呢！"

"怎么会，晚上我请你吃饭吧，晚上洪欣有事，我就代替她请你吃饭了。"小魏很爽朗，白月也不怎么推辞，她和洪欣很熟，让她男朋友请一顿晚餐有什么？"那好吧，就楼下吃泡椒田鸡好了。"

"没问题。"小魏笑起来眼角有条细细的笑纹，映得眼角下边那颗小小的黑痣一闪一闪的。

她回房去继续整理东西，因为要换衣服，就关起了房门，整理了一会儿，突然看见门缝底下有两截黑影，像是一个人站在了她房门前，被灯光打过来的脚的影子。小魏？小魏没事站在她门口干什么？还一动不动的？

她一边整理东西一边不住地注意着那两截黑影，那的确是个人站在那里的样子，有时候还会晃动一下，像人站累了换一只承重腿，甚至隐约可以看到鞋子的款式。

他一直站在她门口干什么？她心里的疑惑越来越大，突然听见大厅里电热水壶里面水烧开的声音。接着啪的一声，开关跳起，开水烧好了，紧接着是倒水的声音，有人在远离她门口的地方，大厅中间的沙发边上，墙角的茶几那边倒了一杯水。

她滞住了，目不转睛地看着房门缝隙里露出的人脚的影子，听着远处墙角倒水和喝水的声音。

外面只有一个人，洪欣并没有回来。

他要怎么样站在她房门前，却能同时又在茶几那边倒水和喝水？

夜里。

唐研仍然坐在99号楼的保安室里，看着报纸。他看的是今天下午刚送来的晚报，上面有白骨案的进展新闻，案件虽然毫无起色，但是关于99号楼以及它的过去、它的原主人、它的谜团，甚至关于魏生生的一切都被记者挖了出来。

这是他今天下午看的第三份报纸了，有一份本地娱乐小报破天荒地关心起了凶案，还附加了一份魏生生生平简介，虽然做不到巨细无遗，却也和警方调查的结果相差不远。

魏生生是一个很神秘的人，别人对他都谈不上了解，他喜欢美食、喜欢女人，但从来没有看见他和哪个女人走得长久，不结婚，也没有私生子，很有钱，却没有任何营生。

"唐研！唐研！"已经是晚上七点钟，晚饭时间了，唐研拆开一盒泡面，还没有泡就看见容小促连蹦带跳地冲了过来，"我想到了！你那捡到的东西一定和9楼有关！可是我想到了……你那……那……"他吞了口口水，脸色死白死白的，"你那四张照片，照片里的男人都是同一个人！"

电热水壶响了，唐研慢慢地把水倒进泡面盒里，盖好，压紧，才说："你看错了。"

"我没有看错！"容小促有点儿激动，"我在公司里专门修图的，今天做图的时候突然想到，他们有很多细节都是一样的！是同一个人！"

"是同一个人，但是修过照片？"唐研笑了起来，"二十年前还没有修图的技术吧？"

容小促非常坚持，"那就是同一个人。"他有点紧张，"你……你你你先把照片拿出来。"

唐研从抽屉里拿出那个镜框，摊开四张照片，容小促指着四张照片里四个男人的眼睛，"右眼比左眼大一点儿，脸上都有一点儿痣，如果这个人突然胖了二十斤……不，胖了三十斤，长高了十几厘米，他就变成了这个……"他指着坐在轮椅上的男人和中药店里的男人，

"他要是再胖二十斤，他就变成了这个……"他指到镜框里最上面一张照片那个最胖的男人，"长胖二十斤的时候，再变矮十几厘米。"

"你是说——这个人就像弹簧一样，想拉长就拉长，想压扁就压扁？"唐研微笑，"除了高矮胖瘦以外，他还有皱纹呢。"

"对！"容小促激动得像突然遇见了知己，"既然他能变高变矮，为什么不能随便把自己变年轻和变老呢？这是一个怪人……"他显然对9楼四个房间里发现的白骨非常介意，"我认为，这四个女人被这个怪物欺骗，最后被这个怪物杀死在9楼。"

"我认为……"唐研微笑着，看着那四张照片，"他改变形象的目的，是为了尽可能多地获得后代。"他喝了一口茶，神态很轻松，就像在和退休的老爷爷谈论天气，"作为一个'人'，只能结婚一次，他要尽可能多地繁衍后代，就必须在没有结婚的情况下，让女方愿意为他生下孩子，而不是去打胎。要让一个女人没有获得任何保障就为他生孩子，他们之间必然要有'爱情'或者'利益'——我猜，他改变形象都是为了这个目的，为了迎合他选中作为母体的人。"

容小促难以适应话题突然改变得这么快，并且唐研的设想比他更大胆："为了生孩子？可是二十几年前也有很多人生两个或者三个，计划生育还没有那么严格啊！"

唐研放下茶杯，那劣质的玻璃茶杯在与桌面接触的时候发出清脆的"咔啦"一声微响。虽然玻璃茶杯很寻常，那杯里茶水的颜色却是清澈翠绿得赏心悦目。

"那是因为每一个母体在生完孩子以后，都会被他杀死……"唐研说，"我猜，很可能是因为婴儿长得和普通婴儿不太一样。"

一个变形人的孩子，究竟会是什么样子？变形人没有运用他的能力的时候，他不改变样貌的时候是什么样子？是像个普通人还是只是一团没有形状的烂肉？谁也不知道。

"所以有一个变形人和四个女人交往，在她们生下孩子以后将她们一一杀死，再将她们碎尸，藏尸在房间里？"容小促喃喃地说，"按照这样说，那个变形人很可能就是魏生生……魏生生在古宅长大，后来成了这栋楼的主人。如果是他的话，要在自己的房子里藏几具尸体太容易了，问题是——如果变形人就是魏生生，那一具被分尸的白骨又是谁？"

白月惊恐地听着门外的动静，小魏的影子还在门口，她想不明白为什么他一直都在门口，他贴在她门口干什么？窥探她有什么动静？她……她又能有什么动静值得人窥探？还有外面是谁在喝水？到底是谁在喝水？

她换好了衣服，再也没有心情整理东西，她必须弄清楚外面是怎么回事，到底是因为自己是惊弓之鸟过分敏感，还是外面……外面的确有什么古怪存在？

这个房间有一扇窗户，但是没有另外能通向大厅的地方，她无论如何不敢去开门，只想从另外的地方看一下外面是不是有其他的人在。想来想去，打了个电话给洪欣，洪欣却始终没接，不知道去了哪里，可能没听见铃声，只好打给容小促。

"喂？"容小促的声音好像还很兴奋，不知道在和谁聊天聊得很高兴。白月压低声音，"喂？小容，我有件事请你帮忙，你能不能现在到新乐花园87号A座606来接我？"

"怎么了？"容小促很惊讶，"在朋友那里不能住吗？"

"总之，你赶快来。"她迟疑了一下，"你有朋友吗？带两个来，我觉得这里有点儿……古怪……在十五分钟内来，快点儿！"

"好，你先在那儿别怕，我马上来。"容小促答应得很干脆，她有点儿安心，"谢谢啦，快点儿来。"

"怎么了？"在容小促那头，有人问。

"白月说，她那里好像出了点问题，叫我找两个人去接她出来，"容小促抓了抓头皮，有点儿傻笑，"说得好像被人绑架了一样。"

刚刚吃完泡面的唐研也刚好看完一份报纸："我陪你去。"他整了整报纸，把它放在一边，顺手把今天帮小区代领的包裹叠整齐，登记好姓名和楼座，"我到点换班了，晚班马上就来。"

"也好，她在新乐花园，离这里不远。"容小促没带什么东西，拍拍口袋就要走了，"我先去看看，你换了班也来。她一个女孩子不要出什么事了，在新乐花园87号A座606，到时候电话联系，我电话是……"

唐研含笑点头，"去吧。"他用笔在纸上记下容小促的电话号码，容小促囧了，"大哥，你的号呢？"

唐研的笔迹清晰漂亮，不是行云流水一团潦草的那种，像清秀的楷书，一笔一画清清楚楚："到时候我会打给你。"

"啊……我走了。"容小促有点儿郁闷，和唐研聊天聊了一下午，他还以为已经是朋友，结果人家连个电话也不肯给，但一转头他又高兴起来，心里窃喜——你不是不给电话吗？待会儿等你打给我，难道我还没有你的电话号码？

他高高兴兴地走了，唐研继续写交接清单，写得清清楚楚，一样不差。

九

　　白月给容小促打完电话以后，安心了一点儿，开始想办法看一下大厅的情况，门口那脚的影子还在，无论如何她也不能明白为什么它会在那里。如果那影子不是小魏的脚，也许她就能安心了。

　　有什么办法能看到大厅？门缝？她从把手这边的门缝往外面望过一次，但门缝被什么东西遮住了，看不到，地上的那条细缝只看得到光和阴影，太贴近地面眼睛很难凑得下去，她想出了一个办法。

　　她的房间是没有办法看到大厅的，但是洪欣这套房子的格局是大厅在中间，两个套房在大厅的左右两侧，大厅有个阳台，阳台和大厅之间是落地玻璃拉门，而她的房间的窗户与阳台是在同一侧，如果她能把一面镜子通过这边的窗户，放到阳台的防盗窗上，再在这边的窗户旁架一面镜子，只要镜子的角度合适，她就能看到大厅。

　　但是这个设想很难实现，放在阳台上的镜子必须和大厅成45度角，而她要通过什么东西才能把镜子放到阳台上去？她往阳台那边探了下头，正要放弃这个荒诞的设想时——突然看到阳台再过去，洪欣房间的窗户上，隐约有些奇怪的痕迹。

　　现在是晚上七点钟，天已经黑了，但整个小区灯光还是很明亮。在外墙夜景灯的照射下，可以很清楚地看到洪欣房间的窗户上，包括防盗窗上喷溅了一些暗色的痕迹。

她甚至通过那房间防盗窗上的不锈钢条的反光，可以感觉到那房间里有什么东西在动。不锈钢条擦得很干净，窗里窗外的光源很稳定，如果不锈钢条上的光会变化，一定是因为屋里有东西在移动，改变了屋里那些能反光的东西所反射的光。

屋里有活动的东西——而小魏刚才说洪欣不在——窗上的暗色痕迹——奇怪的一直贴在自己门口的脚的影子——洪欣的电话打不通。

难道说——洪欣出了什么事？她的惊恐达到了前所未有的地步，拿出手机，开始颤抖地打电话报警，这里到处都不对劲，一定有什么古怪！

笃笃两声，门外小魏敲门了，她完全没有听见他走过来的声音，只听他说："白月，整理得怎么样了？我饿了，下去吃泡椒田鸡。"

"哦……"她心惊胆战地应了一声，"再等我一会儿，我把剩下的弄好，一会儿就好了。"

门外"哦"了一声："我等你。"

门缝下的影子没有变化，还贴在那里。她惊恐地缩在远离房门的地方，紧贴着墙，转头就能看见洪欣那防盗窗上扭动着的光影，全身都是冷汗，每一秒都像永远过不完一样。

容小促怎么还不来？

她几乎要绝望了，她有一种直觉——开门出去——一定会看见自己绝对不想看见的情况，一定会有自己绝对不想看见的东西！

他在门口，她不敢说话，只能小心翼翼地发了条短信给报警平台，说自己在新乐花园被绑架了，求助。

又过了一会儿，容小促还没有来，房门倒是又响了，小魏又敲门了："白月？吃饭了。"

"我突然有点儿不舒服，今天不想吃饭，你自己吃吧。"她满头冷汗，虚弱发抖的口气倒不是装的。

"你不舒服吗？"门外小魏的声音好温柔，"让我看一下，要不要送你去医院？"

她寒毛直立，惊觉自己是找了一个绝烂的理由！"不用，我休息一下就好，不用麻烦了。"

"那怎么好？你是洪欣的朋友，我要代替她照顾你的……"门外小魏笑了，她听到"代替"两个字几乎要尖叫，那是什么意思？只听门把手咔嚓一声，慢慢地开始转动。她想尖叫却叫不出声来，耳膜极度充血，心跳声震耳欲聋，甚至盖过了开门的声音。

门开了。

白月瞪着房门口，终于发出了一声惨绝人寰的尖叫："啊……"

"啊……"

新乐花园响起了一声惊人的惨叫，花园里散步的人们被吓了一跳，谁家又在看恐怖片？声音开得这么大，想吓死几个人？

容小促刚刚踩进新乐花园，就被这声惨叫吓了一跳："白月？"

他开始往A座606狂奔，连电梯也不等了，直接跑上6楼。到了6楼楼梯口，容小促喘着粗气，突然发现在606门口站着个人，十分镇定，那衣服也很眼熟。他傻了眼："唐……唐研？"

唐研微笑，点了点头，说他正要去敲606的门，尖叫声就是从这里传出来的，容小促就出现了。容小促糊涂了——他觉得自己已经来得够快了，唐研不是还要等交班吗？怎么能来得比他还快？"你怎么来的？"他忍不住问。

"搭公交车。"唐研说。

容小促呆了一下，新乐花园离99号楼不过十分钟的路程，公交车只有一站，他也要搭公交车？顺利的话是会比他走路快一点儿。

"白月在里面。"唐研提醒他，"踹门吧，我刚才敲过了，没人开。"

"白月？"容小促又敲了两声，里面突然又传来一声凄厉的尖叫，"啊……"

嘭的一声，容小促撞开大门，和唐研一起冲了进去。

房门打开的时候，白月没有看见什么小魏，也没有看见洪欣。

她看见的是一张软扁的人皮和一团布满血管形状模糊的怪物。

原来一直贴在她房门外的只是一张人皮，而一直和她说话的、会在沙发那边喝水的，是这团血肉模糊的怪物！她发出了一声惨绝人寰的尖叫，整个人软了下去。当人看见超过自己承受力的东西时，有些人会奋起反击成为英雄，而她是脑子一片空白，整个人都傻了。

那团怪物笑了："你要是笨一点儿，没发现什么问题，爱上我，给我生个孩子再死——那有什么不好？太精明只会让你早死。"

她木然没有反应，不能相信这是现实。

那团怪物爬了过来，突然变化成人形站了起来："你这么快去和洪欣做伴，她应该会很高兴的。"

"洪欣怎么样了？"出乎怪物的意料，已经吓傻的白月突然问了一句，"你把她怎么样了？"

"没怎么样，"怪物笑了，"她爱我，自愿给我生孩子，你情我愿，结果让我很满意。"

"她的屋子里有东西，她……她还活着吗？"她已经放弃反抗，木然地问。

怪物颇觉意外："你还知道她房间里有东西？如果你愿意像她一样，我也可以暂时不杀你。"

"像她一样？"她低声问。

怪物突然变长，那团扭曲恐怖的身体拉长，横过整个大厅，打开了洪欣那个房间的门，"她是我最满意的杰作，我爱她，她给了我最美好的东西。"

白月木然抬起眼看了过去。

那房间里没有洪欣。

只有溅满四壁的鲜血，一具七零八落的血骷髅，以及一个正在啃食血肉的婴儿。

那婴儿非常小，却不像初生婴儿那般皱巴巴的，而是血肉丰盈，十分细嫩可爱。

只是它白嫩的五指染满了血，白嫩的脸颊也是。

怪物非常得意："你愿意成为我孩子的母亲吗？"

白月呆呆地看着那具血骷髅，瘫痪的大脑经历了第二次刺激，突然运转了起来，她歇斯底里地尖叫起来，"啊……啊啊……啊……"她晕了过去。

嘭的一声，有人撞开了大门，冲了进来。

容小促和唐研一闯进房间，就看到那团血肉模糊的怪物，一张人皮和洪欣那几乎成为一片血海的房间。

"原来……变形人的婴儿以母体的血肉作为初生的食物。"唐研说，"真是意外。"

"谁？"那团血肉猛地化为人形，"找死！"

"小魏，"唐研一直很镇定，就像根本没看见什么，"你是魏生生的儿子？99号楼四个女人，有婴儿床，有孕妇裙，魏生生至少有两个儿子，却没有婴儿的骨骼……"他看了他一眼，"孩子上哪里去了？是你吗？"

那团血肉扭曲了一下："你是谁？"

"我叫唐研。"唐研微微一笑，"小魏，我只是想知道杀死魏生生的，究竟是他的哪一个女人。"他柔声问，"是徐丽琴吗？"

那团血肉蠕动着，突然钻入了挂在门上的那张人皮内，扭动了一会儿，"小魏"又站到了唐研面前，不耐烦地说："和你有什么关系？"

"世界在变化，物欲在变化，生物也在变化，繁殖是物种的天性。不过，你不害怕像你爸爸一样在选择母体的时候不幸撞上了其他异种，死得非常惨烈吗？"唐研说，"就算是异种，也是会有天敌的。"

小魏十分烦躁，他轮流看着唐研和容小促，容小促怯生生地看着这个"人"，小魏把他们俩轮流看了几遍，像是好不容易下了决心："那个女人是从来没有见过的怪物！她儿子把她吃光了，老头儿把她像他以前的情人那样弄干净，用油纸包起来，像宝贝一样收在抽屉里——老头儿真的爱过她！真可笑！结果那女人的骨头……她的骨头从油包里爬出来，到厨房拿刀，把老头捅死，剁了，洗干净，分到他四个情人的房间里——真好笑，她死成了一堆骨头还想着和他在一起，一家人永远在一起，骨头和骨头白头偕老？呸！死得大脑都空了，只剩一堆没有思维的骨头，却还照样在那里护着她白头偕老的梦！"

　　唐研听得很认真，容小促一脸惨白，只听唐研慢慢地说："小魏，中国人有句古话，'夜路走多了，总会撞到鬼'。"

　　小魏的脸突然白了，有点抽搐："鬼？"

　　"像你们这样的异种，以牺牲母体为繁殖的方式，为了繁殖总是掺杂着欺骗的爱情。你们的寿命很长，所选择的母体很多，那些被害的母体是什么样的心情？她们对生活曾有过怎样的期待？世界总是公平的，这个世界有魔鬼，但公平的是魔鬼并不只有一个。"唐研说，"这是个魔鬼出没的世界，无论谁走在路上，都要提心吊胆。"

　　"你是让我为了不遇上像徐丽琴那样的怪物，就永远不要找女人，不要后代吗？"小魏狞笑着，"老头儿撞见了是他倒霉，但我……"

　　他的声音突然停住了，变成了一声噎在咽喉里的古怪的声音。

　　唐研的声音依然很文雅："这是个魔鬼出没的世界，"他在微笑，"无论——谁走在路上，都要提心吊胆。做危险的事，总会遇见危险的'物'，不一定是徐丽琴，也许是——我？"

　　小魏没有回答，他已经不能回答。

　　当赵建国和刘怀忠接到警令，冲进新乐花园的时候，眼前是一片骇人的景象。洪欣的房间里一片血迹，一具七零八落的血骷髅散落在地上，大厅里一个古怪的人瘫倒在地上。他并没有死，但全身就像没有骨头一样软，可以随意扭曲成古怪的形状。

　　显而易见，屋里的血骷髅和这个扭曲的软体人一定有关。赵建国和刘怀忠立刻呼叫增援，把这个没有任何反应的怪人送去了研究所。

而新乐花园血骷髅和99号楼白骨案一起，成了轰动一时，却永远没有侦破的悬案。

99号楼的保安老黄感冒了几天，来上班复工的时候，一个年轻人提着行李嘻嘻哈哈地和朋友在门口告别，走到值班室。

"老黄，这几天有我的包裹吗？"

老黄戴着老花镜在笔迹清秀的清单上查找："8楼801……容小促啊？有，有两个，又网购什么了？这几天出门了？"

"和朋友去内蒙古玩了一星期。"容小促擦了擦汗，"刚回来就听说这里出了大新闻？哪个房间出命案了啊？"

唐研坐在前往北方的大巴车上，他的身边坐着容小促。

唐研目望远方，对着窗外青山绿水的景色微笑，似乎看得十分愉悦。容小促的怀里抱着个孩子，软绵绵的，十分可爱。

过了一会儿，容小促开口了："你是什么……品种？"

唐研打开一张报纸，开始看上面关于新乐花园的新闻，"你打算怎么样？"他指的是那个婴儿。

容小促有些黯然："我会告诉他永远不能结婚，永远不能生孩子。"

"你们物种的稀少已经证明，这种繁殖方式是错误的，它不利于种群扩大。"唐研不置可否，"你出现在99号楼，是为了你哥哥，还是为了你父亲？"

"哥哥是个意外，我和他失散很多年了……我本来是为了查清楚我妈妈是怎么死的，我原来以为她是被魏生生害死的。"容小促捂住了脸，"白月的衬衫是我拉下去的，我是为了……为了弄明白那是怎么回事。"他沙哑地说，"我想找几个人、找一点儿证据证实我的想法没有错，没想到……"

"没想到你妈妈是被你吃了？"唐研说得很平常，"但徐丽琴和魏生生结合所生的孩子，应当和变形人有所不同。"他看了"容小促"一眼，"你应当是个……稀有的杂交品种。"

容小促苦笑，他的脸慢慢地起了变化，从"容小促"变成了一张清秀甚至有些文弱的学生面孔，"但我宁愿自己是个普通人。"他望着窗外，"我想像个普通人一样生活，当年家里发生那件事后，我被普通人收养，过着普通的生活，二十年来，我也一直这样生活。"

"那样很好。"唐研看完了关于新乐花园的部分，又开始看最新的求职信息。

"你把我哥怎么了？"

唐研合起晚报，换了一本流行杂志来看："没怎么。"

年轻人张口结舌，他看着唐研放在前面座位网兜里的一只玻璃瓶，那瓶子里有些混浊的不明液体。

那不知道是什么。

文/陈浣竹

梁健美的故事得了90分，她的故事的确很精彩，她的讲述也很奇特。讲完后，全场掌声如雷，看来大家一致认为她这个故事是目前最好的一个。随后上台的是一个六十多岁的老头儿，他瓮声瓮气地说："我叫陈浣竹，今晚我跟大家分享一个发生在我和我同事身上的事情，我是火葬场骨灰堂打更人，那天晚上……"

一

叙述者：陈浣竹
身份：火葬场骨灰堂打更者

前年我在火葬场打工，经历了许多稀奇古怪的事，最终令我走上了写恐怖小说的不归路。下面我讲的是亲身经历的恐怖事件。

　　火葬场骨灰堂大院很大，足有一万多平方米，两溜儿平房，一座楼房，大致构成口字形。院子里栽满青松翠柏，白天倒没什么，一到晚上夜风袭来，但见树影幢幢、鬼气森森。境界之阴森，胆子再大的也会望而却步，何况我胆子很小。而我偏偏每天半夜必须出去巡视一圈，一走进院子里，见到院中两三盏路灯有气无力地亮着，灯光呈青白色，还照不了多远，我就心里直打鼓。但为了饭碗，还是得硬着头皮往树丛里面走。

　　一天深夜，我刚走近东侧的平房，就听骨灰堂里面咣当一声响。我本来神经高度紧张，生怕树丛里突然蹿出个什么东西来，冷不丁听到响声，吓得差点儿蹦起来。急忙用手电筒向平房里一照，照见骨灰架子上的几个骨灰盒，盒上的死人相片冲我微笑着。白天看惯了，不觉得怎么样，此时看了很不自在，只觉得死人的微笑瘆得慌。当的一声，骨灰架子顶端又响了。我连忙战战兢兢地向上一照，里层架子上隐约有幽光在浮动。还没等看清楚是哪一处格子间在响，近旁的路灯刷地熄灭了，半个大院陷入黑暗。只有我的手电筒那点儿灯光在亮。而灯光里死人照片的表情，随着路灯的熄灭，好像也变了一变。这场景跟恐怖片里太像了，而在恐怖片里接下来就会是鬼出现了。

　　我实在受不了了，本能地掉头就跑，头也不敢回就跑出了大院，去找在办公室打更的老董。老董是退伍兵出身，在火葬场干得时间比我长，也许他能知道出了什么事。我慌慌张张地跑进办公室，把老董也吓了一跳，待我结结巴巴地说了这件事后，他反而镇定下来，让我先坐在床上，稳定一下情绪，然后长叹一声："人都死了，大家都成骨灰了，还有什么不能化解的，这又是何苦呢。"

随后他给我讲解了是怎么回事，以下都是老董告诉我的。

二

叙述者：老董
身份：火葬场办公室区域打更者

其实没什么好怕的，骨灰堂有怪声其实是沈明在闹。沈明是火葬场正式职工，今年5月份与老婆吵架后自杀了，是因为他老婆搞破鞋，据说当时死得很惨。他的骨灰就安放在东侧平房，安放得非常高，有时夜里从那里经过，能听到他的骨灰盒撞架子的声音。有两三个在骨灰堂大院打更的就曾经听到过，后来说啥也不干了。骨灰堂大院换打更的换得最频繁。那时大家都说，沈明是在闹他老婆，这么闹早晚会把他老婆逮来。他老婆也是正式职工，有人就提醒她，可她说啥也不相信，照样搞破鞋。没多久，那老娘儿们就死了。大家都传是沈明在酒桌上显灵，把那老娘儿们吓死的。

安放骨灰时，老沈儿子偏要把两人骨灰并骨，别人劝他说，那两口子活着时就不和，死后并骨肯定不会消停。老沈儿子说啥也不信，司仪只好把两个骨灰盒并排放在一起，用两根红筷子搭在上面，再蒙一条红布。后来据说老沈的骨灰盒老是挤他老婆，把骨灰寄存处的人都给吓着了。老沈儿子只得把他妈的骨灰盒放在对面架子上，算是让步。就是这样，老沈的骨灰盒还经常响，大家都说那是在骂他老婆。他儿子找了多少人出马，就是化解不开。要不怎么说，不是冤家不聚头呢。

上个在骨灰堂大院打更的就是因为这事不干的，那人是从社会上找来的，也没人告诉他骨灰堂有这些事，他还特别胆大，以为火葬场没什么了不起，根本就没什么可害怕的。那时领导还没让我们半夜巡视，晚上九点来钟就可以睡觉了。结果一天晚上，那人发疯一样跑我屋来，一头栽倒在地上，嘴里直吐白沫。一看就知道心脏病犯了，幸好我身上带着药，连忙喂了他半瓶救心丸，这才救过来。

他说在睡觉前，在东侧骨灰堂撒尿——那里是撒尿的地方吗？活该他出事——就听到平房里咣当咣当响得厉害。他壮着胆子冲里骂了一句，里面不响了。他很得意，系好裤子，要回去睡觉。这时听见有人在悄声叫他，听声音好像是男的。他以为是朋友，顺声音看过去，只见声音来自一个骨灰盒。再仔细一看，盒上的相片是个男人，嘴一张一合的，原来是死人在叫他！

他跟我说这些事，目光散乱，神情恍惚，嘴唇轻轻哆嗦着，一看就知道受刺激太厉害了，也不晓得他是不是在胡说。反正他那天晚上坚决不敢回去，一定要住在我这儿，并希望我到他那儿住一晚。我又不是活腻歪了，好端端的往那儿跑干什么？他只好在我屋里打地铺，第二天早上说什么也不干了。

不过，从他的话来判断，那个把他吓得屁滚尿流的骨灰盒大概就是沈明的。实际上，关于沈明的事，在火葬场大家都知道。司机杜威是沈明的好朋友，老沈的事他知道得最清楚。

三

叙述者：杜威
身份：火葬场灵车司机

听老董讲了那些话，我不仅不安心，反而怕得更厉害了，可又不能不回骨灰堂大院。进了大院，眼见惨白的路灯灯光洒在地上，骨灰堂掩映在树丛里，我恨不得大哭一场。好容易跑回到住处，使劲把门一关，一夜都没睡好。第二天干完活，我去找杜威。火葬场正式职工工资很高，他们往往看不起我们打工的，杜威也不例外。但一提起沈明，他就来了兴致，滔滔不绝地讲起来，以下都是杜威所说。

我和老沈是十几年的关系了，经常一起出车接死尸，晚上一起在停尸楼值班、喝酒、打麻将，关系比谁都铁。他这人小心眼儿，还非常好面子，遇到点儿事容易想不开，但轻易不跟别人说，总爱憋在肚子里。有时晚上喝酒喝大了，才跟我透露一句两句。照我看，老沈不适合干我们这行，因为他对死人有一种奇特的恐惧，他看死人的眼神都不大对头，就像以前曾经被吓破了胆，现在重新见到后连抗拒都不敢。而就是这样的人，居然自杀了两回，还都是在坟头上自杀的，你说稀奇不稀奇？

第一次自杀我还赶上了。那天要去拉死人，怎么找也找不到他，给他打手机还关机，我只好一个人去拉，一天里拉了好几趟，快把我累死了。下午可算清闲点儿了，东沟村的人来找上门来。东沟村就是火葬场围墙外那片大田地，地里有一些坟头。东沟村村民中上岁数的不愿火葬，死了以后就直接埋在自家承包田里，所以站在大道边放眼一望，能看见不少坟头。

东沟村的人说，有个人喝药了，倒在地里，好像是我们司机，快点儿找个人去看看。我们赶快跑过去，我还没忘开着灵车跟过去。到了那块地里一看，果然是老沈趴在一处坟头上，脑袋歪着靠在手臂上，已经奄奄一息了。他目光涣散、神色呆滞，嘴角上还淌出白沫子来，几片药片散落在坟头上，地上还有半瓶白酒。我们急忙七手八脚把他抬上车，送到医院抢救。那医院看见灵车去，还以为去收死人呢，看见从车上抬下人来，都以为是让他们抢救死人呢。

老沈抢救过来后，我们都去看他。他只说那天心情不顺，喝了一点儿酒，恍惚中听到地里有人喊他，就走了过去，看见坟头上有人站着，给他东西吃，他稀里糊涂地吃了下去，后来就不记得了，醒来就躺医院里了。大家听完都不自在，都在火葬场上班，这里本来就挺邪气的，外面还有那么多坟，现在又出了一个大白天叫鬼迷了的，以后谁还能安心干活呀。但谁都不好说什么，都劝他安心养病，千万别胡思乱想。

后来他出院上班了，晚上值班时在一起喝酒，他还坚持说是让鬼迷了，但又说那天心情不好，跟他老婆有关。下面的话就没说，不过火葬场的人都知道，他老婆不正经，总跟人搞破鞋，还就跟同一单位的胡来，这不扯淡吗？兔子还不吃窝边草呢，这叫老沈的脸往哪儿搁？但那天晚上老沈喝多了，跟我说了实话。他喝酒喝得太多，把身子骨喝坏了，满足不了他老婆，那老娘儿们哪是省油的灯，就当他的面胡搞。起初只是为了刺激他，想叫他那玩意儿能好使。可越这么搞，老沈越不行，越不行越着急，越着急越完蛋，越完蛋他老婆越看不上他。接下来的就是没完没了地吵架，一吵架他老婆就指着他鼻子，说他不是男人，但凡他能行，她何至于出去找男人，是个男人谁能受得了这话？这日子还能过下去吗？一说这事，我都替老沈叹气，换了我没准儿也跑坟地里喝药了。

不过，自打他喝药以后，这人就不大对劲了。那天喝酒喝得太多，我出去上卫生间，解完手后，就听走廊里有动静。我们值班的地方是停尸楼三楼把头，走廊两侧是十二间单间停尸房，大白天的三楼一点儿动静也没有。你想啊，这里都是死人，要有动静不就糟了？可从走廊一过，只能听到自己的脚步声和喘气声，那得多瘆得慌。我们值班时，不是一起打麻将，就是听听收音机、喝喝酒什么的，不图别的，就图有点儿动静，要不然那种寂静能把人逼疯。今天四个司机两个出车，老沈一个人待在值班室，按理走廊里不该有动静，难道？我想起老沈给我们讲的事，难道他真的沾染了邪气？这可不是闹笑话，弄不好要出人命的。

我的心提到嗓子眼儿，悄没声儿地走出来，走廊里没人，声音是从南边第一间停尸间传出来的。听上去是呼哧呼哧在喘气，声响并不是很大，但我说过走廊里静得吓人，连心跳声都听得清清楚楚，喘气声总比心跳声响吧。我拿不定主意，是喊老沈过来看看，还是我先瞅一眼。后来一想，老沈没事爱笑话人，我还是自己先瞅瞅得了，真要看见什么脏东西，现去招呼他都来得及。

我轻手轻脚来到停尸间外，探头往里一看，只见一个人站在冷冻棺材前，难道进来外人了？我心里一紧。不过，我紧接着看清那人是老沈。但我的心并没有放进肚子里，因为就着停尸间里的灯光，我看见老沈打开了冷冻棺材。咱们这儿的冷冻棺材你也知道，上半部是透明的，底座通着电，里面常年保持零下24℃的低温，这样才能保存尸体。可老沈不仅打开了棺材，而且一边盯着尸体呼呼直喘，一边伸手摸着那具尸体。在灯光下，他两眼发直，面无血色，神色恍惚，动作僵硬，嘴唇上还有牙咬的痕迹。看他的样子很像是被操纵的，而他的神情既像是非常害怕，又像特别地迷恋。

　　那具尸体是一个老太婆，足有90多岁了，干黄的脸跟一块石头似的，就算是活着也不会有人对她有兴趣，除非是一百岁的老头。我想起老沈说过他被鬼迷的话，后背一阵寒战。老沈的喘息越来越急，就跟要犯病似的，眼窝里透出一抹幽光，好像鬼火在一闪一灭。没准儿老沈真的让鬼附体了，这念头吓了我一跳，再也不敢看下去，赶忙溜回了值班室。本来这里我也不大敢待，谁知道跟一个被鬼附体的人在一起会发生什么事，幸好另两个司机及时回来了。紧接着老沈也回屋了，司机老吴问他干什么去了，他很轻松地说出去转转，就跟什么事也没发生一样。只有我知道底细，从那时起我跟领导说，再也不跟他一起值班了，也再也没跟他一起喝过酒。

　　我说他鬼附身不是满嘴胡扯，没几天他不是又自杀了吗？死前出现这么多反常的事，不是鬼附身，又怎么解释？何况听说他这回还是死在那坟头上，我没赶上，老吴赶上了。不是被鬼迷了，怎么三番五次往坟上跑？我这里还有一本老沈的日记，他死了后，东西都给他老婆收拾走了，我是在他床底下发现这日记的，里面字迹太草，你拿去看看，没准儿你这大学生能看懂。

四

叙述者：沈明

身份：前灵车司机，现骨灰堂永久住户

确实像杜威所说，日记写得实在太潦草了，但我的字比他还潦草，还能认出个大概。下面摘自他的日记。顺便说一句，我不是大学生，只是看起来文质彬彬，外表颇能唬人罢了。

×月×日

我能上火葬场上班，既是误会，又是缘分。我这辈子最痛恨的就是死亡，因为死亡夺走过我的亲人；最迷恋的也是死亡，还是因为死亡夺走过我的亲人。我四岁那年，妈妈急性脑出血死在家里，爸爸出差在外还没回来，我什么也不懂，大冬天不会点炉子，靠着妈妈的尸体待了两天。我亲眼看见死亡改变了她的外貌，也改变了她柔软的身体。爸爸回来以后，我也就永远失去了妈妈，为此我整整哭了一天，爸爸怎么向我解释都解释不清，最后打了我一顿，我才不哭了。从那时起，我认识了死亡，认识到它的可怕，认识到它的亲切。

今天是我到火葬场上班十五周年的日子，十五年啊，人一辈子能有几个十五年，而且还是一生中最可贵、最美好的十五年。这十五年我干了什么？居然都花费在伺候死人身上。世界上还有比这更荒唐的吗？那些死人大模大样地躺在棺材里，我们则花费青春、花费精力为它服务，直到我们把生命浪费光了，也成了死人。尤其是每当看到死人们面无表情地躺着，心安理得地霸占我们的时间，我就怀疑这是阴谋，这是谋杀我们的生命的阴谋。但就算不是阴谋，又能怎样？我们活人不过是些预备死人，短促的生命里尝尽艰辛，只为了撒手西去时感到解脱的快乐而已。这样说来，我们应该羡慕死人的。

×年×月

今天回家早点儿，撞见了小萍跟人胡搞。我们以前曾有过默契，第一不能让儿子知道，第二不能在家里搞，第三不能跟一个单位的搞。小萍这么干太不像话了，要是让儿子撞见怎么办，他以后还能抬起头来吗？小萍一边搂住那男人叫他别停，一让叫我到外面等着。欺人太甚！我上去给她一耳光，一把揪开那人。那人居然是单位里的司仪小陈！这王八居然当到单位里了。

小萍挨了打一点儿也不生气，反而阴阳怪气地说，但凡我在床上能像个男人，她也不会去找别人，说完把嘴一撇，一副极其不屑的模样。我知道她指的是几年前那天晚上，那天是我妈妈逝世三十周年，为了怀念她，我喝得酩酊大醉。晚上，她偏偏要跟我睡觉，我还想体验一下当初依偎妈妈的滋味，就让她脱光了，使身体保持冰冷。一开始她还嘻嘻哈哈地答应，只一会儿她不干了，破口大骂我变态恶心，以后一吵架就提这茬儿，弄得我只要跟她上床，就想起她那副可憎的嘴脸，怎么也提不起兴趣来，怎么弄也不好使，几年下来就成这样了。

现在她又提起，我实在忍不住，跟她吵起来。小陈趁机溜了，这日子没法儿过了。

×月×日

今天早上吵架让儿子听见了，小萍疯了一样冲我叫："我就是搞破鞋了，就让你当活王八了，你能把我怎么样？"我一个劲儿向她打手势，求她别说了，儿子都听到了，可她还是披头散发地冲我叫喊。儿子脸色苍白，一头扎进他的房间，连学也不上了。我狠狠扇了她一个耳光，她倒地上撒泼打滚地哭号。我隔着门劝儿子上学去，他不理我。没办法，我跟他说不愿上学就算了，下午一定要去。

这些年我们两口子形同陌路，只有儿子是我们的联系纽带，而我也仅仅是为儿子活着。现在竟然弄得儿子伤心了，我这做爹的活着还有什么劲哪。到了班上，我的心要憋得爆炸，看什么都不顺眼，觉得再也没法儿在这里待下去了。我拿了积攒下来的一瓶安眠药，又买了一瓶白酒，坐在东沟村一座坟堆上开始喝。那瓶药我攒了好久，只等什么时候觉得再也忍受不下去了，就一把吃光。今天我本想先喝一阵子，要是心情还是不好转，再吃药不迟。

不记得喝到什么时候，只觉得全身轻飘飘的。蓦地，妈妈出现在我面前，她还是那么年轻、那么漂亮。身上还洋溢着好闻的气息，凉滋滋的，令人心醉。她伸出手来摸着我的头，动作温柔，满怀怜爱，我全身流过一阵快乐的战栗，多年来的苦恼与悲伤一扫而光，好似回到了无忧无虑的童年。自从她去世以来，这样美好的感觉再也没有过。

她递过来一把药片，说吃下去就永远没有烦恼，永远这样快乐了。我高高兴兴地吃光了，果然心里的轻松难以言表。我抱着妈妈说，永远不离开她，她微笑着看着我。我们就这样相依相偎，直到——直到我在医院里醒来。

×月×日

今天又跟小萍大吵一顿，她执意不让儿子继续念大学，除非我跟她离婚，让她跟火葬场的姘头结婚。我早就跟她过腻了，不止一次想过离婚，可儿子怎么办？他能禁受得了这打击吗？影响他学业怎么办？我坚决不同意，要离也得儿子毕业后。

小萍冲我冷笑两声，拿出一盘影碟，放进影碟机里，原来是她和姘头乱搞时录的。她说要是我不同意离婚，就把录像放网上，还标上我的工作单位，题目就叫"史上最强的王八是怎么炼成的"。我气得连扇她两个耳光，她破口大骂说，不离婚就没完，连太监都比我强，还想霸占个老婆，我配吗？

我在她的谩骂声中走出家门，只觉得天地茫茫，竟找不到能安顿身心的地方。他们当初干吗要把我从极乐状态中拉回来，把我拉回到烦恼的人生中来？不过，没关系，我可以再回去找，刀片已经预备好了，这回谁都甭想夺走我的极乐。

不过，小萍你别得意，我不会放过你的！

五.

叙述者：老吴

身份：灵车司机

日记到这里就结束了，后面的事可想而知。沈明自杀成功，得以隆重地入住骨灰堂。对他的死，我很好奇，就去找目击者老吴。老吴是一个酒鬼，不喝酒的时候那股百无聊赖的劲真令人同情。一提起老沈，他就来了精神，给我讲了许多，下面就是他告诉我的。

老沈这人够哥们儿，虽然有些窝囊，但比那些当干部的爽快，他倒霉就倒霉在他那差劲老婆身上了。据说因为他那老婆，他叫鬼迷了一次，我没赶上，大家都说现场很瘆人，不过再怎么瘆人，也赶不上第二次自杀。所以我说啊，能不能娶到好老婆，关系到男人一辈子的幸福。就像老沈，若是摊上一个好老婆，能叫鬼迷住、能死得那么惨吗？

我记得老沈死那天，天阴沉得很厉害，连我都觉得心里憋屈得很。中午时老沈又不见了，要不是徐书记召集党员开会，大家都没注意到他不在。问谁都不知道老沈干什么去了，车队队长来哪来一句，老沈会不会是又跑到坟地自杀去了？当时听这话我就一激灵。常见到老沈的说起这些日子他有多反常，大家越想越有这种可能，叫老杜去看看。老杜屁了，说啥也不去。除了老杜也就我跟他最好了，只好我去了。

我开着灵车跑到大坟地里，老远就看见老沈趴在坟头上，坟上全都是血。我赶忙打电话叫人过来。大家走近一看，老沈割开了脖子上的大血管，喉咙都割开了，还没完全断气呢，见到我们还能眨巴眼睛。张嘴想告诉我们什么事，可除了喉咙里丝丝漏气的动静，一个字也说不出来。他的眼神也说不上是难受还是着迷，反正是够古怪的。大家七手八脚地把他抬上车，一路上他流了老多的血，直到咽气后还在淌血。快开到医院时，老沈终于咽气了，可遭了不少罪。我宁可脑袋上挨一枪，也不想他那样死。

大家把这事告诉他老婆，你猜那老娘儿们说啥。她一撇嘴，说："他早该死了，现在死都晚了。"

　　一日夫妻还百日恩呢，这老娘儿们太毒了。这不算啥，还有更绝的呢。她说啥也不让儿子系孝带子，摔丧盆子，说会压运气，一辈子倒霉。老沈的儿子还是好儿子，跟他妈在火葬场大吵一通，最终还是摔了丧盆子。大家都说老沈在天上有神有灵的，绝不该饶了她，可谁也没想到报应来得这么快。

　　起初，骨灰寄存处那帮人都传，说老沈的骨灰在骨灰堂闹腾得挺厉害，越传越像回事。可老沈老婆就是不放在心上，一天到晚明目张胆挎着姘头的胳膊，在火葬场大院里闲逛。头七也不烧纸，三七也不烧纸，只有老沈的儿子一边抹眼泪一边来烧。

　　后来，老沈五七那天，我们一起聚餐。饭桌上，那老娘儿们跟姘头明目张胆地打情骂俏，全没把我们放在眼里。我和老杜实在看不下去了，就在桌子上放了一副空碗筷、一只空杯。我叫了一瓶洋河大曲，把空杯子倒满，老沈活着时喝这个喝得上了瘾。我和老杜一起对着那杯子举杯："老沈，今天是你五七的日子，兄弟们给你烧完了纸，现在敬你一杯。"

　　说完，我和老杜一仰脖，三两的杯子全干了。那老娘儿们很不乐意："吃饭吃得好好的，提那窝囊废干什么，还能吃下去吗？"

　　老杜一翻眼睛——他那德行你也知道，喝点儿酒天老大他老二，啥话都敢说，刚要说什么，那老娘儿们猛地一转头，特别诧异地盯着老沈的杯子，就像看见了多吓人的事。大家一起盯着那杯子，我刚说那没什么呀，老瞅它干什么，就看见那只杯子冲着那老娘儿们歪斜，就像有一只看不见的手轻轻推着。最令人胆寒的是，那杯子越歪越厉害，都歪成50度角了，还是不倒，还是慢慢往下歪斜。我偷空瞅了那老娘儿们一眼，她眼睛都直了，眼珠子快要从眼眶中掉出来，嘴张开就合不上，还有一点儿哈喇子从嘴角流出来，小脸还煞白，一点儿血色也没有，跟刚被狗啃过的骨头似的。

那杯子快要挨到桌面了，里面的大曲淌出一些来，顺着桌面到处乱流。在座的人都吓得一声不敢吭，眼睛直愣愣地瞪着那里。尽管是大白天，尽管饭店里全是人，尽管周围吵吵得挺厉害，但我们这间包间鸦雀无声，我还感到一股阴风从后背往上蹿，在单位每回上骨灰堂我都有这股感觉。这时候只要有一个人敢大叫一声，我们肯定一股脑儿往外跑。

老杜这时候开口说话了，可他的声音都变味了，连我们这些经常跟他在一起的都快听不出来了。"老沈，你别吓唬我们，咱们可都是好哥们儿，对谁不满你找谁去，可别对兄弟来这个。"

那杯子猛地一下立直了，酒洒出一些，就像是给看不见的手扳直一样。紧接着，老沈那双筷子蹦了起来，落到酒桌上，筷子尖齐刷刷指着那傻老娘儿们。我的心忽悠一下，那傻老娘儿们脸色都变灰了。就见那双筷子啪嗒啪嗒地蹦，古怪的是无论怎么蹦，筷子都挨在一起，筷子尖都指着那傻老娘儿们，包间里一点儿杂音也没有，光听到筷子蹦跶的声响。她可能也受不了了，猛然站起来。

"老沈，怎么咱们也是夫妻一场，你，你这是干什么？"那傻老娘儿们说话跟蚊子哼哼似的，声音很小，也非常紧张，刚才那股满不在乎的张狂劲不见了。

那双筷子刚才只是在原地蹦，这回落下来时，前进了大约三寸，而且是向那傻老娘儿们前进的。傻老娘儿们的眼睛一下瞪得老大，眼角都快裂开了，嗓子眼呼噜几声，两眼一翻，一个跟头栽倒，就势昏过去了。我们连忙一起上前，使劲掐人中，怎么掐也不醒，而且还大小便失禁。大家都说这人完了，赶忙叫救护车送医院去。到医院大夫说没救了，还说是心肌梗死。可我们大家都知道，就是心肌梗死，也是叫老沈给吓的。

后来据说在骨灰堂架子上，他们两口子还不只闹过一回，有人曾亲自看到。大家都这么传，具体怎么回事我就不清楚了。不过我想，既然都已经死了，都装进小盒里了，还计较以前的事干什么？咋就这么想不开呢？

六

叙述者：李丽

身份：骨灰堂寄存处管理员

我住的骨灰堂大院北侧一处小房子，与停尸楼共用一道墙，是从停尸楼后接出来的。这是骨灰堂大院里唯一给活人住的，晚上我就住小房子里。同时隔壁就是骨灰堂寄存处办公室。第二天，趁着所有管理员都在，我进去打听老沈的事。这些老娘儿们一个比一个兴致高，给我讲个没完，不过数李丽讲得可信，据说她是现场目击者。下面都是李丽讲的。

要说老沈这事确实很离奇，不信可真不行。先是他死得非常惨，据说血把坟堆都染红了，后来他老婆又在酒桌上被为老沈摆上的筷子吓死，才一个多月就一起死了，要多邪性有多邪性。我在寄存处干了二十多年，还头一回听到这种事。

据晚上在这院打更的说，老沈刚死不久，一到半夜他就撞架子，好像闹得挺厉害。因为这事，打更的都不干了。后来他老婆死了，并骨时我就觉得心里不大舒服。都说女人有第六感，可能那时我的第六感发作了，觉得这么干非出事不可。可人家家属偏要并骨，咱多那嘴干吗？

当天中午，我经过平房上厕所，明晃晃的阳光照在院子里，隔着老远就能看到紧挨平房窗户的骨灰盒上的相片，谁能想到光天化日的会出事。刚到平房窗户下，就听骨灰架子上哗啦的一声，我一激灵，出了一身冷汗。顺窗户往里一看，只见老沈那格里有个骨灰盒露出一半，好像是被谁推出来的，再往外一点儿就掉出来了。老沈两口子并骨可是我跟着的，真要有一个骨灰盒掉出来，领导要说我管理失误，我跳进黄河也洗不清。正好钥匙带在身上，也没多想，打开门就冲了进去。

咱们的骨灰堂都知道，三伏天里面都凉阴阴的，一到上秋我们进去都得穿军大衣。这回一冲进去，就觉得一股阴风迎面吹过来，周围骨灰盒上的照片都像饱含敌意似的瞪着我。谁在这种情况下都得想起老沈来，想起他们两口子是怎么死的。我不敢再往两边看，一边双手合十，一边念叨："老沈哪，咱们可多年同事了，千万别吓唬我啊，过年过节，初一、十五我多给你烧纸。"

我一边叨咕一边来到老沈的架子下，刚仰起头，一个黑乎乎的东西就从上面砸了下来。我吓得妈呀一声，本能地伸手接住。一看是老沈他老婆的骨灰盒，他老婆正从相片上瞪着我。我差一点儿一松手把骨灰盒摔掉，幸亏没摔，要不然我得让馆长撵回家。我连忙拉过人字梯，捧着骨灰盒，一步步登上去。到了老沈的格子前，我又闭着眼睛叨咕几句，看也不敢看老沈的相片——万一看见老沈瞪着我呢？周围可都是骨灰盒呀，若是都跟老沈一起瞪着我，我就不吓个半死，从梯子上摔下去，也得摔断脖子。

我放好骨灰盒，一咬牙，把老沈那个格子的小门锁上了。然后赶快溜下梯子，连厕所都忘了上，跑回办公室。听说老沈两口子晚上在格子间还闹腾过，吓走了好几个打更的，那就跟我没关系了。

可老话怎么说的来着？是福不是祸，是祸躲不过，我到底没躲过去。一天一个来看骨灰的进了骨灰堂，我裹着大衣站在外面等。能有两三分钟工夫，里面咔嚓一声，不是好动静。我刚要进去看看，那人就跑出来，脸色白得吓人，冲着我就喊："你们这里怎么什么都有？咋就没人管管？"

喘了几口气，他才说，刚爬上人字梯，就看见并骨的架子上一个格子间里有亮光。他好奇心还挺强的，往里一瞅，就看见两个骨灰盒在一个劲儿猛撞。他还以为眼花了，刚揉揉眼睛，一个骨灰盒转过来，盒上的相片是个男的，冲着他来了一句："看什么看？！两口子打架没见过呀。"

这可是大白天哪，这也太不把活人放眼里了。也许嫌他反应慢，那骨灰盒猛地撞碎小门玻璃，就要撞出来。他哪见过这个，给吓得连滚带爬从梯子上滚下来，还庆幸捡回一条性命。说完，骨灰盒也不看了，大骂着扬长而去。我提心吊胆进去一看，果然老沈的格子间玻璃碎了。我脑袋都大了，连忙锁好门，去找馆长。郑馆长听完后脸色也不好看，给老沈儿子打电话。他儿子倒还通情达理，同意把他妈骨灰盒移出来，移到对面，两口子面对面，各占一个格子间。

从那时起就太平多了。当然了，你们在院里打更的遭点儿罪，不过别害怕，习惯就好了。

七

叙述者：陈浣竹
身份：骨灰堂打更者
未来的恐怖小说作者

了解了这些，我什么结论也没得出来。其实这些完全可以用科学常识来解答，骨灰架子是木头的，若是太干，很容易无故爆响；骨灰堂大院晚上极其阴森，巡夜的冷不丁听到骨灰堂里有动静，是个人都会吓个好歹；受到惊吓后，人们会尽力渲染场景可怕，以掩饰胆小，特别是常自称胆大的；老沈精神上可能有点儿问题，所以对死尸对坟头很迷恋，在醉酒的状态下明明自己吃了药，却认为是他的死鬼妈妈喂的；至于酒桌上的事，很可能是恶作剧，并且极有可能就是老吴干的。杯子的事只有老吴在说，别人只提到筷子，而要让筷子震动很容易；老沈的老婆确实是心肌梗死，这一点谁都否认不了，她的死跟老沈也许一点儿关系没有。最后，那个看骨灰的很可能在说谎，也许老沈的格子间玻璃是她上下梯子时踢碎的，先编了一套话出来，以免除责任。

话虽然这么说，当天我就给老沈烧了纸。每天晚上我巡夜时经过平房，总是念叨几句。万一世界上真有鬼存在，万一生前的恩怨死后也不能消除，而人与鬼的隔阂如此之深，我们只有通过他们讲的那些细节来间接证实了。若是有人据此说我迷信，说我胆子太小，我倒要冷冷问一句：

换了你们，敢不这样做吗？

第九个故事 | 暖床

文/夜先生

　　陈浣竹的故事得了79分。他下台后，上来的是一个叫张晓明的人，他看上去很年轻，似乎是个大学生。他说："今晚要跟大家分享的这个故事，是我一个同学写的，故事其实并不恐怖，但是很瘆人。我当时看完后，心中纠结得不成，故事是这样子的……"

一

　　我们是两个月之前搬进这间屋子的。

　　你们也知道，虫虫已经三岁了，我们原来那所小房子实在挤不开。

　　租的这所房子房租相对来说很便宜，一楼，带个小花园，花园里那么多的花花草草，想想就令人舒心不已。

房东人很好，很热情，原来房子里有很多旧家具都留了下来。

你们看，这镂空的圆桌，这些木椅子，还有墙上这一扇扇现在用来做装饰的门板。你摸摸这木头的质感，房东说，这些门板虽然颜色有些脱落，却是从南方某个闭塞古朴的小镇上的一户人家买来的，据说是清末的东西。

两个月前，搬来的第一天晚上，屋子里空荡荡的，只乱七八糟堆放着我们所有的打包行李。我跟老公坐在木椅子上累得不想动，那天晚上虫虫睡得很早，我们就偷懒，下了一锅方便面，收拾出一张床，仅此而已，实在是很累，只想随便吃点儿什么赶紧睡下。

也就在吃饭的工夫，我听见屋子里某个角落发出了"吱嘎"一声，很尖细、很幽深。当时只觉得饿，我也没在意，以为是错觉。

吃完饭，我跟老公谁都不想动，也不想说话，就懒洋洋地靠在椅子上，屋子里很沉默，屋顶的灯光和蔼温柔。

"吱嘎——"

突然，又是一声。

清晰得好像一枚摁钉摁在我们的脑海中。

这是个无比幽静的小区，那天已经是晚上快九点了，窗外已经到处漆黑，只有昏黄的路灯一点一滴；我们之前从没住过这么大的房子，"吱嘎"的声响在空气中爆发，然后像炸裂一般，在墙壁上来回撞击。

我有些害怕，老公不是个迷信的人，他的第一反应是，是不是哪儿的门没有关好？于是，我们分头行动，把所有的屋门、窗户甚至连桌子、椅子、墙上装饰用的门板都仔仔细细地检查了一遍。

什么都完好无损。

就在我们刚刚坐定的时候，"吱嘎——"又是一声。

那一瞬间，我的头皮像被人用镊子揪起来一样，一身的鸡皮疙瘩，汗毛都立了起来。

是开门的声音？

我们都这么觉得。

房子的隔音效果好，听不到任何楼上或者隔壁传来的走动、说话、撞击的声音，这声音也绝对不像从隔壁传来的，它就发生在我们的屋中。

是开门的声音？

我们俩突然双眼望着墙上一块块古朴的门板，是啊，这屋里有好多门，是曾经从一户人家的屋上硬生生拆下来的。

二

我跟老公听这个故事的时候，是坐在小曼夫妇新家的客厅里。

他们夫妻俩租的房子，住了两个月，一直说要请我跟老公去做客，但一直没机会。

我跟小曼是从小玩到大的死党，几乎同时结婚同时怀孕又同时生子，真是说不清的缘分。

中午吃了顿美味之后，我的儿子丢丢与小曼的儿子虫虫都玩累了，呼呼地睡起午觉来。我们把他俩悄悄关在虫虫的小屋里，终于可以坐下来悠闲地聊聊天。小曼说她的老公小欧还在公司加班，我们边等他，边听小曼讲述他们两口子搬家之后的奇遇。

故事很长，屋外一直下着细雨，噼啪噼啪地落在院子里，我不经意地看了一眼。窗外的一棵老树上正开着一种陌生的白色小花，花瓣碎碎的，一片一片被雨水打落。

三

那天晚上，我们没法儿入睡。

这"吱嘎"声到底从何而来？

很清晰，很清晰，就是开门的吱嘎声，很老很旧的那种木头门才有可能发出的吱嘎声。

时间已经很晚，我跟小欧蜷缩在床上，竖着耳朵仔细听着。

这竟变成了一种周而复始的折磨，每一声响过，都是死寂。我们提心吊胆地等待着，等待着下一声的出现，毫无规律，毫无征兆，时间一分一秒，心脏咚咚直跳，在你觉得可能不会再响的时候，那一声突然出现，干脆利落，毫不拖沓，心好像扑通地沉了一下，又瞬间提到嗓子眼，下一声什么时候来？

我说，我们不租了吧？毁约退房吧？

老公小欧不想。

这房子我们第一眼就看上了，完美得无可挑剔，合同一下子签了三年，房租直接交了一年。房东说他们永远不会卖，只要我们爱惜这房子，就绝对不会赶我们走。我们白天的时候还梦想着租十年甚至更长呢，怎么能说走就走。

我们几次三番去虫虫的小屋，这孩子始终在小床上睡得死死的。是不是我们的错觉？为何孩子没有任何反应？

或许是太累的缘故，我们终究还是睡着了。

醒来的时候，已经是早晨六点多。

屋外的阳光很好，我们的四肢健全，家里没有出任何意外，什么都没发生，不是吗？

我又仔仔细细地把屋子里各种木制的桌子、椅子、墙上的门板什么的全部检查了一遍，没有松动，没有声音，难道真是屋外的声音？是我们昨晚太紧张，听错了声音的来源？

忙活着，我要送虫虫去幼儿园，一开门，楼梯口站着一个老太太，穿着一身青色的褂子、黑色的裤子、一双绣着花的布鞋。我之所以把她打量得这么仔细，是因为这身打扮太像电视剧里古代大宅门里的老妈子了。

老太太回过头，冲我微微一笑，笑容非常慈祥，她说："听说你们是新搬来的？"

我点点头，随口说："对啊，大妈。"

"哦，我就住你们隔壁，有什么需要就说一声。"老太太继续说。

"谢谢您了，"听到这儿，我想起什么似的突然问，"对了，大妈，昨晚您没听见什么响声吧？"

老太太有点儿吃惊地愣了一下，问："怎么了？"

"哦，没什么，"我赶紧说，"我儿子才三岁多，很闹腾，晚上不肯睡觉，又哭又闹，怕吵着您。"

老太太急忙说："不碍事不碍事，小孩子的声音一点儿都不闹心，听着很开心。"

我心里一愣，昨晚虫虫压根儿没有醒过，我们只听到过吱嘎的响声，老太太真的听到了孩子哭声？

见我没有话说，老太太转身回家，她从我身边走过的时候，我看见她花白的头后插着一支银色的发簪。

四

小曼喝了口水，接着说："往后几天都是这样，白天我们都不在家，晚上就是孩子闹腾，什么都没发生，我们俩的神经也慢慢松弛下来了。唯一的一点是，我们每天早晨送虫虫去幼儿园的时候，总能在门口看到邻居那个和蔼的老太太。"

"呵呵，你应该在阳光下仔细端详端详，这老太太到底有没有影子。"我开玩笑地说，"鬼，你知道的……"

"我总是在楼门口见她，那里压根儿没有阳光。"小曼很严肃地说。

"哦？"这多少出乎我的意料，于是我再次半开玩笑地说，"那你们应该看看她是不是每天穿的衣服都一样。"

"是啊是啊，"我老公在旁边笑着应和，"鬼也好，幽灵也好，脏东西都是不换衣服的。"

"衣服也换的，每天都有不同，只是都是一样的老旧款式。"小曼表情依然很紧张。

我皱了皱眉头，没有说话。

"唯一不变的，"小曼吞咽了一口唾液，"是她头后的那支银色发簪。"

说着，小曼摸索着从脑后将一根银色的发簪抽出来，放在桌上。她的头发散散地落下，夹在脸颊两边。

我们看着这支古旧的发簪，上面刻着一行看不懂的铭文。

"就是这支。"小曼幽幽地说。

五

又过了几天，周末。

我们去了我爸妈家，晚上老爸很开心，小欧陪着他多喝了几杯，吃饭的时间有点儿长，虫虫已经睡着了。

我们打车回到家，安顿好虫虫，小家伙睡得死死的。说来也奇怪，这小家伙以前睡觉总是爱折腾，自从搬了新家，睡在房东留下的小木床里，反而一睡不起。

洗漱完毕，我跟老公躺在床上，响声又来了。

不知道是不是因为酒精的缘故，这声音听起来格外刺耳，每次吱嘎的声音，都好像被擀面杖擀过一样，格外绵长瘆人。

我冲下床，惊慌失措地打开了屋里所有的灯，把耳朵紧紧贴在墙壁上，到处听。

会不会是隔壁的老太太？她为什么穿得那么古朴？像个地道的南方人。她的口音为何那么奇怪？她为什么看我们孩子的眼神那么奇怪？她为什么只有一个人住？我问了一连串问题，问得小欧哑口无言。

他不耐烦地跟我说，别胡思乱想，去看看虫虫睡得怎么样吧。

我悻悻地去了，没想到，一打开虫虫屋的灯，我立刻惊呆了——

虫虫依然睡得很香，可是露出的一只小脚丫已经变成了酱紫色。

什么时候变的？

我完全没有印象，没有察觉，怎么会这样？把他放在床上给他脱小袜子的时候，还不是这样的。

我们赶紧忙起来，虫虫的体温正常，皮肤正常，呼吸正常，不痛不痒，被我们叫醒，只哼唧了几声就又睡着了。

要不要送医院？我们反复斟酌，觉得这么晚了，孩子也没什么别的反应，还是等到天亮吧。

我还是很惊慌，把虫虫从小床上抱起来，一直抱着他坐在客厅的沙发里，不停地抚摸着打量着他酱紫色的小脚丫。虫虫依然睡得很香，一动也不动。

"吱嘎——"

突然，又是一声！

他妈的，他妈的！小欧突然疯了似的骂道。自从搬进这鬼屋子，自从有了这响声，我们的神经就绷得紧紧的。

可是，随着这声吱嘎声，虫虫猛然惊醒，他双眼呆滞，腿脚乱蹬，浑身抽搐着，身体越来越冷。我们给他掀开被子一看，他的两只小脚都已经变成了酱紫色，并且小腿上的颜色正在一点点地变红、变紫、变黑。

我赶紧给他裹上小被子，甚至脱光自己的衣服，把他紧紧搂在怀中。虫虫像个冰块似的，凉得我浑身哆嗦。这孩子的嘴唇开始变紫，哭声却一浪高过一浪。

我完全崩溃了，只知道抱着他哭。小欧不知所措地站着，茫然地看着墙上的所有门板。

就在这个时候，屋里的固定电话响了。

这固定电话是房东留下的，说先保留着，可能会对我们有用处。

午夜十二点，电话铃响。

我多少受了一惊，诚惶诚恐地接起来，里面有点儿刺刺拉拉的响动，然后是一个老太太的声音："为什么，咳咳，今晚孩子的哭声这么奇怪？"

我讶异着，完全不知道该说什么。

老太太的声音继续着："孩子是不是离开了他的小床？"

我依然哑口无言。

顿了顿，老太太仿佛认为沉默就是肯定回答，她有些气急败坏地说："孩子在天黑之后是不能离开他的小床的，这是规矩，你难道不知道，孩子小床的床板也是一扇门？"

"吱嘎——"

六

说到这里，小曼的眼泪已经开始在眼眶中打转。

客厅里的固定电话突然响起，吓了我们一跳。

小曼忍住了泪水，接起来，能勉强听到好像是个老太太的声音，但听不真切，只听到小曼断断续续地说着："妈……你们进来吧，我朋友在这儿呢……不进来了？没关系啊……那好吧，你等等，我给你们送出去……"

放下电话，小曼冲着我们说："对不起，我妈在外面等着呢，要我把一大包虫虫穿小的衣服送给她，她拿回去送人……怎么叫都叫不进来，怕打扰我们……"

我微微笑着表示理解。

小曼拿起桌上的发簪，重新插好头发，起身，走进了虫虫的小屋。

我跟老公坐着，继续喝着小曼给我们泡的茶。老公仔细打量着墙上挂的每一块门板，他皱着眉头，表示看不出任何端倪。

时间过得很慢，我抬头看了看表，不禁嘟哝了一句："丢丢今天睡得这么乖？一点儿声音都没有。"

老公也是一愣，我们刚站起身，准备去看看，小曼从小屋里出来，提着一个大旅行包。她轻轻地关上门，冲我们微微一笑："都睡着呢，睡得很香很香，估计还要等会儿才能醒。"

说罢，她就冲门外走去。

我有些恍惚，总觉得小曼的神色不大对劲，愣神的工夫，她已经走出屋外，将屋门也关上了。偌大的屋子空荡荡的，两声关门的声响好像久久不肯散去，嗒嗒……嗒嗒……门关上了，两扇门都关上了，我的脑海中下意识地出现了一句话："有些门关上了，就打不开了。"

七

想到这里，我赶紧冲到大门口，发现屋门真的已经被锁住了，我们被锁在这个房子里。

“怎么可能？”老公完全不相信我的话，“这是他们的家啊，到处都是他们的东西，小曼是你最好的朋友，怎么会害我们？”

我已顾不得那么多，疯狂地拍着虫虫房间的小门，这该死的门怎么这么结实？他妈的！他妈的！

那小房间里，丝毫没有声音，我们的儿子丢丢怎么了？他还在不在？他怎么一点儿声响都没有？

小曼他们究竟做了什么？

丢丢……丢丢！

我跟老公心痛得如刀割一般，我疯了似的拍打着窗户，朝窗外叫喊。她才刚出门，她不会走远，她应该能听见，我们是最好的朋友，有什么问题不能解决？可是，这个歹毒的女人没有回来。老公到处翻腾着抽屉、柜子，渴望找出什么钥匙、斧子之类的东西，先把小门打开。

什么都没有，小曼什么都没给我们留下。

这个女人到底对我们做了什么，对丢丢做了什么？他为什么如此的安静？难道连我们的声音都听不见？或者，他早已经不在了？

“丢丢……丢丢……呜呜……”我哭着朝门里喊着，我希望这个三岁的孩子如果还在的话，能听到妈妈的喊声，能回应一声，让妈妈放心。

可是没有。

老公已经快要绝望了，他咬着牙一次次撞向小屋的门，一次次用脚狠狠地踹，那扇门却像叹息之壁一般坚不可摧。

此时，我们已经看不到小曼，她拖着行李箱快速走向路边停着的一辆车。她在痛哭，哭得泪水决堤。在车飞快地开走之后，她缓缓地拉开行李箱，拨开上面覆盖的几件小衣服。箱子里蜷缩着一个浑身赤裸的男孩，双脚上沾着黑色的血脓。这孩子傻傻地盯着小曼，良久，他喃喃地叫了一声：

　　"妈妈。"

八

　　刚才，虫虫的房间里。

　　小曼一进门，就用脊梁紧紧地堵住房门，双手死死地捂住嘴，哗哗地流着眼泪。

　　虫虫跟丢丢，两个只有三岁大的孩子正一起躺在木制小床上，呆呆地瞪着大眼睛。

　　小曼稳定了一下情绪，走到小床边，再次拔下头后的银色发簪，她脱下虫虫脚上的袜子，抬起两只已经变黑的小脚丫，用发簪在脚底戳了两个梅花形的创口，孩子因为疼痛扭动的双脚让她心疼得将发簪掉落在床上；看着黑色的血汩汩涌出，小曼轻轻地抚弄着两个娃娃的头颅，抚弄着他们头上软软的毛发，接着，她狠狠咬着牙，扭动着孩子的头，让他们面对面、让他们嘴对嘴地接触到一起。娃娃们始终没有哭，始终安静地听从着摆布，像两个玩偶。

　　在嘴对嘴地亲上之后，虫虫的眼珠开始泛白，他张大着嘴巴，好像要把丢丢整个儿吞下似的，两条小腿也不停地到处伸展。丢丢没有任何反应，被动地按收着。小曼的手在他头上轻轻地抚摸着，

抚摸着，让他感到无比舒坦。

小曼松开手，大口地喘着气，她感到窒息。她眼睁睁看着自己儿子的脚丫毫无征兆地破皮、流血，看着自己儿子中魔一样地亲着另外一个孩子，那是自己最好朋友的亲生骨肉。小曼不知道心中是痛是伤还是什么复杂的情感，她只是看到自己儿子突然浑身打了一个冷战，创口停止了流血，两只小脚丫终于恢复了原来的肉色。

此时的丢丢依然老实地躺着，像个正常的孩子一样，虫虫在他的脸上咬出了血痕，可是他丝毫没感到疼。

小曼的双腿几乎瘫软，她怜惜地抚摸着丢丢的头发，眼泪啪嗒啪嗒地掉在这个可怜孩子的脸上。没过几秒钟，小曼听到了屋外的响动，一瞬间，她的表情幻化成冷酷，死一般的冷酷。这个女人快速走向床边，抱起自己的儿子虫虫，将他的衣服剥光，她仔细而迅速地来回翻转检查一遍，看到虫虫浑身上下的皮肤白皙而稚嫩，只有脚上还挂着一点儿黑色的血污。于是，她马上打开早已准备好的行李箱，将虫虫放进去，又胡乱放上几件衣服。

她的身边，小床上，最好朋友的孩子正瞪着眼睛麻木地看着她，但她不敢再看一眼，只是拿起那支带血的发簪，随意盘了一下头发，咬着牙关上行李箱，拖出小房间。面对着最好的朋友，撒着早已编好的谎言，她的儿子就蜷缩在自己的脚边，同样睁着眼睛，看着彻头彻尾的一片黑暗。

小曼不敢久留，她已经抑制不住自己抽动的脸与滚烫的热泪，她不顾一切地走出去，关上门，带着亲生的儿子逃离这个墙壁上到处是门板的魔窟。

九

我跟老公绝望地站在如此陌生的客厅里，我们的手机、钱包都被该死的小曼早早藏进了她儿子的小屋。

我拿起客厅的固定电话，发现电话压根儿无法拨出，连110、120也不行。这个贱女人编了一堆谎言来欺骗我们，到底为了什么？

老公挨个屋、挨个抽屉地寻找一切可能使用的工具，一无所获。换句话说，这个所谓的家，除了桌子上摆的一些什么花里胡哨的摆设，除了几个锅碗瓢盆，什么都没有。小曼告诉我们，她这两个月太忙，几乎没怎么收拾，只是简单地住下而已，原来是她早就想离开。

我趴在小屋的门边，哭个不停。

老公像疯子一般冲进客厅，将墙上挂着的一块块门板大卸八块。

屋子里发出哐哐的巨响，门板被狠狠地摔在地上。我跑过去大叫着制止他，告诉他这么做，除了制造出噪声毫无用处，却马上跟他一起，愣在客厅里。

我们没有想到，客厅的墙上居然还有一扇门——一扇同样古旧的门——没有把手，没有锁，光秃秃的，什么都没有。

"吱嘎——"

一声早该听到的响声。

门朝墙里打开，黑洞洞的，只有微弱的光。

墙的里面，站着一个老太太。

“咳咳……”

她轻轻咳了两声，颤巍巍地从墙里走出来，上身穿着蓝布褂子，下身是黑裤子，一双很旧的布鞋。

“闹够了？”她的第一个问题，就把我们问傻了。

“每个亲生父母都不容易，不是吗？”老太太白了我们一眼。

“快开开门，快开开门，求求你了……呜呜……”我哽咽着恳求她。

“孩子没事的。”老太太犹豫了片刻，还是从怀里掏出一把钥匙，慢慢地走到小屋的门口，将门打开。

我急忙冲进去，看到儿子丢丢躺在小床上，床尾处多了一摊黑色的血污。我用力地将丢丢拖离小床，抱在怀中。就在这一瞬间，他突然哇哇地哭起来。我检查着他的身体，上上下下，仔仔细细，除了小脸上的咬痕，再没什么特别。

“乖儿子，乖儿子，妈妈再不把你丢下了。”我紧紧抱着他，不停地重复着。

“呵呵。”老太太慈祥地笑了笑，“如果没什么事，我就先走了，祝你们在这里住得开心。”

“住这里？”老公迷茫地说，“这压根儿不是我们的家，我们怎么可能住这个鬼地方。”

“哦？看来小曼的故事只讲了很少一部分啊，”老太太若有所思地点点头，“你难道没发现，你们的儿子有什么异常？”

这句话惊出了我们一身的冷汗，我赶紧翻看怀中的儿子。他一直在哭，怎么都哄不好，我惊愕地看到，他的整条舌头已经变成了黑色。

“把孩子放在小床上吧，”老太太依然笑眯眯地叹了一下，

"呵呵，不住在这里，你们的孩子活不了几天……"

十

年轻人，我给你们讲完这个故事吧。

那是十几年前了，这个小区才刚刚盖好，周围还没有规划，一片荒芜，没有几个人愿意来住的。

我女儿女婿赚钱不多，又想住得宽敞，就买了这里的房子，一楼，一下子买了两套，把我接来一起住，顺道帮他们看孩子。

我的小外孙很可爱，虽然才三岁，已经像个小大人一般。

那是很简单的一天吧。

大白天的，女儿女婿都上班，只有我看着孩子。正好是夏天最热的时候，家里还没装空调，吃过午饭，我拿了一把躺椅躺在门口乘凉，让小外孙自己到处跑。忘记了从哪里，突然出现了一个中年女人，推着小车，车子里也放着个小孩，看上去跟我小外孙差不多大。

小外孙很热情地过去招呼人家，那中年女人看着也很慈眉善目，她在我旁边坐下，我们边看着两个小孩玩边闲聊。我说我就住在一楼，她说她也刚搬来不久。我那时候只奇怪，这么大热的天，怎么小孩还要穿那么多，不怕起痱子吗？

然后不知怎么地，意识就开始模糊，我只隐约记得，那个中年女人抱起她的小孩，小孩子的一条腿露了出来，腿上黑乎乎的一块一块斑，就什么都不知道了。

等我再次醒来的时候，自己歪斜地躺在躺椅上，小外孙不知去向。尽管头很晕，可我依然咬着牙站起来，我以为自己最疼爱的小外孙被人掳走了。

还好，没有，呵呵，只剩这一点值得高兴了。

我的小外孙直挺挺地躺在花坛边上，哭得很厉害。

和你们一样，我发现，他的舌头变成了黑色。吓傻了的我赶紧给女儿女婿打电话，可是他们回来无济于事，只剩下哭跟着急。小外孙看起来一切正常，只是舌头变黑了而已。我们带着他去医院，却什么病都没检查出来。大夫说要留下住院，小外孙非常害怕医院的环境，又哭又闹，我们只好先回家看看。

那天晚上，小外孙开始瑟瑟发抖，黑色的舌头不停地伸出来。我女儿以为他是中毒发作，情急之下，用嘴咬破了小外孙的舌头，努力吸出了些许血液，鲜红的血液，仅此而已。

正当我们焦急的时候，屋门被敲响，开门才发现，是下午那个该死的中年女人，她受不了良心的谴责来看我们。

她说，在这些楼还没盖起来之前，她原本是住在这里的村民，偌大的一片土地，不光有她们的村子，还有村子的坟地，几百年的尸骨都葬在这里。自从拆迁轰轰烈烈地开始后，她们村子里前后有几个孩子染上了一种怪病，叫作婴毒。

有个传说，说三四岁的孩子能看见很多大人看不见的东西。

这个说法是真的。

每个小孩子身上都有一种毒，叫婴毒，看不见摸不着，散发在身体的每一个细胞里。平日里，这种婴毒静静地潜伏着，毫无反应；可每当孩子发起高烧，就会激发婴毒，借着孩子的高烧，小孩体内特有的嫩肉会散发出阵阵肉香。我们可能闻不到，但是很多脏东西可以从几千里之外被吸引过来，围在小孩的身边，吞噬他细嫩的皮肉。每吃掉一点儿，身体就黑掉一块，从小脚丫开始，一点点地朝上，等到整个儿孩子变黑，就再也无法救活了。

那个中年女人说，能治疗婴毒的唯一办法，就是将婴毒传染给另一个孩子。

十一

"所以你们就照做了？"老公恶狠狠地咬着牙，愤愤地问道。

同时，我惊奇地发现，自从丢丢放在小床上，他就停止了哭闹，这到底是为什么？

老太太无奈地叹道："我的小外孙也是无辜的，他也是被别人传染上的……"

"那你们从哪儿找的孩子？"老公再次发问。

"这并不重要，重要的是，我的小外孙没有死，"老太太看了我一眼，看着床上安静的小丢丢，这个可怜的孩子也瞪大眼睛看我们，"在小外孙康复的那一刻，我决定把他送走，走得远远的，只有我自己留下来，留下来帮助后来的人。"

"哈哈，你居然说这是帮助？"我愤怒地吼着。

"你能怎么样？"老太太冷冰冰地回应道，"你就眼睁睁地看着自己亲生的骨肉死掉、烂掉？而且是最痛苦的死法，一点点地烂死？"

我看了一眼丢丢，他正吐出黑色的舌头盯着我，一瞬间，我的意志开始崩溃，什么都说不出口。

"好歹我们有可以医治的方法，"老太太声音颤抖了一下，"不是吗？虽然是传染给别人的孩子了，可只要按照这个方法，我们的孩子都可以活下去，为什么不呢？为什么不？"

"你真下得去手……"我咬着牙，眼泪在眼眶中打转。

"小曼夫妇是恶人吗？你们比他们更善良？又善良多少？"老太太的话直指我的死穴，在我一直以来的印象中，小曼夫妇是天下最善良亲切的人，他们温柔、细心，尤其喜欢孩子，我真没想到……

"当你们看着自己的亲生骨肉一天天生活在极度的痛苦中，你们一定会为了救治他不惜一切手段。而且，这里，已经有最简单有效的方法。"老太太站起来，摸了摸我的儿子丢丢，丢丢压根儿听不懂我们的话，"不用着急，你们还有时间，十几年了，我已经见过几十对夫妻，我们都是一样的人，会做出一样的选择。做父母的，谁都不容易，不是吗？你们自己选择吧。"

"那究竟怎么才能传染？"老公终于服软了，他几乎恳求着问道。

"你知不知道一个词，叫作暖床？"

十二

老太太拍了拍丢丢躺着的这张小床，小床毫无特别，只是有一摊黑黑的血污。

"小曼是不是跟你们说过，这个小床的床板，其实也是一扇门。"老太太说着，一手抱起丢丢，一手轻轻地掀开床板，"每一扇门里，都有一些秘密，不信，你看。"

我赶紧从老太太手中将孩子抢过来，丢丢又开始大哭。老公好奇地弯下腰去，朝床板里伸头看去，我紧紧地抱着丢丢有些害怕，不太敢看。

突然，站在老公身边的老太太伸出她的双手，慢慢绕过我老公的脖子，死死地将他缠住。也不知道老太太抓到了什么地方，人高马大的老公居然毫无反抗能力，头越来越低，一句话都不说，一声都不吭，连微弱的挣扎都没有。

有些事情我的肉眼根本无法看到，床板掀开的同时，下面就钻出来一个年轻女人的头颅，她的头发乌黑，神色忧郁，她的身体慢慢地钻拱出来，双手白皙得可怕。这个女人的双手同时搂住我老公的脖子，老公被她掐住，一点点地朝床下拖动，老公没法儿反应，甚至连呼吸都停止了。

我完全吓傻了，双手只是死死抱住孩子，腿都没法儿动弹，眼睁睁看着老太太的双手死死缠住老公的脖子，在他的脖颈后面摸索着、摸索着。我没法儿看到的是，搂着老公脖子的那个年轻女人的双手也在摸索着、摸索着，神情忧郁。她一边死死拖住我的老公，一边眼神无比哀怨地盯着我怀中正在哭闹的孩子，那眼神充满了羡慕、嫉妒与憎恨。

老太太从自己的头后拔出一根带血的银色发簪，老公的腰已经弯下，脖子后面鼓起一点儿。老太太用那发簪在他脖子后面轻轻一戳，只听砰的一声，他脖子后面的一根筋跳了出来，然后身上开始发出淡淡的烟气。我无法看到的那双煞白的手拖住老公的身体重重地栽下去，直挺挺地掉落进小床里。

我的脑海一片空白，眼前的一切仿佛科幻片，不真实得令人窒息。

我只是麻木地朝前看着，发现小床下面是一个深深的坑，坑里不光有我老公，还有一张熟悉的脸——小欧，还有几张陌生的脸——他们都紧紧地闭着眼，好像早已死了。

那个年轻女人趴在床边，双眼幽怨地看着我。她的长发披在肩膀上，牙齿轻轻地咬着嘴角。她慢慢地伸出手，朝向我，朝向我怀中的孩子。

我什么都看不到，可是丢丢应该看到了，他深深地钻进我的怀中，小手几乎插进我的肉里。

十三

我的眼泪毫无知觉地掉落着，脑海中空空如也。

老公死了？老公没了？到底发生了什么？

"呵呵，姑娘，对不住了。"老太太苦笑着摇摇头，"这就是所谓的暖床……"

遥远的那天晚上，我女儿发现自己犯了一个大错，为了救自己的孩子，匆忙中，她咬了小外孙的舌头，吸了他的血。

我女儿也感染了婴毒，没想到这种毒在一个成年人的身上竟然发作得如此迅猛、如此疯狂。我女儿浑身颤抖着，冷得缩成一团。

女婿的心都要碎了，他哀求那个中年女人解救他的老婆，他可以不惜一切代价。

中年女人犹豫着，说要回去问问村里的老人。

第二天，她送来一张古旧的符咒跟一根刻满铭文的银色发簪，上面写着拯救我的女儿的唯一方法：做一张暖床，要男人体内的阳气在暖床下面慢慢自燃，用这燃烧的火焰来驱散体内的严寒。

符咒送来的时候已经太迟了，我的女儿已经死去。小外孙体内的婴毒还在潜伏，我们不可能保证他一直不发烧，一旦发烧，婴毒就会发作，唯一的办法就是传染给另一个孩子。

更糟糕的是，女儿死了，女婿的精神已经崩溃，可我始终觉得，女儿从来都没有死，她一直就在我的身边，不停地对我说，她好冷，她好冷……

那天晚上，女婿恳求我对他下手，他告诉我，他听到了我女儿的召唤，自愿奉献出自己的身体。

所以就在那天晚上，我在这张小床下面挖了一个大坑，用符咒中的方法让女婿的躯体自燃，然后把他的身体放到床下，从那之后，女儿好久没有说过她冷。

然后，我骗来了女儿生前最好的朋友，一家三口，用他们的孩子治愈了小外孙。我把小外孙送到远远的地方，可是我要留下来，我的女儿还在这儿，她才是我的亲生骨肉。

我相信她依然在我身边，因为她偶尔还会对我说，她好冷，她需要可以自燃的阳气一直温暖她冰冷的身躯，所以说，我需要一个个健康的男人自愿来到我的暖床前。

能使一个个男人丧失理智、自投罗网的，唯有他们最爱的亲生骨肉，不是吗？

嗯，我就是小欧小曼夫妇的房东，也即将会成为你的房东。从今天起，你可以住在这里，因为这张充满阳气的暖床能最大限度地减缓你儿子体内婴毒发作的可能，减轻他婴毒发作时的痛苦，不是吗？你已经发现了，一旦离开小床，你的孩子就哭个不停，一旦躺在上面，就安静下来，这就是暖床的魔力。

但是，暖床无法治愈婴毒，没法儿救他的命，你唯有骗来一个孩子。除非你真的不打算救你的儿子。姑娘，这是你的亲生骨肉，你真的可以放弃吗？还是像小曼所做的一样，牺牲掉别人的老公与孩子，来拯救自己的亲生骨肉？

你还有些时间，可以做出选择。

"这张床下，不是已经有好几个男人了吗？你为何如此贪婪？为何还要牺牲别的男子？""我老啦，活不了几天了，我只能想尽办法在活着的时候多给女儿一些温暖，因为，她是我最爱的亲生骨肉。"老太太说完，眼中终于流出了一滴泪。

我眼睁睁地看着老太太从我手中抱过哭闹的孩子，慢慢走到小床边，床板微微地掀起一点儿，里面那只肉眼看不见的女人的手伸出来，触摸着，触摸着丢丢的头发，她想把我的孩子也拖进去。老太太用力压了几次小床，那只看不见的手终于缩了回去，床板放平。在丢丢被放在小床上的那一刻起，哭声戛然而止。

"好啦，我累了，要回去歇歇了，"老太太说着，将那根银色的发簪狠狠地插入自己的脑后，"这东西已经插进了我的头颅中，等你什么时候决定了，找我来要。刚才小曼还给我的时候，狠狠给了我一巴掌，所以，你不要记恨她了。到时候，你也可以这样，我们只是为了各自的孩子，我甘愿承受一切罪孽。"她慢慢地走回到客厅，走进墙里，最后又说了几句，"我就住在隔壁，我晚上时常会开开门，听听孩子的声音。很久没见过自己的小外孙了，我很想念他。我等待你的任何决定，无论怎样。"

说着，她轻轻地关闭了墙上的那扇门。

吱嘎——

第十个故事 孽缘

文/商魂布

张晓明的故事得了82分，最后一个上台的人就是我。在来之前，我已经恶补了很多鬼故事，听了前面九人的故事，我觉得我选定的这个故事一定会比他们更好。我说："今晚我要跟大家分享的是一个关于缘分的故事，也是根据真实事件改编。前些年这个故事还曾经刊登上报，故事是这样的……"

一

安婷又在闹了。

但我已下定决心不再理她了。

她要闹，由她闹去。

我偏不相信她真的舍得去死。

她以前也是这个样子，动辄就闹自杀，寻死觅活，哭哭啼啼，不搞到我精神崩溃不罢休。她那戏剧性的自杀演出，诸如吃十颗八颗的安眠药，在腕上割上浅浅一刀，关上窗户开煤气……结果当然都没有死去。

　　起初是我不会让她死，后来是她自己也不会让自己真的死掉，只是，老用自杀这招来要挟我，她不腻，我都厌了。

　　不但厌，且很憎。

　　这实在是爱情的致命伤，可是，仍然不是我们分手的导火线。我绝不是一个见异思迁、喜新厌旧的男人。虽则我对安婷的爱已逐日地平淡、消失，剩下的也仅仅是一种责任感，也就是这他妈的责任感，叫我忍忍忍忍忍忍……继续和她同居下去。

　　开始和安婷来往的时候，我确实有和她结婚的欲望和冲动。

　　那时，我是爱她的。

　　噢不，形容得贴切一些，应该是我非常非常地爱她。

　　我爱她，爱到一个地步，对她千依百顺，她的话，我视为圣旨；她一皱眉头，我惊慌失措；她一下令，我万死不辞；她一个微笑，我粉身碎骨。

　　我爱安婷，连命都可以不要。

　　她也几乎要了我的命。

　　不过这是后来的事。

　　说回我初识她的那段日子：我是在一家会计公司做账的，办公室在二楼，楼下是家西饼店，安婷就在西饼店当收银员。我这个人，一向不喜欢吃饼干和蛋糕，所以楼下的西饼店开张营业了整整半年之久，我都没光顾过，一次都没有，也因此错过了早认识安婷的机会。直至有一天，住在第一花园的姐姐打了个电话到公司来，叫我下班后上她家去吃饭，说是庆贺小外甥的三岁生辰。我答应了，下班时便准备去买个礼物，待下楼来，才晓得下着倾盆大雨，于是就站在西饼店门前避雨。因见橱窗里摆满各式各样精致的蛋糕，心念一动，便推开西饼店门。门推处，我先还没闻到浓浓的饼香，已经瞧见收银机处的一张俏脸。

那晚上在姐姐家，我怅然若失，心不在焉，坐立不安，对着送给小外甥的生日蛋糕发愣，脑海中浮动着伊人收钱的那一双匀称的手，有一种柔软的美。我25岁的人，还是生平头一遭失眠。伊令我神不知所在，魂不知所在。

第二天，我便展开追求的攻势。

一日一束红玫瑰，一束十二枝，因为十二枝代表爱慕。

我足足送了半年，直至安婷示意停止，说是不如把买玫瑰花的钱省下给她做零用，我的玫瑰花攻势才告一段落。当然，在我送花送到第九天，安婷便赴约了。第一次约会，我带她到联邦酒店的旋转餐厅吃西餐，后来送她回家，她跟我说了再见转身就要进屋时，却被我拉了回来，拥她入怀，吻了她，在那芬芳的夜色里。如此约会了三个月，安婷便已经是我的人，她把她的初夜给了我。那晚，我把整张脸伏在她的肩膀上，脸颊在那里轻轻揉搓着，无限的依恋。我向她求婚，她没拒绝，却也没答应。但她表示不妨先同居一段日子。原本两人都是租房住的，既然同居，我索性掏出一笔积蓄，付了头期款项，然后又向银行贷款，在姐姐所住的第一花园买了二手房，又装修一番，便开始与她双栖双宿。

我们同居了整整三年。

头一年，快活如神仙。

后来的两年，都是我宠坏了她。所以稍有不顺她意的时候，她便"发烂渣"了。

她发起脾气来，简直不可思议，摔化妆品、砸镜子，纯属小儿科，最恐怖的是闹自杀的时候。往往为了一点儿芝麻小事，她便用死来威胁我。

有一回，早上出门时答应晚上陪她看七点半的电影，但因为会计公司临时加班，待回到家已是深夜一点了。刚踏进屋里，便吓得我魂飞魄散，但见她一边流泪一边用我的剃刀正准备朝手腕处割下，若我迟回一分钟，后果可不堪设想。

那次，我赔尽不是，另加一枚珍珠戒指，才使她破涕为笑。

还有一次，小外甥上门来玩，不慎打破了她的一瓶香水。她不由分说便是送上两记耳光，我气不过，说了她两句，当下她便把自己锁在洗手间里，久久没有声响。

我慌了，撞开门，已见她服下半杯的肥皂水，结果送去洗胃。这以后，我再也不敢讲她一句不是。

还有一次，我如常地到西饼店去接她放工，但是店里的人说她有事先走了。那晚上，她过了十二点钟才回来，害我等得又累又气又饿，却压抑着不发作，只是用半开玩笑的语气跟她说："这么晚才回来，去了哪里呀？走私啊？"

她的反应是满脸涨红，大吼一声，随手抓了桌上一把水果刀，便朝胸口要刺下："你不信我，我死给你看！"

我吓得："我信！我信！"

她这才放下刀子，带着一抹阴笑冷冷地看着我。

安婷的自杀花招，三天五天耍一次，起初的确让我心惊胆战，日子久了，便已麻木，表面上仍哄她，心底早识穿了她的把戏。

老实说，后来的那两年同居日子，我烦都烦死，可是她那戏剧性的自杀演出，仍乐此不疲地闹下去。搞到有时面对她，心里便起鸡皮疙瘩，索性拿份报纸溜进厕所避难。是的，也只有那段坐在马桶上看报的时间，千头万绪的烦恼才静下来。

　　唉，如果不是与她有了肉体关系，因而有了责任，我早把她甩了。

　　这也是为什么后来我不再把结婚的话题挂在嘴边的缘故。

　　婚是一定结的，只是能拖多久便拖多久。

　　幸好安婷方面也没催我。

　　到底，婚没结成，我们便分居，噢不——分手了。

　　是我提议分手的。

　　因为我发现安婷对我不忠。

　　换句话说，我被戴了绿帽。

　　之前我从来没有怀疑过，尽管她常常借口外出，一出去就是好几个钟头才回来，但由于实在怕了她那自杀的花招，她不在身边，我乐得耳根清净，也就没去注意她的行动是否有异。反正只要我一出言干涉，她就会又是安眠药又是开煤气地闹一闹。说真的，我已经不起如此一再折腾，索性给她完全的自由。

　　我是在一次温存时，因扫落了原先搁在床头的安全套，于是亮起床灯要伸手朝地板上捡起，灯亮处，可以清清楚楚地看见安婷的胳臂上、胸脯上净是圈圈的瘀痕。

　　不是我的杰作。

　　不是我，那还有谁？

　　一切已明明白白。

　　安婷在外面，有别的男人。

我没有骂她，没有捆她，只是冷冷地道："安婷，是你对我不住，别怪我无情，我让你多留一夜，明早你一定要搬走。"安婷也没哭，也没闹，仿佛她那自杀的把戏再也派不上用场了。

一切都没有转圜的余地了。

那夜，我到姐姐处借宿一晚。翌日早上我回去，见安婷在收拾她的衣箱，把梳妆台上的瓶瓶罐罐，安插在一摞一摞的衣裳里。

她自始至终没看我一眼，没说一句话，把一串钥匙搁在桌面上，便头也不回地走了。

二

于是我恢复了王老五的生活。

和安婷的一段情结束了，我不是没有悲哀的，只是，那种如释重负的感觉更浓。

可是姐姐并不这么想，她一口咬定我是在强颜欢笑，硬是要给我介绍女朋友。那女子，是姐夫一位同事太太的表妹，名叫洁儿。

洁儿，人如其名，不染一丝尘埃，干净整齐得令人眼睛发亮。

她和安婷是完全不同类型的一种女子。

安婷活泼、任性；洁儿沉静、温和。

姐姐要撮合这段姻缘。

可是安婷的阴影太深，对洁儿，我纵有好感，也不想操之过急。

慢慢来。

所谓的慢慢，是约会不密，见了面，也保持一段距离，除了过马路挽她的手之外，我没搭过她的肩膀，没揽过她的腰，当然也没吻过她。

如此三个月转眼又过。

这夜，我和洁儿看完了电影，吃完消夜，又送她回家，再返回自己住处，都已是一点了。

门开处，我听见一声高一声低的呜咽。

是谁在我屋子里哭泣？

哭得那么凄哀、寂寞！

我亮开灯，但见安婷泪痕狼藉地蜷缩在沙发里。

我气得两膝不住颤抖，胸膛一股气往上涌，恶狠狠觑着她说："你怎么进来的？"

安婷低头垂泪："我……以……前……配……多……了…………串……钥……匙……"

我指着启开的大门，下逐客令："请……"

安婷向我露出乞求的眼光，声音哀楚的："我如果不是走投无路，也不会来找你的！"

我认识安婷这么久，从来没有见过她如此灰败、如此黯淡过。以前，她即使哭哭啼啼闹自杀的时候，神情也带着一抹强势。

我冷哼道："怎么？给男朋友甩了？回头求我收留？"

安婷的脸色在一霎间苍白如纸，她哽咽道："……我……知……错……了……"

我笑："啊哈！知错？以前我怎么一心一意待你！你却反反复复用死来玩弄我！你要我原谅你，先学狗般用舌头舔干净地板，我才考虑考虑！"我话刚说完，安婷已是跪倒在地板上，真的学狗般伸出舌头要舔去地板上的尘沙。我愈发气炸了，赶前一步，把她扯起身，但觉手一挥，便往她脸上扇了过去。

那一记耳光非常响亮。

安婷脚下一个踉跄险些跌倒，扶了扶墙方才站稳了。眼看她半边脸烧红了，但只管抚着肚子呆呆的。

我这才注意到，她的腹部微隆，怕已有三四个月了。

我怔了一怔："你有了孩子？"

安婷的眼泪肆意地流："四个月了，要打掉都嫌迟了，他又不认，他说不一定是他的，因为那时我和你还没有分手……"

我气呼呼地说："要我吃死猫？我们每次都用安全套的呀！"

安婷哭得双肩一耸一耸的："我也是这么对他说，但他就是死不认账，他赶我走，我现在没地方去了……"

我这才注意到，角落里搁着的一只皮箱。

我气得抖衣乱颤起来："安婷！我们回不去了！"

安婷跪跌在我脚下，全身匍匐，顶额抵地，身子和哭音都在急剧地抽搐着："我也是没办法才来求你，过去是我错了，你让我把宝宝生下，送人也好，卖掉也好，然后我们从头来过……"

我仍然是那一句："安婷！我们回不去的！"

安婷万念俱灰的表情："你不帮我，我死定了的！"

又是死！

又用死来威胁我！

我当下冷笑："如果你想死，那我建议你上吊，上吊前最好也像蓝洁瑛再'义不容情'般化个浓妆，播段哀怨的小调，气氛够凄绝……"

安婷径直地盯住我，那眼里，有震怒、有哀恸，以及更多的寂寞："我死了，你会后悔的！"

我嗤之以鼻："我后悔？你没死，我才后悔！"

安婷颤巍巍地撑起身，怯怯地提起她的衣箱，走到门口，回过头来抛下深恶痛绝的一句："我就死给你看！"

我砰的一声巨响关上大门。她要死，就让她去死。

以为给安婷如此上门一闹，会气得辗转难眠。不料刚上床，便呼呼入睡。

不过做了一个梦。

梦见安婷真的跑去上吊。

她上吊的那一副惨状，要说有多恐怖便多恐怖；双眼半睁着，脸色白得好怕人，眼圈和嘴角都是发灰的，乌色的半寸舌尖斜斜吐出唇边。

我忘记我是怎样从梦里醒转的，但我想，一定是我在尖叫中从梦里醒过来的。

与此同时，铃声大响，在万籁俱寂的夜里，乍听，只觉有一股不祥的阴气围拢过来。

我抓起听筒："喂！喂！"听筒的另一端，是一片死寂。

可是铃声仍在响着。

我这才醒觉是门铃响动。

开门，门外站着两个警察。

"请问，你是沈安婷的家人吗？"

"不是，"我心里只管一阵阵嗡嗡的发空，"但我认识沈安婷，她出了事？"

"她在附近的一间公厕上吊死了……"

三

"安婷呀，你死得好惨呵……"

"安婷，你怎如此傻……"

"安婷，你狠心叫白发人送黑发人……"

"安婷，你一定死不瞑目的……"

"安婷呀！我的女儿呵！"

"安婷，我的宝贝心肝儿呀！"

……

我踏着沉重的脚步，一路上由安婷年迈双亲的呼天抢地的哀号声音伴着，终于抵达医院的太平间。

办妥领尸手续，安婷的尸体被推了出来。

安婷的老爸颤巍巍地扑上前，手剧抖地掀开盖在尸体上的被单，凄惨地哭着，她老妈亦扑上前。

我瞧得再清清楚楚不过，安婷死后的样子说要多恐怖便有多恐怖，一切就如我在梦中所见，她的双眼半睁着，脸色白得好怕人……我感到毛骨悚然。

战栗间，但闻安婷老妈一边哀哭一边惊呼："女儿呀！女儿呀！你有什么心事未了，死了还握着串钥匙……"她的背原本就佝偻得厉害，现在因为痛哭哀号，身体更蜷缩成了一团。我不觉一怵，眼光很自然便向尸体的手看去，这一瞧之下，我愈发满心疙瘩，因为安婷的手仍紧握着一串钥匙。

是我屋子的钥匙!

她连死都要紧握着我屋子的钥匙不放!

一阵不可抑制的惊悸，但更多的气愤沸沸扬扬地直往上涌，顷刻间我也不假思索，踏前两步抓起安婷那冰僵的手，要取回我的那串钥匙。

但是任凭我用尽吃奶之力，就是扳不开她的手指。

安婷的老父哽咽地问我："是你屋子的钥匙?"

我点头。

安婷的老妈泪眼婆娑："她死都握着你屋子的钥匙，分明一心一意要回到你身边……"

和安婷之间的恩恩怨怨，尤其是从怎样分手到她上门求助的经过，我都早已原原本本地告诉了她的老爸老妈，当然，我建议安婷上吊的一节自是隐瞒没讲。安婷是独生女，深得二老溺爱，在我们同居期间，我也曾多次陪她探望二老，而他们亦视我为女婿了，要不是后来安婷对我不忠，我的身份俨然是他们的半个儿子。只是现在，我和二老的关系多多少少有点儿尴尬。固然，安婷的死令我忐忑不安，但我自问也仁至义尽了，安排她老爸老妈来港领尸之余，也答应协助二老料理安婷的后事。

原本照二老的意思，准备把安婷的尸体运返乡下埋葬。

但一切仪式则免除，因为安婷乃未出嫁的女子，且又是上吊而死，又怀了身孕，老人家迷信，若没有死者的弟妹子侄等幼辈哭灵守孝，一旦进行吊丧、超度仪式，便会带来噩运。

然而另一方面，二老也深信不疑，没有经过超度便落葬的怀孕妇女，死后一定阴魂不散，尤其像安婷生前脾气那么刚烈，死又死得那么惨烈，往后她鬼魂回来邪祟闹事更是无可避免的了。

那到底要如何办理安婷的后事才为妥当？

二老你一言我一句的，淌着泪在一旁商量了老半天，最后，走到我跟前来，双双跪倒，只差没给我磕响头。

我吓得一连迭声地："哎呀，伯父伯母，你们快别这样，我担当不起！"

安婷的老爸老泪纵横："是我女儿做错了事，我代她向你认罪。"

我一叹："都过去的事，算了吧。"

安婷的老妈哭得山崩堤决一般："我知道你人好，你就好人做到底，你如果再帮我们这个忙，上天有眼，你会有好报的！"

我可真的是由衷之言："能帮我一定帮的，毕竟我和安婷也曾经是一场……"

"夫妻"两字，话到嘴边，却硬生生咽回肚里，改口道："……相识……噢不……朋友……"自己都觉得好生尴尬。

见我答应，二老遂颤巍巍地撑起身，一人拉住我一只手，异口同声道："我们就知道你一定肯帮忙的！你真的是大好人！"

"到底还要我帮什么？"二老忽然你推我让起来。

"伯父伯母，有什么事不妨直言，是不是钱方面有问题？抑或希望我陪你们送安婷的棺木回乡一趟？"

"如果你同意的话，安婷的尸体也不会运回乡下落葬了。"安婷老爸如是道。

"怎么？"我打了个错愕，"改变主意了？"

"我和老头商量过，"安婷妈嗫嚅道，"安婷死得那么惨……况且又……大了肚子……死后会是猛鬼的……要是你……肯帮这个忙……用……用……她丈夫……的身份……给她开丧……让她的阴魂……有个歇宿地方……九泉之下……便能安息……我和老头儿……也不敢过分要求……你给她立个祭祀牌在家里……但求你认了她是你妻子……别让她做……无主孤魂……她的尸体火葬后……骨灰寄放……在庙里也无妨……你也不……吃亏的……你以后照样……可以……娶老婆……"

我听罢，半晌说不出话来。

"我的女儿的……性格……我最清楚的……"安婷的老妈自管自道，声音都抖了，"……她如果不是……走投无路……也不会去上吊……死后……还给……报纸登了新闻出来……她这么好胜爱面子……的脾气……怎吞得下……此番耻辱……她的……鬼魂……一定不肯……罢休……的……"

安婷的老爸且泣且言："我们也只是打算弄个简简单单的仪式，把安婷的尸体先送到香港哪一家的殡仪馆都好，找喃呒佬超度，封棺前你替安婷梳下头发，之后折断梳子，便等于承认她是你的妻子。她只要有了这个名分，便能堂而皇之地进入六道轮回投胎做人去，要不，黄泉路上便又多了一个厉鬼凶魂的了……"

听得我一颗心牵痛、扭曲着，也不晓得是怕，还是怜。

"好吧！我答应你们。"我费了很大的劲，才吐出这番话，说完，但感背脊上凉飕飕的，原来是流了满背的冷汗。于是在商议后，便决定先把安婷的尸体移至殡仪馆，接着也安排了超度和火化事宜。准备妥当了，我便让二老守着安婷的灵柩，自己先行返家打个转，稍后再赶至殡仪馆去。

如此折腾了大半天，我业已累垮，一上床，便呼呼入睡。

做了一个梦。

梦见棺材店的工人抬了一具质料粗陋、价钱便宜的棺材进入殡仪馆：棺材是杉木的，手工很粗，棺材面也没磨光，凹凸不平，油漆刚干，乌沉沉的，一点儿光泽也没有。棺材倒是标准样式尺寸，长长地横在厅中央，头尾翘起。我第一件要做的事，便是替死去的安婷净身换衣裳，于是我又到后面烧了一锅热水，加些冷水，调到温热适中。接下来的工夫，是准备把安婷的尸体揩抹个干干净净，她的尸体已经冷凉了，噢不，形容贴切一点儿是早已僵硬了，且已泛了一层黑蓝之色。我脱下她身上外面罩着的白袍，可是白袍太窄，加上她腹部又隆起，所以不容易剥掉，因为安婷的手臂都已僵冻，要勉强扳起来才行。最后我去找了一把剪刀，将白袍前后齐中间剪开，才将两半白袍慢慢从她手上褪了下来。我卷起了袖子，便开始替安婷揩抹起来，先由她的脸孔抹起。很奇怪，毛巾覆在她眼部轻轻抹下，她那原本半睁的双目便完全合上了。接着毛巾揩到她嘴角处，瞬间，她那原本斜斜吐出唇边的半寸乌色舌尖，也缩回口里去。然后我又抹到她的手，那只仍紧握着我屋子的一串钥匙的手，但任凭我怎么揩怎么扳，她那五根手指依然纹丝不动地呈握拳状。我不觉泄气，猛抬眼，触及先前搁在一旁的利剪，也不假思索，用剪刀尖端去扳开她的手指，无效，把心一狠，利剪便朝她手腕处剪去，出乎意料地顺利。于是我把安婷那只仍紧握着一串钥匙的手掌，连掌带钥匙往窗外用力一抛，尚能听见钥匙在窗外半空响动的声音。至此，我一块心头大石开始放下，正想轻松地转身大踏步而去，才迈开两步，身后有一熟悉的声音响起，噢！是安婷的声音，她在说："你还没替我梳头折梳，叫我怎去见阎王呵？"转头处，但见安婷依旧直挺挺地躺在那里，只不过，她已经合上的双眼恢复了原来那半睁着的样子，以及已经缩回口里的乌色半寸舌尖亦再吐出唇边，还有……她脸上有两行水渍，恐怕是眼泪吧。

我忘记我是怎样从梦里醒转的，但我想，一定是我在尖叫中从梦里醒过来的。

与此同时，铃声大响，在暮色渐浓渐浸的光景，乍听，只觉有一股不祥的阴气围拢过来。

我抓起听筒，"喂！喂！"听筒的另一端，是一片死寂。

可是铃声仍在响着。

我这才醒觉是门铃响动。

四

开门，门外站着姐姐。

"噢！是你，阿姐。"

"我找了你整天，都不见你人影，打电话去会计公司又说你没上班，来了几趟又不见你回来，"姐姐瞧了我一下，"你是忙沈安婷的后事去了吧？"

"嗯。"

"尸体领了？运回乡去了？"

"领了，不过停放在殡仪馆，明天中午火葬。"

"为什么不是直接运回乡去落葬？"

"她老爸老妈的意思，是希望我用女婿的身份，给安婷开丧，别让她做个无主孤魂……"

我话还没讲完，姐姐已厉声打断："你答应了？"

"嗯。"

"你疯了你！"姐姐大吼。

"有什么不妥？"其实我心里一直七上八下地在乱着。

"当然是大大的不妥！"姐姐焦灼多过指责，"阿弟，沈安婷是你的旧女友，她现在上吊死了，你瞧在以前的情分上，帮她老爸老妈料理她的身后事，这也是应该的。但帮人也要有个限度，有分寸才可以呀！"

"怎么没分寸？"我仍嘴硬，心底却抖痛。

"像沈安婷这么一个脾性，加上她又是这么个样子死去的，不消说鬼魂一定很猛的了，你又何苦去招惹她呢？搞不好，弄得家里鸡犬不宁，人仰马翻！"

"我想……安婷不至于这么猛鬼吧……我帮了她，她理应……得以安息……"

"沈安婷的厉害你又不是没领教过？她生前已是气焰嚣张，死后更不得了！"姐姐一边讲一边直跺脚，"我以前有个同事，就是那个娶了个遍妹的彼得，你也见过的呀。彼得的弟弟有个女朋友，两人不知怎的闹翻了。那个女的后来服了除草剂死掉，彼得的弟弟好生内疚，便答应娶那女的亡魂，把她的尸体领回家，用丈夫的身份发丧。结果他一片好心，换来的是一世的祸端。那个女的醋性好大，只要彼得的弟弟跟哪个女人要好，鬼魂便上来大闹一场，搞得现在彼得的弟弟都绝了结婚的念头，也不敢和任何女子亲近，怕害了对方。那女的鬼魂曾经把彼得的弟弟所交的几个女朋友，折磨得死去活来，如果不是担心家人受累，彼得的弟弟早把那女的神牌砸个稀烂了！"

我冷汗淋漓："果有此事？"

"你是我弟弟，我骗你干吗！"

"可是我已经答应了安婷的老爸老妈……"

"你又没有白纸黑字签了同意书，怕什么反悔！"

"他们两位老人家一定会很伤心很失望的……"

"他们伤心失望，好过你惹祸上身送了命！"

"阿姐！"但觉一股寒意直上心头、脑门，我哆嗦道，"安婷临死还紧握着这屋子的一串钥匙，任凭我竭尽所能，都没办法扳开她的手指取回那钥匙，我怕她会摸上门……"

姐姐的脸色倏忽苍白如纸，欲言又止，终于颓然喟叹："有件事，我原来不想让你知道，怕你听了会害怕……"

"什么事？"

"沈安婷上吊那晚，她曾打电话到我家去，她说她也打了给你，可是你不肯接听……"

我打断姐姐的话："她打来的时候，我一定是在睡梦中，没听见电话响。一定如是，一定。"

姐姐继续说："沈安婷在电话里哭哭啼啼，她说男人都不是好东西，她说你做人太绝太狠，以前疼她如珠如宝，现在却见死不救，不但见死不救，还叫她去死，最好是去上吊……"

我垂下头。

姐姐仍在说，只是声音渐沉渐硬："……沈安婷最后在电话里发下毒誓，她说要死给你看，化了鬼也不放过你，噢不，我说错了，她是说化了鬼回来要杀掉你的女朋友。你交一个，她杀一个，让你一辈子痛苦，以泄心头之恨，她要我把这些话转告你……"

我顿时感觉从头发至足尖都浸在冰海里般，僵痛痛，凉绷绷。

"阿弟！"

"阿姐……"

"我想只要事前我们做了些准备工夫，而你又没有和她扯上什么关系，沈安婷再猛鬼，也惹不起的！"

"怎样个事前准备？"

"屋子里供奉几位大神，大门贴道神符，就一劳永逸喽！只要你和沈安婷无正式名分，她进不了你屋子里的！"

就在这时候，门铃响动。

我开门，但门外无人。

可是铃声仍在响着。

"瞧你失魂落魄的，是电话响呀！"姐姐道。

"喂！"我拿起电话。

是安婷的老爸打来的，电话的那一端，传来他那喉头嘎嘎的声音："哎呀，你快来殡仪馆呵，安婷眼睛一直不停地流泪水。我听人说过，尸体流眼泪是死者撇不下世间最亲的人。我和老太婆对着她尸体说了半天的话，她眼睛仍然不合上，她泪水依旧流，我想她一定是等着你早点儿过来替她梳发折梳……"

我五内如焚，十万火急地赶去殡仪馆。

姐姐也一路跟着。

一切果如安婷的老爸听言，安婷眼睛一直不停流出泪水，湿透了脸，湿透了颈项，连衣领也湿了一大片。

安婷的老妈伸出一只颤抖的手来，那干枯的手里，原来握着一把梳子，只听她哽咽地朝我道："你就现在一边给我阿女梳头，一边跟她说些好话，她一定不会流泪的了，她一定能安心去的了……"

我接过梳子，手也抖，心更抖。

正思量要怎么开口，姐姐却从我手中夺过梳子，递还给安婷的老妈。

姐姐一字一句，说得清清楚楚："伯母，我阿弟是万万不可以替沈安婷梳头折梳的！"

二老的脸色大变，同时脱口而出："为什么？"

姐姐板着脸如是回答："也不为什么，总之我阿弟就是不能够娶沈安婷的亡魂！"

安婷的老爸激动得气喘喘地道："可是你弟弟已答应了的……"眼光朝我看来，那眼里，有痛、有气、有伤、有哀，以及更多的绝望。

安婷的老妈沙哑地道："答应了临时又反悔，安婷会死不瞑目的……"

"你们不用如此吓唬我阿弟！"姐姐恼怒地道，"沈安婷在生的时候，原是她自己做错了事对不起我阿弟。她如今死了，我阿弟还肯帮忙料理后事已是仁至义尽了。你们居然得寸进尺，三分颜色上大红，要我阿弟吃死猫娶你们死去的女儿，太过分了呀！"

"我们没用刀子架在他脖子上逼他呀！"安婷的老爸那苍斑满布的脸上充满了困顿、疲惫的神情，喃喃说道，"是他自己答应的呀，那头答应了，这厢又找出做姐姐的向我们两个老的推搪……"

我垂头，不敢出声。

"阿伯！"姐姐的声音，像开动的机关枪横扫过去，"你这么说就不对了，虽然你们两个老人家没用刀子架在我阿弟的脖子上逼他，可是你们跪在地上猛磕头硬是不肯起身，我阿弟心有不忍呀，他因为是好人，所以答应了。他年纪轻，不懂避忌，不分轻重。我是他的亲阿姐，我没理由看着自己的弟弟做这门子的傻事，是我不肯让他娶沈安婷的亡魂为妻的，你们要责怪，就责怪我好了。即使沈安婷死不瞑目要报仇泄恨什么的，也请找我好了，不关我阿弟的事。只不过我在这里也把话说得清清楚楚，要是往后沈安婷的鬼魂斗胆上门邪祟，我们也会不客气的！"

安婷的老爸剧烈地呛咳起来，一张脸涨成紫红，很久都没有止咳的迹象，且弓着身子呛咳。我不禁有点儿担忧，恐怕他咳岔了气，却又没勇气抬头正视他那张痛苦不堪、灰败苍老的面容。

安婷的老妈捶着大腿哭道："罢罢！就当作我们沈家前世造了孽，今生得报应！安婷她歹命，我们两个老家伙苦命呵，临老那几年都没好日子过……"

姐姐的态度也放软下来："阿伯、伯母，我不肯让我阿弟做你们死鬼女儿的老公，也有我自己的苦衷呀！换作阿弟是你的宝贝儿子，死去的沈安婷是人家的女儿，相信你们也不会让自己的儿子这么做的。更何况，我阿弟和沈安婷早三个月前就分了手，已是各走各路两不相欠了的。沈安婷生前，再怎么对不起我阿弟，她人都死了，一切也都算了啦。但是要我阿弟再吃亏，你们二老问良心一句，怎过意得去呀！我阿弟虽没娶你女儿的亡魂，往后也一样会关照你们二老的，有空会去你们乡下拜访，有事会帮你们的忙……"

"你们走吧！"安婷的老爸喉头哽哽的，"我们姓沈的也不用你们关照！更不用你们帮什么忙！"

"走哇！"安婷的老妈泪水纵横的，"我女儿的身后事，再也不劳你们操心了！"

姐姐不由分说，直扯着我，便要大踏步离开殡仪馆。

就在转身踏步间，殡仪馆里忽然旋起阵阴风，恋恋不舍地绕我们姐弟直回旋。跟着是外面响起雷电交加的声音，大风雨来了，那一声轰雷的音响，乍听，像极了一个女人带着悲号的呼啸，渐渐地变成了一种辗转的呻吟。

我的脑子里立刻印上了无可抑制的恐怖。

当我跟姐姐的眼光接触，迅速想到是怎么回事。

安婷火了！

我像触电一样霎时打了一个猛烈的冷战。

我的肉眼虽是瞧不见，双手也摸不到，但殡仪馆内的气氛可真是阴森诡异，可以感觉到那股强大的压力，也可以确定安婷此刻绝对就在大发雷霆！

我本能地一声声地发出尖叫，跌跌撞撞地冲出殡仪馆，逃到外面。在哗哗的雨声中，脚下犹自不停地奔跑着。姐姐在后面追了上来，撑起伞遮我一把，我这才停下来喘着气。回头望去，那间殡仪馆灰秃秃地矗立在一片灰茫中，更显得阴森寂哀。

五

车上，姐姐嘀咕着："阿弟！你怎么怕成这个样子？"

我心乱如麻："不怕是假的！"

"怕！多多少少一定会的，"姐姐没好气地，"可是只要你回心一想，你又没亏欠她！有什么好怕的！相反的，是她亏欠了你！”

“话虽然是这么说，”我六神无主，“可是她之所以跑去上吊，都是我害的呀！”

“什么你害的！是她自己害死自己的！”

“阿姐，刚才在殡仪馆里，我感觉到安婷发火了……”

“她发火又怎样？难道只有她会生气？我们也可以发火的呀！她被搞大了肚子要你吃死猫，你不肯，这是人之常情。她怨得了谁呢？到她上吊死了，又想捡个便宜做我们家的鬼，你不肯，这也是人之常情，她又怨得谁呢？要怪的，是她自己不争气！”

“阿姐，你说……安婷会不会……回来……闹……”

“她要是回来闹！我也有治她的方法！俗语说：‘平生不做亏心事，夜半敲门也不惊。’阿弟，你即使没开口叫她去上吊，她最后在走投无路之下，一样也会去寻死的！你要怕，也怕不来的，索性就豁出去。她斗胆回来闹，我就有本事叫她永不超生！”

“别说了！别说了！”我不敢想下去，愈想愈是惊魂，且一颗心抽痛着，仿佛有把锐利的刀子搁入我的心脏里似的。

到了家，我先去冲个凉，待洗澡出来，已见有锁匠在换门钥匙了。

“不必这么紧张换锁吧！”我跟姐姐如是道。

“你懂什么！”姐姐白我一眼，“事不宜迟。”

家里大门小门都换过了锁，锁匠一走，姐姐舒了口气说：“好啦，你可安心睡觉了，待明天，我先去庙里讨几张符贴贴，再多一个礼拜的，便可供奉关帝、观音菩萨等的神位了，你愈发高枕无忧啦！”

“阿姐，”我小声抗议，“换过了锁，贴几张符也就够了，我不想屋子里弄成神坛般！"

"怎么？你现在不怕了？"

"怕是有点儿怕的，不过，家里弄成神坛般，我心里好不舒服！"

"那么，就算啦，照你意思做好了。"

姐姐走后，我躺在床上，辗转反侧，极难入眠，迷迷糊糊入睡已不知是什么时候了，接着是一个接一个短暂、杂乱而完全不连贯的噩梦，每一次都是很快地惊醒又很快地入梦……翌日起身，心里始终不得安宁，也没去会计公司上班，直接到殡仪馆打个转。

然而安婷的老爸老妈已不在。

连安婷的尸体也被运走了。

我找到一个老杂工，塞给他一些钱，问道："那姓沈的老夫妇一大清早就把他们女儿的尸体运走了？"

老杂工清一清喉咙，往地上吐了一口浓痰，朝我打量了下，才道："哦，你说那姓沈的老夫妇？不是一大清早走的，是昨晚深夜走的！"

"昨晚深夜走？"

"是呀！"老杂工一边摇头一边道，"他们深夜找来车子把他们死鬼女儿的尸体运回乡间呀，先生昨晚你如果在场的话，包管你也喊怕怕……"

我的心像被搠了一刀，情知不妥。

果然。

老杂工滔滔不绝地叙述："我在这殡仪馆做了三十多年，都没见过那么骇人的事情！那姓沈的女死者，分明死不瞑目呀！七八个人都抬不起她的尸体放入棺木内。那些抬的人都说，她的尸体重得像座铁山。这还罢了，她的尸体被移动时，她手里握着的那串钥匙叮叮当当作响，听起来好恐怖，像招魂似的。还有她眼睛微张着，一直流眼泪，舌尖又斜斜吐出唇边，她的肚子也好像更胀了……"

我打断他的话："那后来尸体到底抬不抬得动？"

老杂工口沫横飞地续道："本来是抬不动的呀，后来有个老经验的便建议由姓沈的那个老头子，靠拢着自己女儿的尸体旁也躺下来，连老头子也一并抬进棺木里，这样子才能顺利地将那尸体摆进棺材内。后来那老头子从棺木里爬起身时，我瞧得再清楚不过，尸体的眼泪也不再流了，只是双眼却张凸着好怕人呀。后来大家又建议，为避免路途上又生风波，不如趁快封棺。哎呀先生如果你在场的话，即使闭着眼睛不瞧，光听那声音，也会吓得脚软呀！你不知道呵！那铁锤敲击的声音咚！咚咚！一下又一下，听着就像在自己的天灵盖上敲打似的，而随着咚咚咚的敲响，棺材里头传来一声高一声低的呜咽，分明是那尸体在哭呀！后来……"

我感到寒意凛凛："后来又怎样了？"

老杂工犹有余悸地道："那姓沈的女子是大着肚子上吊的呀！咋不猛鬼呀？车子载着她的尸体，明明是在平坦的路上行驶，就直如在行山路，一路颠簸，车子还未开至路口引擎就死了火。后来只好叫姓沈的老头子趴在棺材上面，车子才能顺利地开动。可怜那老头子，要如此趴在棺木上面四五个钟头才能回到家呀！都一把年纪了，万一不支一昏厥一摔跤，恐怕就这么完了！可是不这样又不行呀，他死鬼女儿的尸体抬不动载不动，他如果不照古老的方法去做，时间一耽误，恐怕他女儿错过落葬或火化的时辰，沈家就一世行噩运了，不只他们两个老的没安宁日子，也祸及无辜……"

我心剧跳，如擂鼓地回到会计楼上班去。细碎的骚乱和纷扰，到处人影憧憧，晃动着赶赴的脚和挥舞的手，声音在头顶上嗡嗡地响，周遭的颜色是一阵黑、一阵蓝、一阵灰的……

我晕了过去。

六

醒来时，已躺在自己的床上，是公司的同事送我回来的，见我醒转，才离去。

不知何故，同事一走，整间屋子仿佛也变大了似的，显得我更无助、寂寞、孤独。

我告诉自己千万遍，不要再去想安婷的事，然而安婷的影子，像一只认着路的狗，又找到我这儿来了。

我站也不是。

我坐也不是。

我躺也不是。

最后，我在抽屉里搜出好几粒以前安婷留下来的安眠药。

眼下，我告诉自己说，醒来，又是新的一天，一切阴影将完全消失。

药力发作，我迷迷糊糊地睡了过去。

做了一个梦。

梦见我姐姐，还有安婷的老爸老妈，我们四个人一齐扛着安婷的灵枢上山坟。

那座山坟，好高好高，要步行一大段弯弯曲曲的山径才能到达。那条山径像一条大蟒蛇般一直蜿蜒到山顶，放眼望去，墓地里一座山，旧茔新冢成千上万重重叠叠，沿着山坡一排又一排，挤得满满的。整个弧形的山谷里，高高低低，矗立着墓碑，好像一片片的石林，静沉沉的，罩在一片无边无际的荒凉中。我们四个人扶灵上山，分开左右两排，左边由安婷的老爸带领，姐姐殿后。右边是安婷的老妈领先，我在最后扶持。从半山到山顶这段山径，相当陡斜，石级崎岖不平，忽高忽低，我们四个人的步伐，必得一致才不会左右颠簸，所以落脚都很谨慎，一步一步。然而愈往上，坡愈陡，棺木的倾斜度愈大。我和姐姐居后，肩上的重量愈来愈沉，渐渐往下压，我的面颊紧紧抵住那粗糙的棺木，肩胛骨已经给压得隐隐作痛起来，汗水开始从头上背上冒了出来。一行四人，蹭蹬了半天，才爬到一半。大家都开始有点儿不支了，仍默默地爬着，听到彼此的喘息声。突然，我的右脚一滑，脚底下踩到一块松动的石头，一个踉跄，我右腿便弯跪了下去，于是整具棺木压在我的左肩上，向我倾滑下来。我肩上感到一阵彻骨之痛，棺木的底板好像嵌进了我的肉内一般。我眼前一黑，痛得泪水直流，几乎支持不住，整个人将往后倒去，心一急，也顾不得痛楚，用肩在上拼命将倾滑的棺木抵住。可是姐姐力道不够，托不住棺尾，撑不起，挣扎着，于是棺木砰的一声巨响，摔了下来。

就在我肩膀上感到一扯一扯一阵阵痉挛似的剧痛的同时，我赫然惊见，翻飞的棺盖下的棺木内，并没有安婷的尸体！

并没有安婷的尸体！

我忘记我是怎样从梦里醒转的，但我想，一定是我在尖叫中从梦里醒过来的。

与此同时，铃声大响，我愈发魂飞魄散。

我跌跌撞撞地去开门，门外，不见人影。

可是铃声仍在剧响着。

我这才醒觉是电话响。

我抓起听筒，电话的那一端，传来安婷的老爸那喉头哽哽的声音："哎呀死火了！安婷的灵柩抬到山坟，半路棺木给摔了下来，棺盖都掉了，棺木里并不见安婷的尸体！安婷的尸体不见了呀……"

我直如万箭穿心，五雷轰顶。

与此同时。门外，传来一阵钥匙在匙孔里扭动的声响，可又开来开去开不开。

那串钥匙还发出叮叮当当的声音……我在恐怖的意识中，感到一阵阵目眩膝软、惊心动魄，再度昏厥过去。

在迷迷糊糊中，我感到好像有千只手万只手在拉扯着我，同时有千把刀万把刀在分割着我，有一种被绞筋、撕裂的痛楚，从胸口一直抽痛到指尖。我努力睁开眼睛，恍恍惚惚地看到床前有一个影子。

一个白色的影子！

啊！安婷。

沈安婷！

是沈安婷！

她来了！

强烈的灯光使我头痛欲裂，我挣扎着要起身。

并发出一声声惨烈的尖叫，自己听着都毛骨悚然。

就在这时候，感到有一双温暖的手按倒我，一个细致的、轻柔的，而又焦虑的声音在我耳边响起："你快别起来！好好地躺着，你在发着高烧呢！"

我努力集中目力，才看清楚那白色的影子并非沈安婷的鬼魂。

原来是洁儿。

"你怎么会在这里的？"我虚弱地问。

"我在街上碰见你姐姐，她都告诉我了，于是约了一起来你这儿，临时她又说漏了东西要买，把你这儿的门钥匙交给我，让我进来先坐一会儿。我一进来，便见你晕倒在地上。"洁儿一边回答，一边用冷毛巾压在我的额上，不断帮我拭去脸上的汗。

我还待问，姐姐刚好捧了脸盆进来，见我醒转，便上前道："阿弟，你把老姐吓坏了，你一直发高烧，已经睡了一天一夜啦！"

她努努嘴，继续说："洁儿已经一天一夜没合眼了，我叫她回去睡一阵或在厅里歇会儿，她也不肯，还特地请假帮我照顾你呢。你没看到她手上的伤痕，昨天我赶来你这儿时，见她好心要搀扶你上床，你却把人家推倒在地板擦伤了皮肤。你发烧的时候，口口声声喊着沈安婷的名字，喊打喊杀的，叫得那么响，屋顶都要给掀掉了！"

我颤声："阿姐！"

姐姐摇头："你别自己吓自己！没事的，没事的！"

我哆嗦道："阿姐！沈安婷的尸体不见了！"

姐姐的脸色霍地全白了："你怎么知道？"

"是沈安婷的爸爸打电话来说的。"

"会不会他编造出来吓唬你？"

"不会的，我也梦见她的尸体真的不见了。"

"做梦的事，岂可当真？"

"可是殡仪馆的老伯也告诉我，沈伯父准备把安婷的尸体运走时，她的尸体重得像座铁山，劳动七八个大汉都抬不动；还说她手里握着那串钥匙不断叮叮当当作响；还说她眼睛更张凸着，一直流眼泪，肚子也好像更胀了……"

"那后来……后来尸体可抬得动？可运走了？"

"本来是抬不动的，后来沈伯父就照着古老的关目，权充死的是他，靠拢在安婷的尸体旁平躺下来。连他也一并抬进棺木。后来……后来车子运载着棺木上路时，我听殡仪馆那老伯说，明明车子是在平坦的路上行驶，就直如在行山路，一路颠簸，还频频死火，后来又只好叫沈伯父趴在棺材上面，车子才能顺利开动……"

"哇！如此猛呀！"

"是呀！"我说话的时候，也禁不住周身一麻，出了一身冷汗，"我刚才梦见沈安婷的尸体不见了，便惊醒过来，才一睁眼，沈伯父的电话便到了，我甫搁上听筒，便听见门外有一阵钥匙在匙孔里扭动的声响，却又开来开去开不开，那串钥匙还发出叮叮当当的声音，一定是沈安婷不见了的尸体摸上门来了，我这里的门匙换了，所以她开来开去总是开不开……"

"那是我！不是沈安婷！"洁儿这时急道。

"洁儿，你不明白沈安婷的为人，她不会放过我的，你不用好心安慰我。"

"不！"洁儿道，"我不是安慰你，我说的都是实话，你姐姐塞了一大串钥匙给我，我都弄不清哪一把才是你这儿的门钥匙，只好一把一把地试。当我把门给开了的时候，便见你晕倒在地上了，幸好不久你姐姐也赶来了，不然我都不知怎么办……"

"阿弟！"姐姐沉声道，"沈安婷再猛鬼，我们也不用怕她！"

"你不怕我怕。"

"怕什么！沈安婷要是真的闹上门来，她做初一，我做十五！"

"她是鬼，我是人，人怎与鬼斗？"

"你不要整天神经兮兮的自己吓自己！俗语都说：'人怕鬼三分，鬼怕人七分。'沈安婷除非想永不超生，不然，哼哼……"

"阿姐！"

"嗯？"

"那些辟邪驱凶的神符，你都拿了吗？"

"都拿了，也全给你贴上了，门窗各一张，你枕头底下也有，那些撒在你屋子里的米粒和茶叶你暂时别扫掉。还有，我又找人给你写了厚厚一沓的《金刚经》，我也想找人来你这儿念大悲咒，没事的了！没事的了！"

"真的没事，我便安心了，即使减寿也情愿。阿姐，你不知道这几天我都要崩溃了！"

"啐啐啐！"姐姐一迭声地呸道，"大吉利市！阿弟你胡说什么！"

连洁儿也给逗笑了。

说真的，给沈安婷的事这么一折腾，我再见到纯纯的洁儿时，马上萌发一股恍如隔世的撼心动容，感觉与她亲近了三分。一定是我的感情在自然间流露了出来，不然姐姐不会识趣地说要走了。

姐姐一走，剩下我和洁儿两相对。

"洁儿！"

"嗯。"

"你不怕？"

"怕什么？"

"不怕我连累了你？"

"你怎会连累我？"

"沈安婷临死前，发誓我交一个女朋友她就杀一个。"

"嘻。"

"你笑什么？"

"我笑你这么一个大男人也相信这种无稽之谈！"

"那你的意思是说愿意和我在一起了？"

"我没这么说过。"洁儿娇羞地嗔道。

"我不管，我当你这么说了！"

"你好霸道！"

"那我就霸道给你瞧！"我把洁儿迅速地拥入怀里，在她的唇上印上深深一吻。

她先是挣扎，继而软化，半晌，才喘息道："你呀！发着高烧的呀！睡了一天一夜没刷过牙，口臭死了！"

我开心地哈哈大笑。

也不晓得到底是爱情的魔力大，还是姐姐从庙里讨回来的神符凑效，抑或是那本《金刚经》威力无比，总而言之，随着高烧退了之后，仿佛一切阴霾也一扫而光，我的人又恢复了昔日的清爽开朗，龙精虎猛了。

我和洁儿的感情直线上升，自不在话下。

七

转眼，半月又过。

这天，是洁儿的生日。

要买什么生日礼物送她好呢？玫瑰花？蛋糕？巧克力？或是一枚戒指？简直费尽心思，洁儿不像沈安婷，老爱狮子大开口，送她礼物，愈贵愈能讨她欢心。以前每次闹自杀之后，我总要买项链买手表，或者什么名牌货的礼物熨平她的情绪。但我知道，洁儿绝对不是那种爱慕虚荣的女子，她是那类追求浪漫、温馨的有情趣的人。

噢，对了，记得她说过，喜欢听风铃吹动的声音，清清脆脆的声响好比情人的呼唤。

我何不送风铃给她？

且一送，就送半打。

半打同款式的风铃，挂在她屋子里每一个窗口处，风掠过，那重重复复、清清脆脆的声响，就好比我在亲昵地唤着她的名字，这该多浪漫又温馨呀！

于是打定主意后，我买了半打那种同是五层五角塔形，而每层皆不同颜色的风铃，另外又买了一大束红玫瑰，便在约定的时间，上洁儿的家。

我还是第一次踏进洁儿的屋子，往常，我都是送她到门外便离去。

我甫踏进门，就闻到一阵阵刺鼻喉的杀虫水、灭蚁粉的气味。我第一个反应是呛咳起来，第二个反应是不停地淌鼻涕。我的手只不过轻轻在椅背上搭了一下，然后在堵嘴、擦鼻涕的时候触及眼睛，一双眼睛顿时痛得睁不开。

　　"洁儿，你怎么搞的？你在屋子喷了些什么、撒了些什么？真要命呀！"

　　"我在屋子里布满强力的杀虫剂和灭蚁粉。"洁儿一副理所当然的神情，"我最怕虱子，又讨厌蚂蚁、小虫之类的东西，还有那些在板缝间蠕蠕爬动的白蚁，想起都恶心，所以我在屋里布下天罗地网，叫它们尸骨无存。"

　　我环视屋内四周，这才发现，不管是地板、桌面、柜子，一切家什和摆设，全都一尘不染。噢！不，形容得贴切一点儿，全都让她从干净抹到光亮，从光亮又抹成光光亮亮的。我端详再三，找不到一丝瑕疵。

　　"呵，洁儿，你有洁癖？"

　　"洁癖不好吗？难道要脏兮兮才好？"

　　不是不好，但洁到一个地步，弄得整间屋子全是杀虫剂、灭蚁粉的辛辣味，我可要喊救命。当然当然，和沈安婷的凶悍比起来，洁儿的洁癖也不算什么了。

　　老天！被洁儿的洁癖的事一打岔，我都差点儿忘了来此的目的。

　　于是奉上礼物、玫瑰花，还有我的祝福："洁儿，生日快乐！"

　　"谢谢。"她在我的脸颊上轻吻一下。

　　"拆开来看看我送你什么，嗯？"

　　"啊！是风铃。"洁儿大喜，我遂帮她把那六只风铃分别挂在六个窗口处。

接下来，便是烛光晚餐。

洁儿亲自下厨弄的牛排，味道不错，但吃在嘴里，先还没尝到肉味，已闻到一股滴露的浓郁气息。我笑笑："洁儿，你该不是用滴露来浸牛肉吧？"

"浸的不是牛肉，是刀叉，"洁儿淡淡地回答，"我厨房里的用具，全用滴露消毒的。"

我一时无言以对，于是低头吃牛扒，刀叉碰碟子声不断，像是会碰出火花来。

那一夜，我就留在了洁儿家。

尽管我好不习惯那杀虫剂、灭蚁粉的辛辣味，甚至也不觉得那串串的风铃声有什么动听，但洁儿的身上究竟是有点儿脂粉香的，也由不得我不心旷神怡了。更何况，当触摸及她那洁白胜雪的肌肤时，与沈安婷分手以后的性欲，猝不及防地散满了我的全身。

我和洁儿，也就一"眠"为定了。

我准备和她结婚，打算到台湾度蜜月。婚后，她当然住到我这儿来，至于她那间父母留下给她做嫁妆的屋子，或租或卖算了，反正我无法在那样杀气腾腾、鸡犬不宁的地方待下去。

洁儿无父无母，只有她表姐一个亲人而已，也即我姐夫公司的一位同事，所以她事无巨细，全听凭我的安排。

婚事筹备得七七八八的当儿，洁儿忽然病倒了。

她说是患了重伤风，不准我去找她。

我不依，坚持上门。她戴着口罩出来见我，我发觉，她的十指脱皮脱得像叉烧一般红。

她说：“等我好了再打电话给你。”

我道：“你答应我去看医生，不然我不走。”

她说好，但我仍满心不安，唯有天天打电话给她。

她起初也接听了，那声音，听上去好沙哑，到这两天，她连电话也不听了。

我上她家，敲门，没人应。

我找到她表姐，打听她的去向，她表姐也不知道，只是安慰我道：“没事的！洁儿从小就把自己照顾得很好，连一只蚊子都休想接近她。她一定是不想把伤风传染给你，躲起来不开门，过几天她好了，你们不是又可以见面喽！瞧你急得什么似的。”还羞我呢。

不见洁儿的日子，我在公司里连笑容也尽敛。

邻桌的小王挖苦我：“不是快结婚了吗？怎么要吹！”

我哼道：“去你的乌鸦嘴，我和她才恩爱呢！”

小陈也插一句嘴：“喂！怎么恩爱法？快教几招来。我追艾丽，追到焦头烂额，她睬都不睬我，更遑论能做爱了！”

艾丽是另一位女同事的名字，她马上抗议：“小陈！你胡说八道些什么，我撕烂你的嘴！”

连接线生云云也过来八卦一番，笑问：“喂！你是怎样把你那白雪公主追到手的？一天一打玫瑰？”

“才不，”提起洁儿，我心甜甜，“是半打风铃！”

同事们齐齐说：“风铃？半打？”

“有什么不妥吗？”

“当然不妥啦！”艾丽直嚷，“风铃招鬼的呀！你送一只也罢了，还送了半打？不过，只要不是送那种五角形五层塔状的风铃，还不太碍事……"

"我送的正是五角形五层塔状的风铃呀!"

"那种风铃,一般的道士、茅山师父最喜欢用来招鬼的了!"也不晓得是谁在说。

至此,我已冷汗淋淋。

胆都只差点儿没给吓破了。

我十万火急、五内如焚地赶至洁儿的家。

一到屋前,闻到的不是杀虫剂、灭蚁粉的辛辣味,而是比粪还臭的腐烂味,奇怪的是她的左邻右舍没察觉吗?也不容我多加思虑,当下破门而入,只见洁儿已经死了。

她就死在她那张木板床上。

她的尸体令我终生难忘。

她起码已死去有两天了吧,成千上万条蛆虫在她体内周游穿梭,仿佛洁儿的尸体就是它们多窗多户的豪邸,它们热闹而嚣张地穿插其间,此外还有红蚁、黑蚁、白蚁、虱子,在蛆虫与尸体之间分一杯羹。

没有人能亲历其间而不觉得骨骼发酸、头皮发麻。

我送给洁儿的那六只分别挂在六个窗口处的风铃,随风响动,那声音,像极了沈安婷得逞、嚣张的奸笑。

洁儿死了。

我也以为自己亦死了。

因为我足足躺在床上有半个多月,不能吃、不能睡,闭眼睁眼,梦里梦外,那成千上万只贪得无厌的红蚁、黑蚁、白蚁、虱子在洁儿的尸体上蠕动、啮嚼的情景皆历历在目,我甚至还清晰地听见自己那一声声发自灵魂深处的剧痛的惨叫。

那是洁儿死后的第三个星期，半夜惊醒，掀开被，撑着虚软的身子，我下床来，颤巍巍地亮开了房里的灯光。灯亮处，我第一眼瞥见壁镜中的自己——面白如纸，两只眼睛陷落了下去，变成了两个黑洞，但可以看见眼皮在那里跳动，也因为眼皮的跳动，两颊深深地凹了进去，而颧骨更明显嶙峋地耸了起来，看上去还有一丝的人气。

我怎么憔悴成这副模样？

我跌坐在地上，呜呜地哭了起来。

哭声惊动了姐姐。

她跑进房来，搂着我："阿弟！阿弟！"关怀之情表露无遗。

我听见自己的哭声，由原来呜呜的哽咽到后来尖细、凌厉、颤抖地一声声奋扬起来，都觉毛骨悚然。

"阿姐！"

"不用怕！阿弟，有阿姐在，不用怕！"

"不怕？洁儿都给她害死了！"

"阿弟，洁儿的死是意外……"

"意外？"我激动若狂，痛不欲生之情至此已极了，"明明是沈安婷害死她的！"

"阿弟！"姐姐强自镇定，"洁儿都死了，过去的事也不必去追究了，重要的是你以后平平安安地活下去。"

"平平安安活下去？沈安婷肯吗？"

"我和你姐夫商量过了，你以后就长期住在我这儿，待你精神比较好时，阿姐也不让你搬回去的。你那间屋子，我们已找地产公司代为出售。总之你只要住在我这儿，包管没事发生的。沈安婷的鬼魂够胆摸上门来，我让她吃不了兜着走！"

"你找到办法制伏沈安婷的鬼魂了？"

"总之，阿姐不会让你再受到骚扰、邪祟的。前几天，你姐夫又找了几位高僧来，在屋子四周洒过神水。沈安婷即使化作厉鬼，道行再高，也进不来的！"

八

日子在阴影中度过，精神稍振，我便照常上班去，只是欢颜不再。同事们当着我的面，只字不提洁儿的死，甚至在言谈间也都显得非常小心翼翼，分明是怕触动我的心事，愈发让我为之悲哀。

这天，地产公司的经理打电话到会计楼找我，说是我那间屋子已有了买主，价钱也谈妥了，对方是对姐妹花，姓李。

于是约好时间上地产公司见面，收取两万元的订金，签第一份合约，待律师楼把正式的买价合约搞妥，再收十来万的首期，复花两个多月的时间办理地契转名、银行贷款手续，屋子便算是脱手了。

李氏姐妹联名购下我的房子，姐姐名叫李佩菁，妹妹名叫李佩芬，一个29岁，一个26岁。姐姐在一家大规模的制衣厂任职，是位裁剪高手；妹妹则是一名护士，因过去多年受尽租房的冤屈气，故掏出积蓄合资买房。

我对李氏姐妹也没什么特别印象，其实打从洁儿死了之后，我对身旁的人、事、物皆提不起一丝兴趣，甚至有万念俱灰之感，仿佛自己一寸寸地死去，这可爱的世界也一寸寸地死去。凡是我目光所及、手指所触的，也将一寸寸地死去。

直至这么一天……我那颗枯竭的心，才如同死灰复燃，又重新燃起了生机。

同样是寂寞哀凉的一个晚上，我下了班后，也不直接回姐姐的家，如常地到酒馆借酒消愁。洁儿死后的日子真不知道是怎么过的，但是人既然活着，也就这么一天天地活下去了，几个月下来，染上酒瘾烟瘾，人也更颓废了。

那晚上，我喝得酩酊大醉，走出酒馆时，脚步已歪歪斜斜，迎面就和路人撞个满怀。对方是个女的，正待翻白眼呵斥，突然转口道："咦，是你？"我侧过头打量着她，只觉得此人甚是面善，却又想不起在哪里见过。

"你喝醉了！"她道，那语气像极了姐姐平日跟我说话的口吻，那笑容也宛如姐姐平日待我的脸孔，"要不要替你喊的士送你回家？"

"不！"我不耐烦地回答她，"我还没喝够，我不要回家，我没有家，我的家都卖掉了。"

然而她不由分说便上前一步搀扶我。我挣扎着要甩开她的手，可是全身乏力，于是半扶半拖地给拉上的士。一上车我就想吐，费了很大的力气方才咽了回去，却不得不闭着眼睛休息。司机和她的谈话只断断续续听到一些，好像是她告诉司机我姐姐的住址，而司机问她我是否是她的男朋友之类的话。一路上那男子转来转去，像在走山路，颠得人发昏，而在那颠簸之中，只感到身旁有个人，紧握我的手偎着我坐，静静地不发一语。我心里正是朦朦胧胧之际，醒也不是，醉也不是，总之不受用。然而，很清楚地感觉到那个人的温暖，同时在那茫茫的痛苦中就好像有了点儿依凭，不会失落。

不久就到家了，于是便下车。我的脚才踏到地面，猛觉心头一阵恶心，忙去扶着灯柱子，就在那柱子旁呕吐起来，因胃里翻腾得厉害，连黄疸水也吐得精光。

呕吐过后，人也清醒多了，这才发现那柱子原来并非灯柱子，而是一个人！

就是送我回家的女人。

她的衣服上，全沾染了我呕吐出来的秽物，正用一副啼笑皆非的表情瞪着我。

我这才猛然想起，她就是买了我屋子的李氏姐妹花中的姐姐李佩菁！

我和李佩菁，就是这么开始的。

翌日，我找出她的电话号码，约她出来吃晚饭，算是答谢也好，赔礼也好，总之，这个人情，一定要还。

她也落落大方地赴约，一见我，便笑意盈然。

我的开场白是："昨晚，真不好意思。"

她笑笑，没有搭腔。

我没话找话说："银行的贷款搞妥了没有？我都没联络房产商律师，不知转名手续进行得如何。第一次见你是在地产公司，第二次是上律师楼签买卖合约，都快两个月了吧……"

她道："应该再有两个礼拜，一切手续便OK了。"

我说："如李小姐有需要的话，在一切手续尚未弄妥之前，我先交出屋子钥匙也无妨。我行个方便，让你有充足时间清洁或装修什么的，反正屋子迟早都是你们姐妹俩的了。"

她一笑，两腮上的酒窝醺醺泛了起来："那先谢了，清洁倒是要的，装修就不必了，因为屋子也是你新粉刷过的，且客厅卧室厨房的壁架壁橱一切设计都那么新颖美观……"的确如是，因准备与洁儿结婚，谁料……她猛地怯怯地低声说："对……对不起。"

　　"对不起什么？"我打了个错愕。

　　"我一定是勾起了你的伤心事。"

　　"我的脸色很难看？"

　　"你的眼睛流露了你的心事。"她虽然说得轻描淡写，还是带着一种感慨的口吻，"我第一次看见你的时候，便吓了一大跳，因为之前地产公司的经纪带我们姐妹去看你的屋子，我在你桌上瞧见你的相片，你看上去十分有朝气。然而我见到你真人时，完全不是这么一回事，仅仅是生活的压迫绝不会使人变得这样厉害。"

　　我不觉打了个寒噤。她一看见我就看得出来我是几经打击，整个人已经破碎不堪了！

　　我一向以为我除了消瘦，至少在外貌上、举止间还算镇定。

　　李佩菁的话，让我把前因后果重新在心里过一遍，实在禁不起这么折腾。我别过脸去，滑下一滴凄哀的眼泪。

　　她默默地递上一张纸巾到我手里。

　　我也默默地接过，揩去那滴眼泪。

　　"对不起，我失态了。"

　　"不要这么说，因为买房子的事，我们也算是一场朋友。"

　　为免自己发窘，我又无话找话地直扯："是了，昨晚你在街上见我醉了，居然有胆子送我回家，难道不怕我借酒行凶？"

"我不怕，那时你都醉得脚软手软了。"

"可是你单身一个女子，送一个全然陌生虽是认识的男人回家……"

"我于心不忍，总不能见你醉倒街头置之不理。况且我也有你姐姐家的电话与地址，也就想着，说不定做了好事，你感动之下，把屋子减个七五折，我岂非捡了个大便宜？"

"哈哈哈哈。"

"你终于肯笑了。"

"是的，我都好久没笑过了。"

这一餐饭吃得好生愉快，是洁儿死后，我第一次把整碟饭吃得精光，且感觉心头的阴霾除了一半，人也显得精神多了。

饭后，意犹未尽，我提议去酒店的咖啡屋喝杯热茶，她欣然同意。

侍者给我们捧上一壶热茶，我在她现出一副垂听的神情下，也不晓得自己是出于一股感动抑或冲动，点燃烟，便把事情的始末娓娓吐诉。

茶冷，烟熄，我的故事也说完了。

我想象中她的反应是惊悸，甚或是战栗，起码也瞠目结舌地逃之夭夭。

但是李佩菁她并不。

并不。

她只是用怜悯的眼光盯着我，那种温柔，如姐姐平日待我般熟稔到亲切绝顶，她说："你不要自己吓自己，这是一种心理战术。沈安婷就是利用了你的弱点，她在世时，把你耍于掌间，她人死了，也一样玩残你。"

"你不用安慰我，没用的。"

"我不是安慰你，只是于心不忍，不想见到一个大好青年，就此郁郁终生，被一个死人的阴影主宰了命运。"

喝完茶后，我送她回住处，我由衷而言："李小姐，再见，晚安，谢谢你的开解。"但是她没有进屋的意思。

我诧异："你怎么不进去？再见。"

我再道晚安。

她羞红了脸："你只管催我进屋，可是你又不放手……"

我这才惊觉，原来自己在送她回住处的途中，不知不觉已握紧了她的手。呵，昨晚酒醉在的士里，一定也是自己在迷糊中握紧了她的手，那种在茫茫的痛苦中蕴含着一股温暖的依凭之情，顿时涌现心头。

"噢！我……对……对……不……起……"我好生结巴，尴尬死了。

见她不怒反笑地转身进入屋里，我的心情真是难以形容，仿佛心头掠过一抹惊喜，萌升一丝的曙光。

接下来的好些天，不知怎么心里老是没着没落的，老是在那里想，不知何时才能再见到李佩菁呢？却没勇气约会她了。

如果不是她主动打电话来，我和她恐怕也就到此而止。

就这样，短短的一个月里，我和她便俨然一对了。

于是乎花前月下，牵绊着两颗心。

我戒了酒、戒了烟，把借酒消愁的金钱与时间都转移在她的身上，仿佛跟她在一起，我才能重拾欢颜，也真的唯有她，让我那颗枯竭的心，如同死灰复燃，又重新燃起了生机。

然而，这一切快乐的时光并不长。

噩梦始于一个芬芳美丽的晚上。

九

那夜，我们看完九点半电影，又吃了消夜，我也就如往常般送她回去（佩菁与她妹妹佩芬已经迁入我原先的屋子了，还是我找人帮她搬家的，她住进新居后，平安无事），停好车，我又依依不舍地陪到她门口。

那晚上的月亮，又圆又大，走在万籁俱寂的夜色中，向天空眺望，那轮月亮仿佛是浩瀚的夜空中一颗静静的心，充满了明亮的情。

"佩菁，我爱你。"

那晚我在佩菁耳根下，轻轻地、柔柔地呢喃着，许是那晚的月光特别清亮，许是她那袭敞领的紫绸裙子格外迷人，我看到她浑圆的项背，露在月光下泛着一层青白的光辉，便再也忍不住，紧紧地搂住她的腰，将脸偎到她项背上去。

"唔……不要……"佩菁挣扎着，"这么多人看着，羞死了！"

"胡说！"我笑，"三更半夜，这里连鬼影也没有半只！"这一带，就是大白天行人也少，更遑论半夜十二点了。

"咦？"佩菁本能地冲口而出，那说话也不能算是向我询问，只听她连声地诧异道："怎么搞的，刚才都不察觉，怎么忽然会这么热闹起来，第一花园的小贩摊档不是摆在另一条街的吗？"

"佩菁，你说什么？"

"我是说，今晚为何整条街这么多人，比以往摆满小贩时的人还多哩。"我总算把身边人的话听得明明白白了，我望着漆黑寂静的街道，突然，一股深深的寒意袭向全身。

"你不要胡说八道，这般吓唬我！"我半喝半惊的。

"什么？"佩菁错愕地瞧了我一下，复使劲地搓眼睛，"你没瞧见吗？很多人还看着我们！"但街道是自己熟悉的，自己也没眼花，哪里有人？连夜猫子、野狗也没有一只！

"佩菁！"我的叫声一定比哭音还要难听，本能地，抓紧她的肩膀猛摇几下。

"咦！"她瞪大双眼，张大嘴巴。

"怎了？"我颤声问。

"奇怪，又什么都没有了！"

"什么没有了？"

"我明明看见前面摆摊档人山人海好热闹的，怎么忽然全都不见了？"

"一定……是你……眼花……"

"我明明看见的！"

"又说……说不定……是你……的……幻觉……"

"幻觉？"她咬咬下唇，"或许是吧。"

"好了，不要自己吓自己。"唉！原来是一场虚惊。

我也没把这件事搁在心里。直至三天后的晚上，那夜，会计楼的一位同事小王结婚，在一家酒楼宴客，我偕同佩菁赴宴席。

宴席间，我们会计楼的一大群同事自然共坐一桌，又是高谈阔论，又是划拳劝酒，气氛十分热闹。逾晚上十点，最后一道甜品终于端上桌，但大家的兴致还是很高。做新郎的小王早已被灌得半醉，居然扯着我、小陈等人陪他划拳。

"小王，你饶了我吧，我已不胜酒力了！"我叫苦。

"不行，今晚是我的好日子，不醉不归，你们是老友的话，一定要陪我喝个痛快！"小王讲话时，舌头都有点儿打结了。

"你找小陈他们陪你，我真的不行，待会我还要送女朋友回家的，醉了不行！"我可不是找借口，倒真的是如此。

嘴里提着女朋友，很本能地，我的眼光也移到佩菁脸上去，这一望，我的一颗心禁不住猛地抽搐了一下。

因为佩菁面如土色，且汗水涔涔。

她所流露的那种恐惧之色，是一种极其难看的颜色，一种被"恐惧"的震悚扭曲了的反应，脸上还隐隐泛着青光。

"佩菁！"我抓起她的一条胳膊摇了两下。

"啊？"她低呼了一声。

"佩菁，你怎么啦？你不舒服吗？"

"……我……怕……"

"怕什么？"

"……有……长……达……五……分……钟……之……久……我……忽……然……什……么……也……看……不……见……听……不……见……除……了……满……桌……杯……盘……狼……藉……之……外……我……竟……然……不……见……人……影……也……听……不……到……人……声……"

我呆了呆，心像一下子悬在半空，不能踏实，下意识地望了下四周，大家不正好端端的？正含笑诧异地望着我与佩菁。

"哈哈哈哈！小姐喝橙汁也会醉！"小王对佩菁的一番话，捧腹不已。

于是全桌的人都笑得气喘。

"佩菁，你一定是头晕晕的，才会这样子。"

大家愈是笑作一团，我愈是尴尬得很。

"不，"佩菁独自喃喃，"也不懂……为什么……你一碰我……我就……看见你了……可是……四周仍是……空荡荡……的……一个人也……没有……他们都……走了吗……"

她此话一出，全桌的人更是嘻哈笑倒。

艾丽哗然："李小姐，你不是心急成这副样子，我们大家人都没走，你已经想洞房了？"

云云也鬼叫："李小姐，难道真的是喝橙汁也会醉！你弄错了，今天结婚的是小王呀！"

就连小王也语气猥琐地大唱："李小姐，我小王最大方的，今晚索性就把新房让出来……"

我恨不得找个地洞钻进去。

"佩菁！别闹了，嫌丑出得不够吗？人？哪来的人？"

佩菁霍地直起身子，人抖、声抖、手抖："人呢？人都上哪儿了？"

"你真的看不见？"

"我是真的看不见听不到呀！"

至此，我是确确实实地相信，事情出了娄子。

"对不起，各位，我女朋友真的不舒服，我们先走了，拜拜！"不由分说，我扶着佩菁，急离酒搂。

走在街上，被凉风一吹，她的精神好了一点儿，恐惧之情也稍减。

"我……现在……又……看见……了……"

"佩菁，"我忐忑不安，"你这病，有多久了？"

"病？"她差不多要哭出来，"你以为这是一种病态？"

"不是吗？上回你说在屋子前面瞧见摆摊子小贩，其实鬼影也没一只，现在明明全桌人好端端地坐在那儿，你又说看不见任何人，听不到任何声音……"

"上回，我是真的看见呀！但这次，我也真的是看不见呀！"

"你以前没有过类似的经历？"

"我对天发誓没有！"

"你是不是患有近视，或散光？"

"都没有哇！"

"那……你……有……阴阳眼？"

"阴阳眼？你说我的眼睛可以瞧见肮脏的东西？呸呸呸！大吉利市！"

"既不是阴阳眼，那又怎会……"我不敢往深处想，我怕。

本来是高高兴兴地去赴宴，却败兴而归。一路上，我默默地驾着车，心头疙瘩着，愈是不要去想它，愈是阴影缠上来，心里十分不受用，那感觉，像憋着一口气不让透出来的窒闷。

就在车子要转弯直驶入窝打老道时，坐在身旁的佩菁突然发出一声惊呼，同时慌乱地抓住我握着方向盘的双手。她这么一个突如其来的举动，让我心一惊，手一抖，车子便失去了控制，直撞向路边的一棵大树，碎玻璃向四面溅飞。我及时启开车门飞跃而出，跌坐在路旁的草地上，受了一点儿皮外伤。

而佩菁，头额、手臂鲜血淋漓地倒在车座上。

在路人的好心帮助下，我们被送入伊丽莎白医院。

我敷了药，便能出院，但佩菁伤势较重，需要住院。那晚，我守在医院廊间，熬到天亮。到了第二天，复又跑跑蹒蹒，等到她醒转来。

　　"佩菁！"病床上的她，包着头，扎着手，脸色惨白。

　　"你……伤……得……怎……样……？"她虚得像仅剩下半口气。

　　"我只是受了一点儿外伤，不碍事的，倒是你，你现在觉得怎样？伤口痛不痛？"

　　"痛……有……什……么……要……紧……只……要……没……撞……死……人……就……心……安……了……"

　　"你说什么？什么撞死人？"

　　"我……都……没……脑……震……荡……还……记……得……一……清……二……楚……怎……么……你……倒……忘……得……一干……二……净……？"

　　"佩菁，你到底说什么？"

　　"昨……晚……车……子……转……弯……时……横……里……扑……出……一……个……白……色……女……人……我……怕……你……来……不……及……紧……急……刹……车……所……以……惊……叫……起……来……并……迅……速……要……扭……转……你……的……方……向……盘……不……然……"

　　我打断她的话："什么白色女人？"

　　"一……个……穿……白……色……孕……妇……装……的……女……人……她……还……朝……车……里……的……我……们……微……笑……"

我倒抽了一口冷气："你记不记得她的样子？"

"我……形……容……不……来……但……下……次……再……见……到……一……定……认……出……"

我没有再追问下去，一是佩菁需要休息，二是我心里也确实害怕。

我服侍她歇下后方离开医院，临走前，这才惊觉病房四周死寂得很，而佩菁的喘息亦是静里方有的。

"滴答，滴答……"不知何处一点儿透明的音籁，恐怖地传来，我任眼光搜寻，原来病房一角的洗池水龙头没关紧，吃紧地吐着涎沫——仿佛从远古敲到现在的更漏檐滴，乍听，又凄凉，又寂寞。病房里有十几张床，只进门处的那五张有人躺，但隔了一道屏风，便又是另外一个世界。而这边厢的十四张病床空着，像原该有病人躺着却没有，显得真空，连空气都没有了。我凝住俯瞰佩菁床头的热水瓶、血浆包，形似沙漏，流走她的阳寿似的，但见她胸部起伏减缓速率，眼圈黑黑括弧着垂睫。我意识到她时日不多了，一股寒意沿着脊椎猛冒，麻得我几乎瘫痪。

十

回到姐姐家，脚甫踏进大门，已听到姐姐在嚷道："阿弟！哎呀！担心死我啦！"

我一时还没听明白姐姐的意思。

"阿弟，你昨晚一整夜上了哪里呀？我还以为出了什么事呢，会计楼打过电话来找你，问怎么没去上班？人家李佩芬也打过电话来找家姐，问说佩菁怎么彻夜不归？"这才想起，忘了通知姐姐与李佩芬发生车祸的事。

"昨晚撞了车，佩菁现在在留院。阿姐，我没事，不过请帮个忙，打电话到玛丽医院通知李佩芬一声，说她姐姐在伊丽莎白医院。"说完，我已十万火急地冲进房，翻箱倒柜。

姐姐闻声进来："阿弟，你找什么？"

"我找沈安婷的相片！"

"沈安婷的相片？"姐姐错愕，"你找死人的相片干吗？"

"我要拿去医院给佩菁认一认。"

"阿弟，出了什么事？"

我把昨晚车祸的发生经过简略地一说。

姐姐听得瞠目结舌，半晌才说："可是沈安婷的相片，我老早一张不剩地烧个精光了。"

"呵！我想起来了，说不定她以前工作的西饼店的同事、老板娘有。阿姐，我马上去。"于是一阵风地跑出门。

费尽唇舌，终于取得一张沈安婷以前与旧同事、西饼店老板娘的全体合照。

复一阵风地赶至医院。

我再来的时候，佩菁已经又醒了过来，只是显得很累的样子，间或闭眼歇一歇，又睁开来。

"佩菁！"

"……你……怎……么……不……好……好……在……家……睡……觉……又……跑……来……做……什……么……我……没……事……的……"

"佩菁，"我支支吾吾的，"我……带……了……相……片……你认一认……"

"认……谁……呀……"

"那，相片中左边……第一个……女……子……是不是昨晚……你看见……那穿白色孕妇装……的……女……人……"

"让……我……看……看……呀……是……是……她……了……我……认……得……是……她……"

我只觉天旋地转，身子仿佛挫了一挫。

"你……怎……会……有……她……的……相……片……她……是……谁……原……来……你……们……认……识……的……"

我不敢说出沈安婷的名字。

至此，还有什么不明白的?

沈安婷缠上佩菁了!

"你……脸……色……很……差……"佩菁合了合眼，语气羸弱，"回……回……去……休……息……"

死到临头，仍对我殷殷切切地关心。

这愈发令我发狂，然而在佩菁的跟前，我又不能流露一丁点儿哀痛、惶惑、恐慌、害怕、恨恼……待她再睡去，我这才抑不住泪眼模糊，拖着乏力的脚步跌跌撞撞离开医院。街上全是人，熙熙攘攘，匆匆忙忙。佩菁要死了! 佩菁要死了! 我心里在反复地哀号。

一辆汽车在我身边紧急刹车，司机从车窗伸出头来对我抛下一声咒骂："他妈的! 赶着去拿出世纸吗? "

我其实恨不得给车子一头撞死，一了百了。

我情愿死的是我自己！

而不是我身边的女人！

"他妈的！你还不给我滚开一边去，真是找死不成！"那司机咬牙切齿，猛翻白眼。

与此同时，有人在背后扯了我一把。

"你怎么失魂落魄呀你……"

原来是李佩芬，我的准小姨子。

我待要答话，又何尝能够，声音已哽塞。

"不是我姐姐……"

我摇头，又点头，想想不对，又再摇头。

"我姐姐到底怎样了？"

"她……头部受了点儿伤……手也被玻璃割伤……医生说没事的……但……但……"

"但什么？"

"我……我……陪……你……去看你姐姐……"于是折返医院。

才踏进病房，老远，便看见两位护士正把一张白色的床单由头至脚罩在佩菁身上。那一霎间，我只感觉血管冻结了，像有一万把利刃插进胸膛。我再也不知道什么事情，只硬化地呆立着，没有情感，没有思想，没有意识。我的世界，已在一刹那被击得粉碎，而我自己，也早已碎成千千万万片了。

"不是说我姐姐伤势无碍的吗？"我听到李佩芬在哭嚷。

"你姐姐的伤势确实无碍，只是她很不妥就是了。"其中一个护士回答。

"怎么不妥了？"

"她一直气喘吁吁的，断气之前，做出痛苦的挣扎。我们趋前握住她的手，她说她看见了，我们一放手，她又抖得厉害，再握住她，她又说看见了，如此折腾有十分钟，才断气的。"

我只感忽然一个踉跄，跌坐在地上，嘴巴只凄厉地惨叫了一声，趴在地上再也喊不出第二声了。

佩菁死了！

佩菁也像洁儿一样，死了！

我哭得声嘶力竭地告诉自己，一遍又一遍，这都不是真的，这不过是一场梦魇。

醒来后，佩菁仍然活生生、笑盈盈地重现在我眼前。

可佩菁的的确确是死了。

真的是噩梦，一场接一场的噩梦，不曾间断。

洁儿死的时候，我歇斯底里。

到佩菁死的时候，我已状似疯癫。

我实实在在没有办法控制自己不哭、不叫、不惊、不怕！

安婷折磨我，比直接掐死我还要令我痛苦。

十一

佩菁的死，对我来说是个重大的打击，足足使我躺在医院里有两个多月，是九龙医院的精神病房。洁儿死时，我也曾经一蹶不振过，但是睡在姐姐的家里，可不比现在，白色的壁、白色的病床，周遭是一张张比白纸还苍白的脸孔，惊心动魄的白，绝望灰败的白。

我天天接受心理、物理甚至电理治疗。

那些所谓的心理医生，天天换不同的人，重复那些单调得不能再单调的问话。

我天天吊盐水，身子仍虚得手软脚浮。

还有那所谓的电理治疗，就是动辄便推我去电一电震一震的，我只觉得麻木。

我拒绝说话。

我拒绝温情。

我拒绝探访。

我只想静静地一个人蒙着被，由早上睡到夜晚，复又夜晚睡到天亮，最好睡死掉算了。

我不想听到任何声音。

我不想见到任何人。

包括医生、护士、周遭的病人，还有我姐姐、姐夫一家人，以及李佩芬与会计公司的同事们。

两个多月里，我在医院里，就是在睁眼、闭眼、睁眼、闭眼中度过，仿佛没有再清醒过，而且胸中空灵、三魂七魄早已悠悠然不知去向了。

待我的精神、我的思维逐渐地恢复，那也仿佛经历了一世纪这么久。

如果不是碰上卓子雄，或许我这一辈子都不会清醒过来。

但是让我与卓子雄遇上的，同样又是一场噩梦。

噩梦是一次比一次恐怖。

我和卓子雄的故事，当然是在病床上开始的。

我也记不起来他是什么时候进医院的，更没兴趣知道他为什么被安排到精神病房来。

只晓得他哭起来，那抽抽噎噎的哽咽，在庞大的夜里袅袅漾开，又怕让人听见了，为了竭力按捺着，紧掩着嘴巴。于是那哭声忽断忽续，如同婴儿哭岔了气的情形，让人光听着也十分难受。

连我这个活死人也感染了他的寂寞、哀凉。

那是一个万籁俱寂的深夜，我忽然醒过来，掀开蒙着头的被，转过脸朝隔壁病床望过去，同一时间，隔壁床的病人也掀开蒙着头的枕头，那张脸，泪水纵横。

仅仅是一刹那的对望，他的表情是动容，我的反应是震撼。

仿佛就在刹那的对望间，我像是从黑暗、虚空、可怕的世界里醒了一醒。

他呢，像是一个失去记忆力的人，忽然记起前尘往事般地澄明。他流着泪朝我打个招呼："嗨！"我还以淡淡的一笑。

"你进来多久了？"他问。

"恍如昨日，恍如隔世。"我答。

"他们硬指我这里有问题。"他指一指脑袋。

"我这里要是没问题，就不是人了！"我也指一指自己的脑袋。

"你看起来整个人破碎不堪了。"

这句话，我好像在什么地方听过，呵！是佩菁，她也这么形容过，念及佩菁，我两行悲泪，不遏而流。

"我明白的，你此刻的心里剧痛如绞。"他一边说，一边走下床，坐到我身边来，轻轻地，柔柔地，用他的一个指头，慢慢地，缓缓地，替我揩去那直淌而下的两行泪水。

然后又回到他自己的床上去。

他脸上的泪痕却仍未揩去。

"失恋？"他问。

我摇头。

他也没追问，却道："我是。"

我端详着他那张比女子还要俊秀的脸孔，道："你比张国荣更好看。"

那张泪痕犹在的脸，泛起一抹羞意："你也这么说。"

我背后有一大段牵丝攀藤的阴影，在清醒之刻，愈发不想去揭旧创，难得有人不问不提，于是我顺着他的话题，两人夜半时分在各自的病床上，聊了起来。

"你这副样子，还怕失恋？"

"偏偏我是失恋了。"他忽然转开脸去，我知道他一定是哭了，"我吞了五十多粒安眠药，可是死不去，还让这里的医生和护士羞辱一番。"

"女人罢了，怕没有？"

"女人，我不要。"

"不要女人，难道要男人？"

"嗯。"

"你……搞……"

"嗯。"

"每个人有每个人的生活方式，同性恋罢了，又不是去杀人放火。"

"我以为向你坦言后，你会看不起我。"

"唉，我现在对女人，何尝不是也绝了追求的念头。"我句句字字，皆出自肺腑之言，"我现在甚至害怕接近女人，我不能再亲近女人，我不想再连累无辜，只怕我以后这一辈子做寡老，也甩不掉那阴影……"

"哈！你害怕女人，我不喜欢女人，咱们也算是志趣相投吧。"

"你不怕艾滋病？"

"人迟早一死。"

"可见你乃情种一个。"

"你呢？就不信你没真爱过？"

"我？你不是说我整个人看来已破碎不堪了吗？纵使有情，也碎如粉末了。"

"我们好像在念文艺对白。"

我们隔着丈来远交谈，虽是极力压低了喉咙，依旧有一句半句声音大了些，惊动了值夜班的护士，前来干涉。于是交谈中断，你眼望我眼的，望久了，彼此蒙蒙胧胧地就睡下了。

接下来的那个星期，我的精神恢复得快，也下床了，也吃饭了，也肯开口回答医生、护士的问话了，见了姐姐、姐夫、同事以及李佩芬，也有了一丝强现的笑容。

申请出院被批准的那天，我把地址、电话写给卓子雄。他感动地道："我们虽不同病，却相怜，也算知交一场。"

出院后的第五天，他摸上门来。

两人关在房里，先是相视而笑。

我打趣："医院还没替你洗脑成功，就放你出来？"他见状扑上来："瞧我撕烂你的嘴巴！"我求饶："真受不了你娇滴滴的模样，比女人还骚！"他神色当下一黯："就可惜你受不了。"我胆子大起来："受得了又怎样？受不了又怎样？"他媚媚地道："受得了你要怎样就怎样，受不了我想怎样都不能怎样。"我心念一动。

脑海里立刻浮起洁儿、佩菁的影子。

我望着他半晌，感到源自安婷的那股重压，业已叫我噎住了气，满胸腔的郁闷，痛不欲生之情，至此已极了。

我流下凄哀的眼泪。

他什么话也没再说，只是很自然地踏前一步，轻轻地、柔柔地，用他的一个指头，慢慢地、缓缓地，替我揩去那直淌而下的泪水。

同样的温馨动作，在医院已有过一次。

我再也忍不住，反手抓住他一只手，拼命地堵住自己的嘴巴，不想让房外的姐姐听见我的哭音。

我瞧见他眼里有着哀怜、爱怜之情。

就这样，我和卓子雄便走在一块儿了。会计公司那里，我已辞职不干，甚至找了个借口搬离姐姐处，我想换个新环境，过新的生活。

安婷临死前深恶痛绝地发誓。我若恋上其他女子，追一个，她杀一个！

洁儿死了。

佩菁也死了。

但卓子雄不是女人，他是男人。

沈安婷可没说过，我如果和男人相恋，她也要把对方置之死地！

所以我自以为是肆无忌惮地与卓子雄相亲相爱。

不止一次，我在姐姐三催四促之下，到她家去喝汤，她必一把眼泪一把鼻涕地："阿弟！你的心情阿姐当然明白，但也不必如此作践自己呀！阿姐求神拜佛好不容易让你捡回条命，现在你和那姓卓的泡在一块儿，岂不是把命又送至虎口？

"艾滋病没得救的呀……"我总是淡淡的如是答，"宁丧命于艾滋病下，也好过给沈安婷折磨至半活不死。"姐姐阻止不了。

社会再不容，天大地大，总有一瓦半檐的能筑窝，我和卓子雄理所当然地双栖双宿起来。

当然我没有遗憾的，只是，事情演变到如此田地，我也认命了。

只可恨沈安婷，她连男人也不放过！

卓子雄死在三个月后。

他死的前一星期，接到家乡传来的噩耗，说是他的老母去世了，于是我陪着返乡奔丧。

丧礼上，瞻仰遗容的仪式过后，棺木正待上盖，全部亲友都带几分忌意地回避，只有卓子雄不肯离开，死死盯着亡母遗容，悲恸得呼天抢地，喃喃地哭诉着：

"阿妈生前最疼我，可是我老伤她老人家的心……"他的家人只好用强，硬硬将他拖开，可是被他挣脱，闪电般又扑到棺前。

那一霎间，我瞧得再清清楚楚不过，当阳光照射的方向刚巧将卓子雄的身影投入棺中的尸体上时，棺木便迅速地上了盖，就一并将卓子雄的影子也关在棺里头了。

我情知不妥。

却又只能干着急。

果然，那厢出殡回来，这厢卓子雄便不省人事了。

卓家上上下下忙作一团，搽风油、灌姜汤，又掐人中、又摇双肩、又捶胸膛地把他折腾来折腾去，搞了一夜，就是没法儿把他弄醒。翌日唯有电召医生上门，打了一支强心针，依然无效。

至此，我且哭且言："我看着他的影子被关在棺材里头的呀！"卓家闻言吓得脸青唇白，面面相觑。

于是又把喃呒佬再请回家。

喃呒佬一见卓子雄渐冷渐僵的面容，惊道："不能拖了，他的灵魂已入进地府，只要超过七日，就再也回不来了，他的肉身也会无疾而终，唯一的办法是……""什么办法？"众人急问，我更是五内如焚。

"开棺放魂！他的魂魄是被关进卓老太的棺材里头，唯一的办法是开了卓老太的棺木，解放他的魂魄出来，只不过……"

喃呒佬欲言又止。

"只不过怎么了？"我抢问。

喃呒佬神色凝重地道："开棺放魂，关乎卓家的风水，不知是祸是福……"

我厉声："风水好坏没什么大不了的！人命关天哪！"

语毕，但见卓家上上下下投我冷冷的眼色。

我唯有转口："风水的东西，可以补救的，可是子雄的一条命，再迟些便糟了！"眼睛一热，便有眼泪，我对卓子雄，开始或许是抱着一股自暴自弃的心情接近他，但时日一久，到底是生了情。

卓家经过商量后，想出两全其美的办法，既不破坏卓家风水，又能救卓子雄一命，就是并不破土撬棺，而只在坟上泥土上钻个洞，一直钻透棺木的板，那么卓子雄的魂魄便能出来了。

事情就如此决定了，当天便动手准备一切，首先在坟上面搭了个布篷，因为怕卓子雄的魂魄在地府逗留太久，沾染上很重的阴气，一旦出来会受不了猛烈的阳光，而再度钻回棺中去。

嗬吒佬问明卓子雄喜欢吃些什么东西，便要卓家的人准备一些他平日喜爱的食物，摆在坟前。另外，又要一位平日与卓子雄最亲密友爱的人，跪在坟上不断呼唤他的名字，好让他的魂魄，听到深爱的人的呼唤而停留下来，不会飘荡他去。

卓子雄搞同性恋的癖好，卓家的人自是心照不宣，我的身份，他们哪有不懂之理？所以，我索性本着与卓子雄有着肌肤之亲的资格，接受嗬吒佬的安排，跪倒在卓老太的坟上，哀哀切切地声声唤着卓子雄的名字。

然而所有的关目都一一照做了，卓子雄并没有醒过来。

当然也并不是完全地没睁开过眼一次半回的。

只是那种睁眼，是很虚很弱的那种"醒"，是那种好像一直在与什么东西挣扎着似的"醒"。

他什么话都没说过，但当眼睛停留在我身上时，颤抖地叫了一声："沈安婷！"

沈安婷！

卓子雄在地府里碰上了沈安婷，被她缠住了回不到阳间来？

一定如此。

卓子雄活不长了！

我，我也不想活了！

洁儿死了。

佩菁也死了。

现在轮到卓子雄亦死了。

剩下我一个仍活着，更生不如死。

我在卓子雄咽下最后一口气后，静静地返回香港。一路上，也没流一滴眼泪，我再也哭不出，只是抑制不住地干打噎，胸口一阵阵地抽痛，即使坐着，也禁不住两膝剧烈颤抖，背脊是一片的冰冷。

我回到与卓子雄共筑的爱巢，拉上窗帘，关上大门，复向厨房走去，盛了一壶水，在煤气炉子上烧着。在这烧沸一壶水的时间内，我已把房里抽屉仅剩的十多粒安眠药找出来。后来水快沸了，我把手按在壶柄上，可以感觉到那温热的壶，一耸一耸地摇撼着，并且发出呜呜的声音，仿佛是一个人在那里哭。我站在壶边，只管想着沈安婷那死不瞑目的表情和诅咒，一股热气直冲到我脸上，脸上全湿了。

水沸了，我把水壶移过一边，煤气的火光，像一朵硕大的黑心蓝菊花，细长的花瓣向里卷曲着。我把火渐渐关小了，花瓣渐渐地短了，快没有了，只剩下一圈整齐的小蓝牙齿，牙齿也渐渐地隐去了，但是在完全消灭之前，突然向外一扑，伸为一两寸长的尖利的獠牙，只一刹那，就"啪"的一炸，化为乌有。我把煤气关了，然后整间房子跑一圈，注意查看是否都已关了窗门，且上了闩，重新开了煤气，但是这一次，我没有擦火柴亮上火。

在煤气所特有的幽幽的气味，在房子里逐渐加浓的当儿，我把那十多粒安眠药，和着水壶的冷水全部吞到肚里去，那冷水灌喉的感觉，麻得我一阵哆嗦。之后，我把那明晃晃的削水果刀，用先前烧沸了的水烫过，举起它，用尽全身的力气，先朝左腕发狠割切，复颤抖地举起血淋淋的左手，颤颤地握着刀，朝右腕发狠的割切……是的，我自杀。

三重保险自杀。

我怕安眠药分量不足令我丧生。

所以又开煤气。

另加割腕。

我的目的只有一个，就是死。

因为我再没有任何选择了。

除了死，还是死。

可是我吃了安眠药，开了煤气，割了手腕，仍然没有死去。

当我醒转过来时，已经躺在医院的精神病楼里。

我的躯体是被及时救活了，然而在感觉上，我已经一寸寸地死去了，这可爱美丽缤纷的世界也一寸寸地死去了，凡是我目光所及、手指所触的，都立即死去。

从我转醒过来的第一眼，当我发现自己原来仍苟活的时候，我就准备不再流泪、不再说话了。

我甚至拒绝进食。

护士们七手八脚地撬开我的嘴巴，强把粥水灌进，我都全部呕出来。

院方只好替我吊葡萄糖。

我甚至拒绝再睁开眼睛。

对任何人的探访、叫唤，我一概不应不理。

我并非权充自己已经死了，事实上，我和一个死人也没多大分别了。

分别是真死人和活死人而已。

我就是这么一个活死人了。

日子就是这么过的。

直至这么一天，姐姐如常地来，如常地坐到我身边，唉声叹气。

"阿弟呀！你即使不应一声，好歹也张开眼睛望一下阿姐呵！"我如常地没理会她。

"阿弟呀！这样子下去，怎得了呀！"我任由她自言自语、自泣自怨。

"阿弟，你的心情阿姐岂有不明白之理？你又不肯吃、不肯说话、不肯睁眼，你如此折磨自己值得吗？"

"是呀！如果就这么死了，死得太冤枉了！"啊！是李佩芬的声音。

"佩芬，你要帮我救救我阿弟呀！"

"根本上是他自己都放弃了，他存心不想活了，我也无能为力呀，没想到如今真相大白，他却弄到这个田地……"

至此，我心里一恸。

"佩芬，你说什么真相大白？"

"事情是这样的，从我姐姐出了事去世后，虽说她死得也算离奇了，但硬说她是给沈安婷索命而去的，我可真的是半信半疑，也没去追究。直至你阿弟那位……那位卓子雄先生也出了事，也死了，我这才下定决心，要查个水落石出。我偏就是不信一个鬼能有多大威力，弄死一个又一个活生生的人，俗语说：'人怕鬼三分，鬼怕人七分。'可见如果人鬼相斗，人未必会败阵下来呀！"

"哎呀！佩芬，你别扯远了，我心急要知道发生什么事？"

"我去过那家曾经停放沈安婷棺木的殡仪馆，向那里的每个工作人员查问，想了解一下有关沈安婷的尸体准备连夜运回乡间的经过，听说那晚十分骇人……"

"是呀是呀，我阿弟翌日去到殡仪馆，听那里一位老杂工说，沈安婷分明死不瞑目。她的尸体重得像座铁山，劳动七八个大汉都抬不动。更恐怖的是，她手里握着那串我阿弟屋子的钥匙在叮叮当当作响，眼睛还张凸着，舌头斜斜地吐出唇边，她的肚子也像更胀了……"

"那老杂工还跟你阿弟说，尸体本来是抬不动的，后来众人建议沈安婷的老爸靠拢着自己女儿的尸体也平躺下来，连老头子一并抬进棺木里，这样才能顺利地将沈安婷的尸体摆进棺木内，是不是？"

"对呀，那老杂工还说，那沈安婷实在是猛鬼，车子载着她的尸体，明明是在平坦的路上行驶，就好像在行山路，一路颠簸，车子还未开至路口，引擎就熄了火，后来只好又叫姓沈的老头子趴在棺材上面，车子才能顺利地开动……"

"唉！怪只怪你阿弟，当日轻信那老杂工的话，不然，又何至于搞到今日生不生、死不死的田地？"

"佩芬，你说什么？"

"我查得一清二楚，那老杂工是收了沈安婷老爸的钱，故意编造一番鬼话来吓唬你阿弟的。"

"此事当真？"

"是真是假，你不妨去殡仪馆打听一下，便全然明白。"

"那个姓沈的老头子为什么要如此坑害？他到底安着什么心肠？"

"分明是气你阿弟不肯替死去的沈安婷梳头折梳，娶她灵牌回家。"

"我阿弟不娶鬼妻，是道理，肯帮他们两个老家伙办理领尸手续，已是天大的人情了。"

"还有更绝的哩，那姓沈的老头子，后来在女儿下葬那天，不是打了个长途电话来给你阿弟吗？说什么他女儿的灵柩抬到山坟，半路上棺木给摔了下来，棺盖都飞掉了，棺木里并不见沈安婷的尸体！"

"啊，对呀！结果我阿弟听了这长途电话，愈发吓得魂飞魄散，直以为沈安婷的鬼魂摸回香港找他算账了！"

"那姓沈的老头子实在太过分了，所以当我找上他家去和他理论时，他哼都不敢哼一声，给我骂得狗血淋头，后来还假好心地问我需不需要他们两个老家伙随我来香港一趟，给你阿弟揭露真相……"

"这两个老家伙，别让我瞧见了，不活活掐死他们，我都不甘心！"

"唉！如今真相大白又有何用？你阿弟他也听不进耳的了。"

"阿弟！阿弟！"姐姐几乎整个人扑到我身上哭泣，她身心的温暖覆在我上面，像一床软柔的绒被。我悠然地出了汗，不觉地睁开了双眼，但感眼皮一阵刺痛，是有热泪。

"阿姐！"我虚弱地喊了一声。

"阿弟！"姐姐犹在哭着，难掩喜色，"你都听见了？"

我点点头，转过脸去，朝李佩芬道："那洁儿的死又怎么解释了？"

李佩芬斩钉截铁地一句："那纯粹是意外！"继续道，"洁儿的死亡报告书我也查看过了，她是给自己的洁癖害死的，全然不关沈安婷的事，她是吸入太多药性过烈的除蚁粉而致命。你和她相处过，也该明白她不只是怕脏那么简单，她爱清洁的程度，不是寻常人可以忍受的！"

至此，我终于尝到重见一道曙光的滋味。

我再问："那佩菁你姐姐的死……"

李佩芬神情一黯，但很快又恢复镇定、冷静之态。但听她声音锵锵地道："我姐姐的死，更不关沈安婷的事，是她自己福薄短寿，怨不得天、怨不得人。"

我不解："到底是怎么回事？"

李佩芬不答反问："我姐姐在临死前的几天，她的眼睛是不是出了毛病？忽然间会见不到人，又曾经说过，三更半夜见到满街是人，对不对？"

我点头。

"我姐姐的阳数将尽，才会产生这种现象，所谓阳气渐衰，阴气渐长，所以她就会时时看到些幻象。她和你一同出席婚宴那晚，已经是快要死之时，所以阴气至盛，全靠你领着她。拉着她的手，给她传过一点儿阳气，否则，只怕她早已无法再走出酒家大门了。"说罢，李佩芬深深叹息。

我不是没疑惑地道："但你姐姐明明说过，车祸之所以发生，是因为她眼见有位大肚婆从路旁闪出要被撞倒了，才惊慌地抢着扭转我的方向盘，那大肚婆就是沈安婷的鬼魂，你姐姐临终前，在我拿去给她看的沈安婷的遗照中认出来的……"

李佩芬脱口而出："我姐姐那时候阴气全盛，一个快死的人，见到鬼魂有什么稀奇？只是让她瞧见沈安婷，纯属巧合而已！"

"是真的不关沈安婷的事？"

"当然不关！"

"那卓子雄……"

"卓子雄也活该倒霉，他的影子不慎给盖进棺木里头。我听一些老一辈的人说过，碰上这种情形，就只能归咎他运气衰，即使开了棺，把他的影子给放出来，让他影子回到他躯体去，以后活着，也和白痴无异。唉，一个人吃多少穿多少是注定的。"

"是这样的吗？"

"是。"

至此，一切阴霾，豁然而消，我对人生，再度萌发新盼望。

十二

我后来在医院继续养息四五天后，便踏着轻快的脚步，走在阳光底下，出院啦。

出院后的第一件事，便是背着姐姐和佩芬，到当日沈安婷停放棺木的殡仪馆打个转。问遍殡仪馆所有的工作人员，当然也包括那老杂工。打听的结果，确实如佩芬所言，是沈安婷的老爸当日买通了老杂工，编造了一个骇人听闻的故事来吓唬我。那老杂工见了我，只差没跪在地上向我赔不是。

之后，又过了好些天，我又背着姐姐和佩芬，到乡间沈家一趟。

沈安婷的老爸老妈一见我上门，我尚未开口，他们二老已直言不讳地表示一切乃他们的恶作剧，动机是想出口气，却没料到因此几乎把我击垮了，一迭声地道歉，自不在话下。

啊！真相大白，我从此高枕无忧了。

真的要多谢佩芬。

如果不是她，我恐怕仍躺在医院里做我的活死人。

说是感恩也不尽然，总之我对佩芬的好感是与日俱增，且自然间流露了出来。

她当然也察觉到了。

我和佩芬，两个月后，便拉上了天窗。

婚后，两口子恩恩爱爱，自不在话下。

一日，那天是佩芬的生辰，我故意在不知会她之下，请了半天的假，提早下班回家，悄声地启开大门，悄声地进入屋内，一心想给她个惊喜。

佩芬分明没料到我有此一招儿，她在厨房里和到访的姐姐在谈着话。

我听到姐姐在说：“对你这个弟媳，我再满意不过了，如果不是你，我阿弟恐怕都活不长了。”

佩芬如此道：“其实我也是靠撞彩的，打天才球，那天我们在他床边的谈话，他要是不信，我也就没计了。”

姐姐：“你这办法，简直天衣无缝！果不出你所料，阿弟在出院后，真的到殡仪馆和沈家去问个清楚，要不是你事先买通了他们，不穿帮才怪。殡仪馆的人，花几个钱就搞定；但姓沈那二老，你也有办法去说服他们，我就不得不写一个服字。”

佩芬：“姓沈那二老，都一把年纪了，说难听点儿都闻到棺材香了。他们女儿搞出的祸端，他们做个顺水人情、积个阴德，也是应该的。”

姐姐：“佩芬，别怪我多口，我一直想问你，你单是搞掂了殡仪馆的人和姓沈的二老，也不管用的呀，你是不是……找上沈安婷的墓地泼了墨狗血。”

佩芬：“泼黑狗血，很折寿的呀，我不会这么做的。”

姐姐：“那你……”

佩芬："我花了点儿钱，打了一条长铁链子，在沈安婷的墓穴绕个圈，复找人在上面铺了一层泥灰。我这样做，她起码不会因此永不超生，只不过禁止她的鬼魂上来闹事，锁起她，让她在墓穴里走不出来。"

我听到这里，便又悄声地启门而出。

门关上，两行热泪便不遏而流。

我会当作什么都不知道。

反正一切阴霾都已成为过去。

重要的是，我要更爱我的妻子佩芬。

如果不是她，事情的发展恐怕更不堪设想了。

因为佩芬，我才能过新生活，命运完全改变过来，得以喜剧收场。

我能不感动得掉泪吗？

我的故事讲完后，得到了大家的一致认可，获得最高分98分。主持人张震东在报完我的分数后，和那三位评委突然一起跪在我的面前。他们的这一举动，让全场都愣住了！

"你们这是……"我丈二和尚摸不着头脑，正想扶他们起来。

他们这时候齐声道："欢迎主人重获新生！"

他们话音刚落，大厅里突然没来由起来了一圈狂风，吹得我们眼睛都睁不开。那股风将我卷到了半空，像是有什么东西正在慢慢地侵入我的大脑，潜意识中多了很多不属于我的记忆，脑子里瞬间闪过很多画面，有卿卿我我的甜美镜头，有撕心裂肺的决然眼神，有千夫所指的诅咒谩骂，有泡进水中即将窒息的痛苦……

这些记忆疯狂地占据了我的脑海，并一点点地吞噬了我原先的记忆。我的大脑开始越来越空白，在我的意识完全消失那一刻，我听到我的嘴里说出这么一段话来："哈哈哈……我终于重生啦！五年了，自从我五年冤死之后，无意中发现自己越听灵异故事灵力越强，但好的灵异故事越来越少，于是三年前便控制了几个有钱人，创办了这个怪谈协会，每年举办灵异故事大赛。时至今日，我的灵力终于可以强大'借身重生'地步……"

话虽然是从我嘴里出来的，但是这声音绝对不是我的！

亲，你还在看灵异故事或者听灵异故事吗？小心点儿哦，有些东西特喜欢在这个时候靠近你，尤其是当你感到害怕的时候，更容易被他们入侵，因为害怕是他们的食粮！

（全书完）